Gerd Tesch

S. – Eine Stadt sucht ihren Mörder

Die Deutsche Nationalbibliothek verzeichnet diese Publikation in der Deutschen Nationalbibliothek; detaillierte bibliographische Daten sind im Internet über http://dnb.d-nb.de abrufbar.

Umwelthinweis:
Dieses Buch wurde auf chlorfrei gebleichtem Papier gedruckt.

© 2025 Gerd Tesch
Gerd Tesch · Am Stadtgarten 24 · 55469 Simmern
Verlag:
BoD · Books on Demand GmbH, Überseering 33,
22297 Hamburg, bod@bod.de
Druck:
Libri Plureos GmbH, Friedensallee 273, 22763 Hamburg
1. Auflage
Layout und Cover: Manuela Wirtz, Solingen
Coverbild: Norbert Thinnes

ISBN: 978-3-8482-5946-5

Gerd Tesch

S. – Eine Stadt sucht ihren Mörder

Erzählungen

Die Literatur kann es sich nicht leisten, so unglaubwürdig wie das Leben zu sein.
Anita Albus, Farfallone

Das Poetische ist ein Vorgang, der sich immer wieder ereignen muß in der Begegnung zwischen Werk und Mensch, ein Erlebnis also, ein immer neues individuelles Ereignis … und damit so unendlich vieldeutig, vielfältig und vielgestaltig.
Gertrud Fussengger, Der große Obelisk

Vorwort

Ist es nicht wunderbar: Unsere Phantasie verewigt sich in Buchstaben, Worten, Sätzen und Geschichten, die wiederum die Phantasie ihrer Leser beflügeln können.

Kurzgeschichte und Erzählung sind keine bloßen Fingerübungen für Romanciers. Sie bilden eine eigenständige Kunstform, mehrdeutig und rätselhaft. Literarische Konkurrenz muss dieses Tschechow-Genre nicht scheuen.

Geschichten sind als Möglichkeiten in der Wirklichkeit verankert. Oft knüpfen sie an Auffälligkeiten an, die im Alltäglichen punktuell aufleuchten, oder an Dingen und ihren geheimen Botschaften. Hin und wieder kapert Surreales die Geschichten.

Manche Geschichten erzählen vom Ende her, manche auf das Ende hin.

Geschichten zu erzählen ist (jenseits aller Lagerfeuer-Romantik) ein zutiefst menschliches Bedürfnis. Ohne Geschichten ist das Leben langweilig und öde. Einem guten Erzähler zuzuhören oder seine Geschichten zu lesen kann ein Vergnügen sein.

Vielleicht stehen literarische Kurzgeschichten heute gar vor einer neuen Blütezeit, vor allem wenn sie die Antinomien der menschlichen Natur angesichts der Ambivalenzen aktueller Entscheidungssituationen pointieren,

Das vorliegende Lese- und Vorlese-Buch vereinigt thematisch vielfältige Geschichten, die weder in einem Zuge noch in der abgedruckten Reihenfolge gelesen werden müssen. Es geht um die großen Themen, es geht um Politik, Literatur, Bildung, Liebe, Tod und das Wetter. Vielleicht lädt die eine oder andere Geschichte dazu ein, intensiver über das Erzählte angesichts eigener Erfahrungen nachzudenken. Vielleicht entdeckt der Leser bei seiner Lektüre auch Bezüge zwischen den Geschichten, die neue Horizonte eröffnen können.

Die Titelgeschichte *S. - Eine Stadt sucht ihren Mörder* spielt mit dem cineastischen Klassiker aus dem Jahr 1931. Eine Zahlentheoretikerin begegnet im *Compartment C* einem Literaturliebhaber. Am *Teilzeit-Fußballprofi* scheiden sich die Geister, ebenso an seiner *Kehrtwende*.

Ein ominöser Todesfall im Pflegeheim zeigt, wie vorsichtig man mit Schuldvorwürfen umgehen sollte. *Spätes Glück* erfährt ein Obdachloser im Pflegeheim. *Mona does not exist* und *Vaters Hand* handeln von Verlusterfahrungen. Wie im Beichtstuhl schüttet ein Ich-Erzähler in einer Hotelbar einem fremden Pastor auf der Durchreise sein Herz aus, erzählt ihm von seiner Lebensgefährtin *X.*, die sich von ihm getrennt habe. Im *Kopfkino* kommt jemand zur Erkenntnis der Scham. *(Ohne) Wenn und Aber*, *Begegnung im Supermarkt* sowie *Die Reizwortgeschichte* kreisen um das Thema Sein und Schein. *Fahrerwechsel*, *Verwechslung*, *Auf Messers Schneide*, *Beziehungen und Gefühle*, *Ein Test* und *Mein Schatz* bespielen die Theaterfrage, die R.D. Precht auf die Bühne projiziert hat: „Wer bin ich und wenn ja, wie viele". Kunstliebhaber erleben in *Murnau* beglückende Momente. Im *Schattenerfolg* versucht der Erzähler, der sich mit fremden Federn geschmückt hat, unerwartete Folgen zu bewältigen. *Die Frau mit der schwarzen Lederjacke*, die den Erzähler im Traum beglückt hat, wird tagsdrauf erschossen aufgefunden. Der Anruf ihres verstorbenen Lebensgefährten in *Ein Traum* erschüttert eine Frau. *Tödliches Gericht* oder Rache-Akt? *Eine Unterrichtsstunde* ist eine Satire auf dieselbe. *Doppeltes Missgeschick* scheint einer leichtfertigen Person widerfahren zu sein. Warum: *Abgesagt, die Beerdigung?* Ein *Wettbewerb* gebiert ein gemeinsames Hobby. In der *Lehrer-Konferenz* lernt der Leser ein kritisches Kollegium kennen; in *Die schweigende Klasse* eine reife Abiturientia. *Am vierten Adventssonntag* kommt keine Weihnachtsstimmung auf. *Die Elchkuh* streift die Stimmung vor der Bundestagswahl 2025. Im *Koffer* feiert E.T.A. Hoffmans schreibender Kater Murr fröhliche Urständ. *Der Anruf* entblößt eine

Affäre. *Der Leichnam eines Toten* ist Ziel und Schlusspunkt einer traurig Vereinsamten.

S. - Eine Stadt sucht ihren Mörder

„Wie eine Furie schoss sie an mir vorbei", gibt Leonhard Aron zu Protokoll, atemlos, gegen elf Uhr.

Eine halbe Stunde zuvor hatte er die klobige Tür zum *Schinderhannesturm* geöffnet.

„Kaum eingetreten, stürzte sie irren Blicks die Holztreppe herunter, auf mich zu und … schleuderte mir Worte wie ‚entsetzlich' und ‚grauenhaft' an den Kopf."

Er wischt sich Schweißperlen von der Stirn. Die Kommissarin gießt ihm Sprudel ein und schiebt ihm das Glas über den Tisch zu.

„Ich eilte die Treppe hinauf und in den ersten Stock", berichtet er. „Doch da war nichts Auffälliges. Dann erklomm ich die Treppe zum Obergeschoss, zum Ausstellungsraum. Ich ahnte Schlimmes."

Fahrig greift er zum Glas und kippt das Wasser in seinen trockenen Hals. Aus weit aufgerissenen Augen fixiert er Schmidt. Seit Jahren kennt er sie, ja meint er sie zu kennen.

„Du wirst es nicht glauben, Corinna", stottert er und sein Blick geht zu dem Fahndungsfoto mit dem Frauenbild im Rücken der Hauptkommissarin.

„Ein grausiger Anblick, in der Tat."

Ohne ihn zu drängen, wartet sie geduldig ab, bis er sich gefasst hat und weiter redet.

„Das lebensgroße Puppenpaar Julchen und Johannes Bückler, genannt der Schinderhannes. Du hast es vor Augen, Corinna?"

Sie nickt.

Mit kratziger Stimme reiht er Wörter aneinander: „Der Kopf der Eva Brandt."

„Du meinst d i e Eva Brandt?", entfährt es ihr und sie zeigt hinter sich.

Er bejaht die Frage, hochrot im Gesicht, und sagt: „Ihr abgetrennter Kopf statt Julchens Kopf. Die Glasaugen des Puppenkopfs mit den großen kobaltblauen Pupillen starrten mich vom Fußboden aus unschuldig an."

„Verstehe ich dich recht", sagt die Kommissarin, um Contenance bemüht, „ihr Kopf auf dem Puppen-Torso, aber kein dazugehöriger Leichnam, kein Leichnam der verdächtigen Eva Brandt?"

„Genau so, Corinna. Blutgetränkt die Bluse und Blut tropfte auf den Holzboden."

Mit zittriger Hand streicht Leonhard über das Display seines Smartphones und schiebt Corinna das Foto über den Konferenztisch zu.

„Gruselig", stammelt sie. „Und ich dachte, ich hätte schon alles gesehen."

„Passt zu den Hasstiraden im Netz; bis hin zum Lynchmord-Aufruf", sagt er kopfschüttelnd. „Angst ist zur Zeit ständiger Begleiter in Simmern. Überall Misstrauen."

„Ein bestialischer Rache-Akt?"

Ihre Antwortfrage quittiert er mit einem Nicken und räsoniert: „Befeuert durch Unterstellungen (Raubmord, Mordlust), Vorverurteilungen, fremdenfeindliche Vorurteile."

„Aber warum setzt der Täter den Kopf auf die Figur Julchens im Schinderhannesturm?"

In die nachdenkliche Pause hinein sagt er: „Allenfalls eine Vermutung, Corinna: auf den Torso der Outlaw-Braut des Banditen Schinderhannes."

Die Nasenflügel der Kommissarin zittern.

„Jedenfalls habe ich die Turmtür abgeschlossen. Keiner kommt mehr rein."

„Gott sei Dank", seufzt sie und schaut ihn durchdringend an.

„Was wolltest du übrigens dort?"

„Mir Ortskenntnisse verschaffen und die Atmosphäre erschnuppern?"

„Dein neues Schreibprojekt?"

Er nickt. „Kriminalstories."

„Wer war die Frau, Leonhard?", fragt sie unvermittelt und zeigt besorgt auf sein Smartphone. „Sie könnte für Unruhe sorgen."

„So abgebrüht wie ich war sie nicht", beruhigt er. „Das grausige Bild hat sie bestimmt nicht abgelichtet."

„Wie sah die Frau aus?"

„War mir irgendwie nicht unbekannt", grübelt er, „aber keine Ahnung, woher."

„Dick, dünn, alt, jung?"

„Um die fünfzig, schmal, rothaarig, Pferdeschwanz, vielleicht einssiebzig, schwarze Jeansmontur, Rucksack."

Kommissarin Schmidt zückt ihr Smartphone und zeigt ihm ein Foto her.

„Das könnte sie tatsächlich sein", stammelt er.

„Die Tochter der im Altenheim Ermordeten", sagt sie, die Stirn gerunzelt.

Er schluckt, meint dann aber: „Wie ein Rache-Engel kam sie mir nicht gerade vor. Sie pfiff eine Melodie: *A whisper underneath the bark of old trees.*"

„Wie kann das sein?", wundert sich Corinna. „Du sagtest doch, sie sei entsetzt an dir vorbei geschossen."

Leonhard zuckt mit den Achseln. „Filmriss?" Er rauft sich die Haare.

„Wie dem auch sei", sagt sie. „Wir müssen vorsichtig sein. Nicht unnötig Öl ins Feuer gießen. Nichts wäre jetzt gefährlicher als ein blindwütiger Mob, der auch d i e Sache selbst in die Hand nähme."

Entgeistert starrt er sie an. Ihr Gesicht ist jetzt eine Maske.

Eilends informiert sie per SMS Staatsanwältin Leila Löwenbrück, die Amtsärztin und die Spusi und legt resolut den gemeinsamen Ortstermin auf zwölf Uhr dreißig fest.

„Den Turmschlüssel!", fordert sie schroff.

Leonhard kramt in seiner Manteltasche und händigt ihn mit den Worten aus: „Sind wir vielleicht ein Stück weit mitschuldig, Corinna?"

„Du meinst, weil wir nicht entschieden genug gegengesteuert haben?"

Er bildet sich ein, einen ironischen Unterton vernommen zu haben. Erklären kann er ihn sich nicht. Sollte er sich in der Kommissarin geirrt haben? Ihre flackernden Augen irritieren ihn. Was ist mit ihr los? Unter welchem Druck steht sie? Was ist mit ihm los? Er räuspert sich und sagt: „Die Hexenjagd war bereits eröffnet, bevor ein Richter sein Urteil gesprochen hat. Eine osteuropäische Pflegerin (mag ihr Name auch deutsch klingen), eine Fremde also passt für viele in die Ressentiment-Schublade."

„Wir werden es herausfinden", sagt die Kommissarin. „Ein vierzigjähriger Berliner Palliativarzt wird gerade angeklagt wegen der Tötung von acht pflegebedürftigen Senioren; und zwar aus reiner Mordlust und keinem über die Tötung der Personen hinausgehenden Motiv."

„Ich habe davon gehört", sagt Aron. „Zynischerweise hat er seine Doktorarbeit zum Thema ‚Tötungen älterer Menschen' mit der Widmung versehen: ‚Den Opfern und ihren Angehörigen'."

„Behalte die Sache mit dem Kopf der Toten im Schinderhannesturm vorläufig für dich, Leonhard. Ich halte dich auf dem Laufenden."

Um elf Uhr dreißig erwartet die Beamten der „blindwütige Mob" und blockiert den Zugang zum *Schinderhannes-Turm*.

Deren Sprecher fährt Löwenbrück an: „Wer in Gottes Namen hat Eva Brandt exekutiert, Frau Oberstaatsanwältin? Und wo ist ihr Leichnam?"

Den wird man wenig später im Edgar-Reiz-Filmhaus finden, kopflos natürlich. Jedenfalls breitet sich das Gerücht aus. Jedenfalls lässt Leonhard Aron es im vertraulichen Gespräch mit dem Lokalreporter Falko durchsickern. Die Hunsrück-Zeitung, aber auch die überregionale Presse spießen die Geschichte auf und blasen zur Jagd. *S. - Eine Stadt sucht ihren Mörder*. Mehrdeutig, öffnet die Schlagzeile den Raum für Spekulationen und Verschwörungstheorien. Eine psychopathische Triebtäterin? Ein bestialischer Rache-Engel? Selbsternannte Kleinstadtsheriffs?

Nur wenige Tage später lockt das Pro-Winzkino mit dem Filmklassiker *M. - Eine Stadt sucht ihren Mörder*. Cineastische Fans, aber nicht nur sie stehen Schlange.

Das LKA habe den Fall übernommen, heißt es bald.

„Ich konnte nicht anders, Leonhard", bedauert Corinna Schmidt. „Es tut mir leid, dir Dinge verschwiegen zu haben."

„Schwamm drüber", sagt er, ohne nachzuhaken, und schaut die Kommissarin vielsagend an. Schließlich ist ihm die heimliche Sozialbestattung der Urne mit der Asche Eva Brandts zu Ohren gekommen. Hatte der Sündenbock den einmütigen Hass in S. absorbiert, um die Gemeinschaft davon zu befreien? Ein archaisches Ritual, das in der entrüsteten Frage des Sprechers vor dem Turm durchschimmerte, ohne dass ihm oder dem ‚Mob' dies bewusst gewesen wäre?

Leonhard räuspert sich und sagt: „Wir übernehmen."

„Minago also", seufzt Schmidt augenrollend und sagt, Fritz Langs *M.* erinnernd, augenzwinkernd: „Die heutige ‚Unterwelt-Organisation'."

„*S. - Unsere Stadt sucht ihren Mörder*."

Ein wenig scheint Stolz seine Ansage zu begleiten.

„Wenn ich helfen kann …?"

„Werde ich dich's wissen lassen", verspricht er generös und freut sich auf sein bewährtes Minago-Dreigestirn rüstiger Senioren-Hobbyermittler. …

Nicht zum ersten Mal hegt Corinna Schmidt einen seltsamen Verdacht.

Den wird Arons neue Kurzgeschichten-Sammlung ein halbes Jahr später untermauern. Bereits sein Buch-Titel wird ihren Verdacht bestätigen.

„Weißt du", wird er ihr dann sagen. „Wir Schriftsteller haben heutzutage nur noch die Chance, den Spieß umzudrehen."

„Aber es bleibt ein Spieß", wird sie ihm entgegnen.

„Das ist der Preis", wird er achselzuckend antworten. „Der Mörder bleibt gleichwohl unauffindbar. Er bleibt unter uns."

Corinnas Brauen ziehen sich zusammen, ihre Augen verengen sich zu Schlitzen.

„Und in uns", sagt sie, jedes der drei Wörter einzeln betonend.

Fritz Langs erster Tonfilm *M. - Eine Stadt sucht ihren Mörder* (1931) ist ein Meisterwerk des deutschen Vorkriegskinos. Seit acht Monaten sucht man einen Kindermörder, doch die Polizei tappt im Dunkeln. Die Morde lösen Angst bei Eltern und allgemeines Misstrauen in der Stadt aus, was zu Verdächtigungen und anonymen Anzeigen führt. Der Polizeipräsident gerät in Erklärungsnot. Durch ständige Razzien und erhöhte Wachsamkeit der Polizei vermasselt der Kindermörder das Geschäft der Unterwelt, weshalb auch die ihn verfolgt.

Compartment C

Selbstvergessen wirkt sie, die Alleinreisende im großzügigen Zugabteil: ein abgetrennter Schutzraum? Woher kommt sie? Wohin ist sie unterwegs? Warum ist der Platz neben ihr frei?

Durchs Fenster (rechts von ihr) schaue ich auf die vorbeifliegende Landschaft: eine Brücke über einem Fluss und am Horizont ein dunkler Wald bei Sonnenuntergang. Doch sie, eine brünette Mittvierzigerin, die Augen halb von einem Glockenhut bedeckt, ist versunken in ihre Lektüre, den Blick aufs Buch konzentriert. Die Außenwelt ist ihr anscheinend gleichgültig.

Da huscht ein Lächeln über ihr freundliches Gesicht und der dezent angestrichene Mund öffnet sich ein wenig, zeigt makellose weiße Zähne. Was hat sie gerade Erheiterndes gelesen? Der blaue Hut wirft einen sanften Schatten aufs Gesicht. Unter dem gleichfarbigen Kostüm strumpflose, wohlgeformte Beine, locker übereinander geschlagen.

Seit einigen Minuten beobachte ich sie bereits, ohne dass sie mich bemerkte. Ich nehme allen Mut zusammen und öffne vorsichtig die Schiebetür in ihr Abteil. Für einen Moment erschreckt, dann verärgert nehmen ihre stahlgrauen Augen mich, den Eindringling, den Störenfried, ins Visier.

Ich räuspere mich, grüße verlegen und nehme ihr gegenüber Platz. Sie deutet ein Kopfnicken an, mehr nicht. Drum unterlasse ich's fürs Erste, sie anzusprechen.

Bis auf das eintönige Abrollgeräusch der Räder auf den Gleisen (ein gleichwohl beruhigender Rhythmus) ist es mucksmäuschenstill in unserem Abteil. Das besitzergreifende *uns* sollte ich in Anführungszeichen setzen. Sie würde es vermutlich heftig infrage stellen und als übergriffig von sich weisen. Keines Blickes würdigt sie mich. Geradezu demonstrativ ignoriert sie meine Anwesenheit.

Die wird ihr allerdings in Erinnerung gerufen, als der Schaffner hereinschneit und meinen Fahrschein sehen will. Er wirft ihr einen komplizenhaften Blick zu. Anscheinend hat er sie bereits kontrolliert.

Aus den Augenwinkeln versuche ich zu erspähen, was sie liest, versuche, einen möglichen Anknüpfungspunkt zu finden.

Unvermittelt blickt sie auf und sagt, als könne sie hellsehen: „Versuchen Sie's erst gar nicht!"

„Ich liebe es, wenn jemand in meinen Kopf schauen kann", entgegne ich.

Mit dem Konter, der mir herausgerutscht ist, scheint sie nicht gerechnet zu haben. Sie ringt nach Worten, ringt nach einer schlagfertigen Antwort.

Ich komme ihr zuvor und schlage einen versöhnlichen Ton an: „Schön, jemanden zu treffen, der auch gerne Literatur liest."

„Woher wissen Sie?", fragt sie spöttisch.

„Na ja, nach Sachtext sieht es nicht aus, was Sie da verschlingen", sage ich.

Mit hochgezogenen Brauen hält sie mir ihre Lektüre-Seiten entgegen: eine Ansammlung mathematischer Geheimzeichen.

„Oha!", sage ich verwundert und spüre, wie mir Röte ins Gesicht schießt.

,Unser Gespräch' kommt, kaum dass es begonnen hat, abrupt ins Stocken.

„Ich sage jetzt nicht", sage ich, „dass ich Mathe schon in der Schule ätzend fand. Ganz im Gegenteil: Ich war sogar ein recht passabler Schüler in dem Fach. Die Ästhetik der Mathematik habe ich geliebt."

„Aber?"

„Mit dem, was Sie mir da unter die Augen gehalten haben, kann ich rein gar nichts anfangen."

Meine Reaktion hat anscheinend zumindest keine Tür zugeschlagen. „Zahlentheorie ist tatsächlich eine Geheimwissenschaft für Experten", räumt sie ein.

„Was fasziniert Sie daran?", frage ich und freue mich insgeheim, dass sie nicht gegendert hat.

„Es spricht für Sie, dass Sie nicht fragen: Wofür, wozu braucht man so etwas."

Dennoch fühle ich mich wie in einer Prüfung, auf die ich so gar nicht vorbereitet bin. Doch Erlösung naht: Ihr Handy klingelt.

„Entschuldigen Sie", sagt sie und verlässt die Kabine. Nach fünf Minuten ist sie zurück und sagt: „Musste meiner Kleinen Mut machen: Morgen steht eine Klassenarbeit an. Sie kann das, hat aber so einen verhinderten Matheprofessor als Pauker."

Ich nicke verständnisvoll.

„Wo waren wir stehen geblieben?"

„Bei der Zahlentheorie, von der ich keinen Schimmer habe."

„Gibt Wichtigeres", wiegelt sie ab und fragt: „Schafft Mainz 05 den Klassenerhalt?"

Überrascht und befreit, antworte ich schmunzelnd: „Na klar. Nach dem Drei-zu-Null gegen Dortmund werden Sie in Wolfsburg ein Unentschieden holen. Das reicht."

Sie nickt, legt die Zahlentheorie und mein Vorurteil beiseite und sagt: „Ich lade Sie zu einem Kaffee in den Speisewagen ein." ...

„Wissen Sie", sage ich und nippe an der Tasse, „zu Beginn des Germanistikstudiums (vorhin habe ich mich daran erinnert) bot ein Dozent tatsächlich ein Seminar zu brandaktueller Gegenwartsliteratur an. Ungewöhnlich, schließlich waren noch keine bewertenden Kritiken auf dem Markt."

„Er ging also", folgert sie, „das Risiko ein, in das eine oder andere Fettnäpfchen zu treten."

„Sie sagen es", sage ich. „Übrigens heiße ich Bloch, äh … Leonhard."

„Melissa", sagt sie und stößt mit mir an, genauer gesagt: Unsere Kaffeetassen touchieren einander.

„Und?"

„Peter Handkes *Die Angst des Torwarts beim Elfmeter* war der Einstiegsroman."

„Verstehe", sagt sie. „Da winkten etliche hochnäsig ab?"

Ich nicke.

„Übrigens", grübelt sie, „lautet der Titel nicht *Die Angst des Tormanns …?*"

Ich zücke mein Smartphone, googele und sage: „Stimmt."

„Mein Ex war Deutschlehrer", sagt sie, als wolle sie sich entschuldigen.

„Und nun sitzt Ihnen erneut so einer mit Lesetick gegenüber", seufze ich.

„Gut so", sagt sie. „Zahlentheoretiker sind unromantisch."

Zurück in unserem Zugabteil, sinne ich beglückt ihrer Antwort nach.

Sie lehnt sich entspannt in den Plüschsitz zurück.

Da wird die Schiebetür brachial geöffnet und ein großer, übergewichtiger Bärtiger rumpelt mit seinem abgewetzten Koffer herein, eingehüllt in eine Wolke übelriechender Gerüche nach Zigarettenqualm und Alkohol. Flugs springe ich auf und schwinge mich auf den Fensterplatz neben Melissa, bevor der Eindringling ihr auf die Pelle rücken könnte. Der plumpst, mit einem Kopfnicken einen Gruß zu Melissa hin andeutend, ächzend mir gegenüber in den Sitz, wobei er den Koffer aufrecht auf den freien Sitz wuchtet.

Melissas geweitete Augen pendeln ungläubig zwischen Koffer und Mann hin und her. Reflexartig ergreife ich ihre Hand; sie lässt es geschehen.

Der Mann zückt (zu meiner Verwunderung) ein Smartphone, tippt Ziffern ein und versorgt es wieder in der Innentasche seines abgetragenen grauen Wollmantels. Dann zerrt er einen Flachmann aus der Seitentasche, kippt den Schnaps in sich hinein, versucht ein Rülpsen zu unterdrücken, streicht sich über den Spitzbart, schließt die Augen, lehnt seinen Kopf gegen die Seitenwand und döst weg. Zum Glück schnarcht er nicht.

Gepackt von einer vagen Erinnerung, studiere ich den Mann und schürfe dabei in den Tiefen meines porösen Gedächtnisses. Er dürfte etwa so alt sein wie ich, Mitte vierzig. Dunkles, an der Schläfe ergrauendes Haar hat er; fahle, zerfurchte Haut, eine Schmarre auf der Stirn; wohlgeformt die Nase im ebenmäßigen Gesicht mit scharfen Wangenknochen. Seine Zähne malen aufeinander, dann kaut er auf seiner Wange; um den sinnlichen Mund spielt ein Zucken, das sein Oberlippenbärtchen leicht vibrieren lässt. Was schwirrt ihm durch den Kopf? Am linken Handgelenk (seine feingliedrigen Finger fallen auf) trägt er eine Uhr mit schwarzem Ziffernblatt. Sie sieht teuer aus, womöglich eine *Glashütte*. Die meisten Männer in unsrem Alter tragen keine Uhr. Sie scheint dem Mann etwas zu bedeuten. Ein Erbstück vielleicht. Aus den Augenwinkeln sehe ich eine Brücke am Fenster vorbeifliegen. Ich stelle mir den Mann nachts unter einer solchen Brücke vor. Was hat ihn zu einem Obdachlosen werden lassen? Was ist ihm passiert, dass er so derangiert daherkommt? Welche Vorgeschichte hat er? Wo ist er falsch abgebogen? Was hat ihn aus der Bahn geworfen? Oder hat ihn gar nichts aus der Bahn geworfen? Ist er vielleicht nur seinem Willen gefolgt, der einen Weg geht, der einem wie mir nicht zugänglich ist?

Melissa, die ihn seit seinem Eintritt in unser Abteil mit seltsamem Interesse beobachtet hat, scheinen ähnliche Gedanken zu bewegen. Na ja, ähnliche Gedanken? Woher sollte ich das wissen. Ihre Zahlentheorie jedenfalls hat sie weggepackt.

Da geht die Tür erneut auf und der Schaffner schneit herein. Im selben Augenblick legt der Zug wie aus heiterem Himmel eine Vollbremsung hin, so dass der Koffer in Richtung meiner Banknachbarin katapultiert wird, jedoch den Schaffner trifft, der nach vorne getorkelt ist. Melissa kippt zur Seite, auf mich zu.

Den korpulenten Mann hat es merkwürdigerweise im Sitz gehalten. Seine blutunterlaufenen kohledunklen Augen schießen Blicke umher; verwirrt ist er, wie mir scheint.

Der Schaffner rafft sich grummelnd auf und schaut verdattert drein. Er scheint auch nicht zu wissen, weshalb der Zug gebremst hat. Jedenfalls zuckt er ratlos mit den Schultern und raunt den Bärtigen an: „Der Koffer gehört da oben hin, Mann!" Sein Zeigefinger geht hoch.

„Dann wäre er heruntergefallen", entgegnet der Gerügte ungerührt. Seine sonore Stimme klingt unerwartet abgeklärt, souverän, wohltuend warm.

„Ihren Fahrschein, bitte!"

„Habe keinen."

„Wie das?", entfährt es dem Schaffner verärgert. „Auch noch schwarzfahren!"

„Wo ich eingestiegen bin, war der Kartenschalter kaputt."

„Ausreden!", faucht der Schaffner ihn an.

„Nein, es ist die Wahrheit", raunt der Mann. „Und es ist gleichzeitig gelogen."

Den zweiten Satz sagt er mehr zu sich selbst und grinst in sich hinein.

„Mitkommen!", ordnet der Schaffner harsch an. Er fühlt sich offenbar verschaukelt.

„Sie können mich mal, Mann", sagt der Bärtige gelangweilt, verschränkt die Arme und stiert mit hochgezogenen Brauen konzentriert aus dem Fenster, als habe er etwas beobachtet, das ihn überrascht, ihm gleichzeitig aber bekannt vorkommt. Abrupt fixiert er Melissa, die ihre Hand aus der meinen löst.

Da zückt der Schaffner ungehalten sein Handy und fordert lauthals Unterstützung an.

Nun bequemt sich der Schwarzfahrer aufzustehen, nickt Melissa freundlich zu, schiebt den Schaffner, ohne ihn eines Blickes zu würdigen, sanft zur Seite und verlässt unser Abteil, den Koffer im Schlepptau. Der Schaffner folgt ihm; wie ein Hündchen, so kommt es mir jedenfalls vor.

Minuten später steht der fremde Bärtige auf einem Hang gegenüber von unserem Abteilfenster, zündet sich eine Zigarette an, schaut den Rauchkringeln, die er gen Himmel bläst, hinterher, winkt uns zu und geht, leicht hinkend, los; Richtung Brücke, die mir jetzt erst hinter einem Waldstück am Horizont in den Blick kommt. Der Himmel ist wässrig blassblau.

„Haben Sie ihn gesehen?"

„Wen?", fragt Melissa verdutzt. „Wo?"

Ich zeige aus dem Fenster. Der Mann ist weg. Habe ich mir die Situation nur eingebildet? Kann nicht sein. Ich erinnere mich an die Unnatürlichkeit einer Wahrnehmung, die Josef Bloch beschwört und dem Zuschauer abverlangt, wenn er sich denn auf den Torhüter konzentrieren möchte statt auf Schütze oder Ball.

„Sie kennen den Mann?"

Die Frage ist meiner Zunge entschlüpft, bevor ein Gedanke sie geprüft hat.

„Flashback", sagt Melissa. „Wir kennen uns gerade mal zwei Stunden, Leonhard!", schiebt sie mit einem leicht ironischen Unterton nach.

„Flashback?"

„Jan, mein Bruder, Leonhard."

Gedankenverloren reiht sie die Wörter bedächtig hintereinander, in einem Ton, der mir verbietet, nachzuhaken.

„Warum hat der Zug urplötzlich gestoppt?", sage ich, um etwas zu sagen, in das beklemmende Schweigen hinein.

„Da gibt es nur eine Erklärung", sagt Melissa mit zittriger Stimme und lässt mich mit ihrem Rätsel im Regen stehen, der soeben einsetzt. Der Himmel hat unerwartet seine Schleusen geöffnet.

Zwei eindrucksvollen Menschen, die meine Phantasie beflügeln, begegne ich heute. Und beide docken ungewollt auch an meine Erinnerungen an: Die Angst des Torwarts beim Elfmeter.

Da poppt eine Nachricht im Smartphone auf: „Kurz vor Gießen Vollbremsung des ICE und ungeplanter Stopp, gegen sechzehn Uhr. Glücklicherweise entpuppte sich das Hindernis als Kleiderbündel."

Jetzt ruckelt der Zug, knarzt und quietscht sich in Bewegung. Seine Räder klopfen wieder ihren beruhigenden Rhythmus auf die Schienen.

Gut so. Schließlich hatte der Erzählerhinweis mich keineswegs beruhigt, wonach der Schütze dem Tormann Bloch den Ball in die Hände geschossen habe. Mein eigener Flashback.

Um sechzehn Uhr dreißig, also mit vierundzwanzigminütiger Verspätung hält der ICE mit quietschenden Bremsen am Hauptbahnhof Gießen.

„Da ist er!", ruft Melissa und zeigt aus dem Fenster.

Der Bärtige steigt gerade in einen Zug auf dem Nachbargleis ein, der sogleich losfährt.

„Erneut schwarz?", fragt sie mit gerunzelter Stirn.

„Ziellos?", frage ich. „Geht es ihm vielleicht nur darum, unterwegs zu sein?"

„Die Lüge hinter der Wahrheit, die er angedeutet hat?"

„Ich kann nicht in seinen Kopf hineinblicken, Melissa", antworte ich.

„Er beschäftigt uns nun mal", stellt sie achselzuckend fest.

„Er beschäftigt Sie, Melissa", korrigiere ich, „und ja, er beschäftigt auch mich."

Mit großen Augen schaut sie mich an.

Bis Kassel werden wir im selben Abteil einander gegenüber sitzen, mache ich mir klar – knisternde Atmosphäre?

„Nun, Melissa", raffe ich mich auf, „der Bärtige könnte früher mal gegen mich gekickt haben. Er scheint sich meiner allerdings nicht mehr zu erinnern."

Meine unverblümte Offen- und Direktheit scheint sie zu beeindrucken. Sie ringt mit sich, so mein Eindruck.

„Der Bärtige könnte Fabian, der Freund meines Bruders Jan, gewesen sein", stammelt sie. „Wie er mich angeschaut hat! Beide habe ich seit zwanzig Jahren nicht mehr gesehen. Eine traurige Geschichte."

Die Zahlentheoretikerin kämpft mit den Tränen.

„Sicher bin ich mir allerdings nicht. Drum habe ich mich nicht getraut, ihn darauf anzusprechen.“

„So haben wir beide unsere Chance vertan“, grummele ich.

„Sie haben Ihre Chance vertan, Leonhard“, korrigiert sie mich, „und ja, auch ich.“

„Remis“, sage ich.

„Das war kein Wettkampf“, weist sie mich zurecht.

„Stimmt“, räume ich ein und bin mit meinem Latein am Ende.

Meine Verlegenheit ignorierend, sagt sie nun: „Die Vergangenheit können wir nicht mehr ändern, allenfalls die Erinnerung daran aufhübschen; so wir es denn brauchen oder wollen.“

„Vielleicht ist das Teil der Antwort“, sage ich, „weshalb weder Sie, Melissa, noch ich die Chance ergriffen haben. Vielleicht hat unser bärtiger Fremder ähnlich getickt.“

„Sie haben vermutlich die Kurve gekriegt und jenseits des Fußballs eine befriedigende Arbeit gefunden, Leonhard?“

„Und Sie Melissa“, antworte ich mit einer Gegenfrage, „haben lernen müssen, ohne ihren Bruder durchs Leben zu kommen?“

„Eher nicht“, geheimnist sie, um dann unerwartet ungeahnten Charme spielen zu lassen: „Lassen Sie uns schauen, was in der Gegenwart möglich ist, Leonhard.“

Ich bin dabei, denke ich mir, werde aber auf der Hut sein, dass ich, sie, wir nicht Opfer einer gemeinsamen Wahrnehmungsstörung werden.

Als habe sie die Überraschung vorbereitet, zückt sie zwei Karten aus ihrer Handtasche und sagt augenzwinkernd: „Hessen Kassel gegen Mainz 05, DFB-Pokalspiel. Haben Sie Lust, Leonhard?“

„Warum nicht“, sage ich.

„Ich sehe das Fragezeichen in Ihren Augen, Leonhard“, bemerkt sie. „An der Uni Kassel arbeite ich. Mainz 05-Fan bin ich.“

„Aha?“

„Wissen Sie, Leonhard", sagt sie, „in der Uni-Babbel, nicht zuletzt unter Mathematikern hat jeder eine Macke, quasi sein Alleinstellungsmerkmal."

„So etwas gibt es auch in meinem, also im Lehrerberuf", sage ich. „Manch eine Kollegin plaudert ungeniert über ihre psychischen Probleme, als seien sie Ausweis der eigenen Besonderheit."

„Damit entledigt sie sich der Eigenverantwortung", seufzt Melissa.

„Und liefert eben diese Verantwortung nicht wie früher im Beichtstuhl ab, sondern beim Psychotherapeuten und", füge ich hinzu, „bei Kollegen, deren Anteilnahme sie erwartet und einheimst."

„Ich erwarte Unterstützung für meinen Club", sagt sie mit schelmischem Lächeln und bekennt: „Mein Markenzeichen, meine Mainz-05-Macke, das Erbe von Jan."

Ich blicke ihr erstaunt in die Augen. Sie weicht mir aus, ihr Blick geht aus dem Fenster unseres Abteils.

„Jan spielte gemeinsam mit Fabian in der Mainzer A-Jugend-Bundesligamannschaft. In jedem Stadion, bei jedem Spiel halte ich Ausschau nach meinem Bruder."

Bei diesen Worten läuft mir ein Schauer über den Rücken.

„Haben Sie ein Foto von Jan?"

Melissa greift erneut in ihre Handtasche, kramt ein vergilbtes Foto heraus, um es mir mit den Worten „Der Riss in meiner Seele" herzuzeigen: der Schütze, der, ohne es zu wollen, den Anfang vom Ende meiner Profi-Keeper-Karriere einleitete, kaum dass sie begonnen hatte.

Edward Hopper: Compartment C, 1938 (abrufbar im Internet)

Der Teilzeit-Fußballprofi

„Als Sportjournalistin des Magazins *Work-Life-Balance-Today* haben Sie jüngst Lukas Barfuß porträtiert, Frau Kahn."

„Genau. Ein Vorzeigeprofi der besonderen Art."

„Das müssen Sie uns erklären."

„Als Sportler, als Mensch und als Lebensphilosoph. Genau."

„Bleiben wir zunächst mal bei dem Kicker Barfuß."

„Offensiver Mittelfeldstratege wie einst Franz Beckenbauer, ähnlich elegant, ballsicher, spielintelligent, aber eindeutig toreffizienter."

„In Zahlen bitte?"

„1,6 Tore pro Spiel. Liga-Bestwert seit zwei Jahren. Und jeden Elfmeter traumsicher verwandelt."

„Fußball ist ein Teamsport."

„Genau. Deshalb ist er sich auch nicht zu schade, mit humorlosem Tackling beim Gegenpressing zweite Bälle zu erobern oder Fehler seiner Kollegen auszubügeln oder kilometerfressend wo nötig als Box-to-Box-Player zu agieren, als Impact Factor verkörpert Lukas all die sportlichen Eigenschaften, die das ‚Super' vor dem ‚Star' rechtfertigen, er liest ein Spiel wie kaum ein anderer, mit seinem exzellenten Raumverständnis spielt er als begnadeter Achter scharfe, passgenaue Bälle in die Schnittstellen, reißt so gegnerische Abwehrketten auf, zaubert Chipbälle in die Box, bringt so seine Stürmer in aussichtsreiche Finalisierungspositionen, mindestens ein Assist je Einsatz, vor allem ist er der ideale Taktgeber, der den Spielrhythmus seiner Elf bestimmt, der Gamechanger schlechthin."

Einem Maschinengewehrfeuer gleich hat Elvira Kahn ihrer Begeisterung freien Lauf gelassen.

„Wenn er denn spielt", relativiert der Interviewer.

„Genau. Bislang war er nie verletzt. Er spielt immer. Aber, und darauf spielen sie an, er ist Teilzeitprofi."

„Vielleicht bleibt er deshalb verletzungsfrei? Keine Überbe-
lastung. … Wieso übrigens Teilzeitprofi?"

„Er läuft nur bei Heimspielen auf."

„Womit wir bei seiner Lebensphilosophie wären."

„Genau. Lukas hat Charakter und zeigt Haltung. Ökolo-
gisch überzeugt, setzt er sich in keinen Flieger. Er besitzt kein
Auto. Er fährt nur Fahrrad - oder, falls unbedingt nötig, mit der
Bahn."

„Und sein Club akzeptiert das?"

„Genau. Nur dank Lukas Barfuß' außergewöhnlichen
Fähigkeiten hält er sich seit dem Aufstieg (trotz schmalen Bud-
gets) in der Bundesliga. Selbst der Bundestrainer setzt Barfuß in
jedem Heimspiel ein."

„Das eher selten in seinem Vereinsstadion stattfindet."

„Genau. Dann Anreise mit der Bahn. ,Heimspiel ist Heimspiel' hat Lukas mir augenzwinkernd gesagt. Und mit seinem
charmanten Lächeln meine Andeutung eines Widerspruchs
hinweggefegt. Überhaupt: Gute Laune und unbeschwert fun-
kelnde schwarze Kulleraugen im jungenhaften Gesicht sind
geradezu Lukas' Markenzeichen. "

„So heimst er landesweit Sympathiepunkte ein, oder?"

„Genau. Vor allem, wenn er wieder einmal ein Topspiel zu
einem Superspiel macht wie unlängst gegen Frankreich."

„Sein Doppelpack in der Nachspielzeit."

„Sie sind gut informiert."

„Und die Teamkollegen im Verein und in der National-
mannschaft akzeptieren seine Sonderrolle?"

„Sie haben kein Problem damit."

„Das wundert mich in der Tat."

„Lukas Barfuß hat keine Staralüren", sagt Elvira Kahn.
„Und ganz wichtig: Er gibt sich mit der Hälfte des Gehalts und
der ausgehandelten Prämien zufrieden."

„Auch damit lässt sich gut leben", kommentiert der Interviewer süffisant.

„Er spendet alles, was zweitausendachthundert Euro netto übersteigt.“

„Das deutsche Durchschnittseinkommen?“

„Genau.“

„Hat der Vorsitzende der Linken das bei ihm abgekupfert oder umgekehrt?“

„Da bin ich überfragt. Vermutlich der Linke.“

„Zurück zur Akzeptanzfrage.“

„Genau. Lukas Barfuß hievt sein Team auf ein Niveau, das es ohne ihn nie erreichen könnte. Das wissen alle zu schätzen. Die Trainer passen ihre Matchpläne seinen Fähigkeiten an; Kreativität braucht Freiräume. Als herausragende Persönlichkeit genießt er obendrein allseits große Wertschätzung und ist beliebt. ‚Genießt‘ ist eigentlich das falsche Wort, fällt mir gerade ein.“

„Weil?“

„Er davon nicht abhängig ist. Er ist ein unabhängiger, freier Geist und ein bescheidener Mensch. Jedenfalls habe ich ihn so kennengelernt. Uneitel, normal eben. Macht kein Aufhebens um seine Person.“

„Wertschätzung auch beim Publikum?“

„Vielleicht ein entscheidender Punkt. Die meisten lieben Lukas Barfuß. Er soll sogar Anhänger der Gastmannschaften Hoffenheim und Wolfsburg ins Stadion locken. Barfuß-Gesänge wabern durch die heimische Arena. Barfuß-Trikots gehen weg wie heiße Semmeln. Sie hübschen die Clubkasse nicht nur auf, sie füllen sie geradezu. Jedenfalls, was man so hört.“

„Und die Medien? Sie reißen sich um Lukas Barfuß?“

„Nein! Sein Spiel ist ein Augenschmaus, nicht nur für Kenner, keine Frage. Den Typ müsste man erfinden, wenn es ihn nicht schon gäbe. Aber er funktioniert nur als Solitär.“

„Angst vor Nachahmern? Vor einem Flächenbrand?“

„Haben Sie Lukas Barfuß schon einmal in einer Fußball-Talkshow gesehen?“

„Er reist nun mal nicht gerne.“

„Fehlanzeige nicht deswegen. Auch der *Kicker* macht einen großen Bogen um ihn.“

„Außer wenn er wie gegen Frankreich im Nationalteam einnetzt.“

„Genau. Dann wird pflichtschuldig applaudiert. Mehr aber auch nicht.“

„Wie erklärt sich die mediale Zurückhaltung? Die Sie glücklicherweise abgelegt haben.“

„Ich hatte sie nie. Unser Magazin hat keine Aktien im Spiel.“

„Aha.“

„Machen wir ein Gedankenexperiment: Lukas’ Rollenmodell, nur zu Hause aufzulaufen, findet viele Nachahmer. Wer tritt dann in Auswärtsspielen an? Was würde das für den Ligawettbewerb bedeuten?“

„Eine groteske Verzerrung der Platzierungen in der Bundesligatabelle vermutlich? Die Gästeblocks in den Stadien blieben verwaist und nicht nur die. Wer möchte schon Ersatzmannschaften gegen die eigenen Fußballer kicken sehen. Die zu erwartende Torflut wäre nur ein schwacher Trost.“

„So ist es“, pflichtet Elvira Kahn bei. „Der ablehnende Schulterschluss von DFB, DFL und Medien ist also begründet. Barfuß’ Modell darf nicht salonfähig werden: Es ruinierte den Spielbetrieb der Bundesliga, ein sportliches und ökonomisches Desaster.“

„Immerhin wären Hochrisikospiele passé, oder?“

„Mhm. Könnte sein. Muss darüber nachdenken“, sagt sie, bezweifelt aber, dass mein Einwand das Barfuß-Modell legitimieren könnte.

„Aber ist es nicht eines, das den aktuellen deutschen Zeitgeist widerspiegelt?“, gebe ich zu bedenken.

„Da wäre ich mir nicht so sicher“, wendet sie ein.

„Vielleicht bespielt demnächst ein anderer Solitär die Fußballbühne, Frau Kahn.“

„Und der wäre?“, fragt sie überrascht.

„Eine Kickerin, die nur in Auswärtsspielen aufläuft?“

„Kontaktieren Sie mich bitte rechtzeitig“, sagt sie schmunzelnd, „damit ich die Erste bin, die sie porträtiert.“

„Bleiben wir bei Barfuß.“

„Genau. Lukas geht es nicht um Work-Life-Balance. Das wurde mir erst während meiner Recherche klar.“

„Sie machen mich neugierig.“

„Eher das Gegenteil. Er ist ein umtriebiger Mensch, rund um die Uhr beschäftigt. Teilzeit nur als Kicker. Ansonsten neben seinen Trainingspflichten ...“

„Auch Teilzeit?“

„Nein, soweit vor Ort trainiert wird, volles Programm. Dabei ist er einer der Trainingsfleißigsten. Auch Teilzeitlehrer müssen an allen Konferenzen teilnehmen.“

„Entschuldigung, ich hab Sie unterbrochen.“

„Ansonsten ein mit ehrenamtlichen Tätigkeiten prall gefülltes Tagesprogramm.“

„Wie darf ich mir das vorstellen?“

„Mitarbeit bei der Tafel, Fußballübungen mit Kindern, als Stadtrat der Grünen im Kommunalparlament und und und.“

„Der menschliche Aspekt, den Sie angesprochen haben.“

„Genau. Er redet nicht darüber. Er packt die Dinge einfach an. Er ist ein politischer Mensch. Er möchte Dinge verändern. Ein Idealist.“

Der Einwand folgt auf dem Fuß: „Ein Wunderknabe, würde ich sagen.“

„Unsere Leser:innen wollen Vorbilder“, kontert Kahn.

„Aber doch keine Abziehbilder aus einem Wunschkatalog!“

Und keinen Genderquatsch! Den Einwand verkneift sich der Interviewer allerdings.

„Ist er nicht. Wer Lukas Barfuß persönlich erlebt, weiß das. Aber ich bin kein Defizitfahnder.“

„Konterkarieren Sie mit alldem nicht die Lebensphilosophie Ihres Magazins, Frau Kahn?“

„Nein, nein, ich poliere sie auf. Hieve sie aus der oberflächlichen Wohlfühloase. Genau.“

„Interessanter Gedanke.“

„Übrigens, fällt mir gerade ein“, sagt sie. „Lukas Barfuß’ Lebensgefährtin arbeitet, seit sie Mutter des gemeinsamen Sohnes ist, in Teilzeit in einem Eine-Frau-Startup, das sie gegründet hat. Zweifellos auch ein Unikat.“

„Aha?“

„Verkauf von Barfuß-Fanartikeln. Außer Trikots natürlich.“

„Barfuß ist also nicht nur eine Fußball-Ikone?“

„Genau. Er hat sich, ohne es zu beabsichtigen, zu einer Marke gemausert.“

„Mit seinem Nachnamen ‚Barfuß‘ taugt er allerdings eher nicht für die Werbung von Adidas, Puma und Co, oder?“

Elvira Kahn quittiert den witzig gemeinten Einwand mit einem Achselzucken und einem Fingerschnippen.

„Die Leser unserer Zeitung, der *Hunsrück-Zeitung*, werden sich jedenfalls freuen, das Interview zu lesen, Frau Kahn. Schließlich kommt Lukas aus unserer Region. Die Hunsrücker werden stolz auf ihn sein.“

„Davon hat er mir nichts erzählt. Schade. Ich hätte meine Recherche sonst erweitert.“

„Lässt sich nachholen, oder?“

„Mal sehen.“

„Ach, noch etwas?“

„Bitte?“

„Ihr Nachname, Frau Kahn. Sie haben nichts mit der Torwartlegende Oliver Kahn zu tun?“

„Doch, doch. Aber das ist ein anderes Thema.“

Bei diesem Hinweis legt sich ihre Stirn in Falten und ihre Mundwinkel zucken.

Da späht der Interviewer in seine Tasse und befragt den Kaffeesatz.

Doch der bleibt stumm.

„Ich danke Ihnen für das Gespräch, Frau Kahn.“

„Es wird hoffentlich nicht unser letztes sein“, sagt sie, nun doch wieder schmunzelnd.

Kehrtwende eines Fußballprofis?

„Lukas' Wortkargheit bin ich ein Stück weit auf die Spur gekommen", seufzt sie. „Ich bin auf dem Schinderhannesradweg mehrfach abgebogen und habe Hunsrücker in ihren Dörfern interviewt. Zumindest habe ich es versucht. Kein leichtes Unterfangen."

Falko nickt lachend.

Der Journalist der *Hunsrück Zeitung* hatte die Kollegin des Magazins *Work-Life-Balance-Today* erneut angefragt; Elvira Kahn hatte zugestimmt und das Interview mit einem Besuch in Lukas Barfuß' Heimat verbunden.

Falko hat sie zum Abendessen in den *Erlenhof* eingeladen.

„Das beste Restaurant in unsrer Gegend", hat er ihr den Mund wässrig gemacht … und ihr nicht zu viel versprochen: „Feinstes Ragout vom Hunsrücker Hirsch."

„Dafür werde ich eigens Werbung machen", lobt sie mit funkelnden Augen, stößt mit ihm an und gönnt sich einen Nachschlag.

„Dem einen oder anderen Dorfbewohner sagte der Namen Barfuß etwas. Unserem Interview sei dank, das du über eure Zeitung publik gemacht hast, vermute ich."

Falko nickt.

„Aber besonders wichtig hat das keiner genommen. Fußball eben."

„In welchen Dörfern warst du? Auch in meinem Heimatort Pfalzfeld?"

„Palsad, meinst du?", fragt sie schmunzelnd.

„Schnell gelernt, Elvira."

„Ja, die Palsada waren sogar recht gut informiert. Was mich natürlich nicht überrascht."

Falko grinst.

„Awa Duret un Kiimsche waren fast blank."

Falkos Brauen schnellen hoch. „Nachholbedarf“, stellt er achselzuckend fest.

„Lukas’ Eltern habe ich in Hasselbach besucht“, sagt Elvira.

„Donnerwetter“, sagt er, ihren Spürsinn anerkennend.

„Seltsamerweise gibt es keine Mundartvariante zu diesem Ortsnamen.“

„Die hat womöglich der Lärm von Nature One vertrieben“, flunkert er und gibt einige Hinweise zu dem jährlichen Techno-Spektakel rund um Hasselbach mit mehr als sechzigtausend Besuchern.

„Ein idyllischer Bauernhof, abgeschirmter Ort der Kindheit des späteren Fußballstars. Liebe Eltern, das Herz am rechten Fleck. Heute leben sie dort alleine, in bescheidenen Verhältnissen; der Vater schweigsam, die Mutter auskunftsfreudiger. Ihr ‚Bub‘, der habe immer einen Ball am Fuß gehabt. Bereits im Alter von neun, zehn Jahren habe er mit den Älteren auf dem Bolzplatz gekickt. Da habe er gelernt, sich durchzusetzen. Sie (nicht der Vater) habe gelegentlich mal zugeschaut, ohne dass er das mitbekommen habe. Der Trainer der Hunsrückauswahl-Mannschaften habe früh Lukas’ Talent entdeckt, seine Spielfreude und seinen Trainingsfleiß anerkannt, ihn ermutigt und dafür gesorgt, dass er als B-Jugendlicher von seinem Dorfverein zu einem Bundesligisten wechselte. Der Club habe sich auch um die schulischen Belange der Jugendlichen gekümmert. Lukas sei ein fleißiger, zielstrebiger Schüler gewesen. Nach dem Abitur dann Aufnahme eines Informatikstudiums an einer Fern-Uni. Heimweh habe ihr Junge immer gehabt. Bis heute.“

„Stimmt alles, was Sie erzählt haben“, überrascht ein Gast vom Nebentisch. „Entschuldigung, dass ich mitgehört habe.“

„Nur zu“, sagt Elvira Kahn mit einem ermunternden, freundlichen Lächeln. „Ich bin Journalistin und arbeite an einem Barfuß-Porträt.“

„Nun, ich bin mit Lukas einige Jahre im Simmerner Gymnasium in einer Klasse gewesen. Ein kluger Kopf. Doch sehr introvertiert. Und ich habe mit ihm in der C-Jugend spielen dürfen. Unser Ballzauberer. Würde mich übrigens nicht wundern, wenn er nach seiner Karriere wieder zurückkäme und den Bauernhof der Eltern übernähme. Der Lukas, der passt einfach dorthin."

„Wie meinen Sie das?"

„Bei allem Erfolg ist er ein Hunsrücker geblieben."

Anerkennung und Stolz schwingen in der Antwort mit.

„Aha?"

Der Blick des jungen Mannes streift Falko, als er sagt: „Fragen Sie Ihren Begleiter. Falko von der HZ, richtig?"

Der nickt, räuspert sich und wechselt das Thema, nun in gedämpftem Ton: „Lukas hat, genauer gesagt, er hatte zwei Geschwister."

„Lukas' Mutter erwähnte nur eine ältere Schwester. Die habe einen amerikanischen Offizier vom Flughafen Hahn geheiratet und lebe mit ihm und ihren Zwillingen in LA. Sie hoffe, dass sie von den verheerenden Bränden verschont blieben."

„Ein totgeborener Zwillingsbruder, wie Elvis Presley."

„Oh", entfährt es Elvira, „darüber muss ich nachdenken."

Der Tischnachbar zahlt und verabschiedet sich mit einem höflichen Lächeln.

„Ist dir auch aufgefallen, wie wenig Aufhebens die Eltern um ihren bekannten Fußballersohn machen? Nur einmal seien sie im Stadion gewesen."

„Na ja, es gibt Dinge", meint Elvira, „denen sollte man mehr Beachtung schenken. Ich werde eine Homestory schreiben. Die Mutter hat mir freundlicherweise einige Kindheits- und Jugendbilder von Lukas ausgeliehen und mich mit Erinnerungen versorgt. Auf der Rückseite eines Fotos des Zwölfjährigen im Vereinstrikot steht: ‚Ich will Profi werden.' So was interessiert die Leser:innen unseres Magazins. Genau."

Falko schluckt, fragt dann aber: „Gab es für dich einen besonderen Moment, ich meine bei deinen Begegnungen mit dem Fußballer Lukas Barfuß, Elvira?"

„Den gab es in der Tat", antwortet sie prompt. „Wir hatten seinen Doppelpack im letzten Heimländerspiel thematisiert, da unterbrach er sich und sagte nachdenklich: ‚Es gibt Wichtigeres, was ich tue.‘ Dann schwieg er."

Falko fühlt sich aufgefordert, die naheliegende Frage zu stellen und erhält die Antwort: „‚Wir entwickeln das Konzept eines Fußballinternats mit dem Ziel, unseren wunderbaren Sport aus den Klauen der Sponsoren, Finanzhaie und der Medien zu befreien.‘ Mehr war ihm nicht zu entlocken."

„Aber du hast eine Meinung zu seiner Ansage, Elvira."

„Ich vermute", lässt sie nach einigen Sekunden die Katze aus dem Sack, „hinter dem ‚wir‘ verbirgt sich eine vernetzte Gemeinschaft Gleichgesinnter, weit über regionale und nationale Grenzen hinweg. Und noch eines nehme ich wahr: Lukas definiert sich kaum über den Fußball. Er kickt einfach nur gerne."

„Du bleibst am Ball?"

„Todsicher!"

...

Ein Jahr später geschieht Verwunderliches. Selbst für Insider völlig unerwartet legt Barfuß eine Kehrtwende hin: Er wird Vollzeitprofi. Stellt abrupt seine ehrenamtlichen Nebentätigkeiten ein.

„Und im selben Moment sei das Lachen aus seinem Gesicht gewichen, wurde mir berichtet", sagt Elvira Kahn, die aus aktuellem Anlass Falko kontaktiert hat und per Zoom mit ihm verbunden ist. „Ein ernster, entschlossener Blick aus melancholisch verschleierten Augen habe nun sein Gesicht dominiert. Es habe seine Jungenhaftigkeit eingebüßt."

„Was war geschehen?"

„Keiner konnte es sich erklären. Lukas, verschlossen wie nie zuvor. Sein Privatleben habe er abgeschirmt. Nur auf dem Fußballplatz sei er der alte gewesen. Als habe er sich dort auf Zeit von einer erdrückenden Last befreien können."

„Und das Urteil des DFB-Sportgerichts, das du angedeutet hast, hat die Beweggründe seiner Veränderung erhellt?

„Ein traurige Geschichte.“

„Erzähl bitte. Unsere Leser wollen wissen, wat mit uusem Bafuus is.“

„Da muss ich zurückrudern, Falko“, bedauert Elvira Kahn. „Spärliche Info-Fetzen (mehr nicht) sind zu mir durchgesickert, aber nicht in die Öffentlichkeit. Noch nicht jedenfalls. Und ich möchte dich bitten, dass das auch so bleibt.“

„Wie das?“

„Lukas Barfuß' Frau litt an einer lebensbedrohlichen Herzerkrankung. Nach einem zermürbenden Marathon von Arzt zu Arzt stellte sich heraus, dass es nur eine Chance gibt: eine sündhaft teure OP in den Staaten.“

„Schrecklich. Das erklärt manches.“

„Genau. Das letzte Spiel seiner ersten Vollprofi-Saison. Lukas jagte in der Schlussminute der Verlängerung den spielentscheidenden Elfmeter in die Wolken. Das Unentschieden rettete die Gastgebermannschaft vor dem Abstieg. Für Lukas' Club eine Petitesse; man stand schließlich auf einem gesicherten Mittelfeldplatz.“

„Kann auch einem Perfektionisten passieren, oder?“

„Aber nicht so, Falko. Lukas, vermutlich gequält von Selbstvorwürfen, erstattete Selbstanzeige beim DFB: Er habe den Elfer absichtlich verschossen.

Das Sportgericht habe ihn mit einer Sperre von acht Spielen belegt, aus guten Gründen aber von einer Geldstrafe abgesehen. Alles hinter verschlossenen Türen übrigens.“

„Ein vergleichsweise mildes Urteil, oder?“

„Genau“, erklärt Elvira Kahn. „Reue und Lukas Barfuß' Handlungsmotiv wirkten wohl strafmildernd.“

„Das Motiv war die Finanzierung der Herz-OP?“

„So war's wahrscheinlich, Falko. Seine Frau lebt. Gott sei Dank.“

„Fragt sich, ob die aufgrund des Fehlschusses abgestiegene Mannschaft Berufung einlegt oder?", grübelt er. „So sie von der Sache überhaupt Wind bekommt. Was hoffentlich nicht der Fall sein wird."

„Das würde eine öffentliche und mediale Moraldiskussion auslösen. Ich bezweifle, dass jemand dieses Reputationsrisiko (für viele Akteure übrigens) eingehen könnte", meint Elvira Kahn.

„In einem durchökonomisierten Sport will das kein Mensch. Zumal der Spielbetrieb der neuen Saison bereits seit Wochen läuft und insofern nicht korrigierbar ist", gibt Falko zu bedenken.

„Fraglich auch, ob eine Berufung überhaupt Erfolg haben könnte."

„Lukas' Selbstanklage könnte ein windiger Jurist durchlöchern", spinnt Falko Elviras Gedanken weiter. „Hat Lukas Barfuß tatsächlich eine beachtliche Geldüberweisung erhalten? Ist eine Verbindung zum begünstigten Verein nachweisbar? (So blöd kann man eigentlich nicht sein, oder?) Ein anonymer Geldgeber vielleicht? Wie glaubhaft ist Barfuß' Selbstanzeige? Was sollte, könnte ihn dazu bewogen haben? Ist sein Elfmeter als willentlicher Fehlschuss nachweisbar?"

„Ob er, hätte er's denn wie üblich gewollt, den Elfmeter tatsächlich versenkt hätte, steht ohnehin in den Sternen", fügt Falko hinzu und vermutet: „Die Schatten von morgen wird man mit allen Mitteln vermeiden wollen. Wundert mich ohnehin, dass DFB und DFL nicht (wie üblich) alles unternommen haben, die Geschichte geräuschlos unter den Teppich zu kehren."

„Haben sie, Falko", entgegnet Elvira Kahn. „Deshalb hoffe ich, dass die Geschichte unterm Teppich bleibt."

„Was lässt dich hoffen?"

„Das Info-Rinnsal ist versiegt, das Leck geschlossen."

„Womit wir wieder bei Lukas Barfuß wären, oder?"

Elvira nickt und vermutet: „Die nächsten Wochen wird er in Hasselbach sein, mit Kind und Kegel. Mein Hunsrück-Urlaub verlängert sich."

„Ruhe- und Fluchtort?"

„Da wird er ‚die Oberschenkelverletzung' auskurieren, die der Verein auf seiner Homepage vermeldet."

Kahn trifft Barfuß beim Melken im Stall des elterlichen Bauernhofs.

„Hallo Elvira", ruft er ihr zu, „meine Mutter hat mir von Ihrem Überraschungsbesuch berichtet. Sie hat sich sehr gefreut und fand die ‚taffe Journalistin' … ‚sehr nett'."

Er erhebt sich vom Schemel, umarmt sie und melkt dann weiter.

„Das konnte ich schon als Junge", antwortet er ihrem fragenden Blick lachend. „Wollen Sie es auch mal probieren."

„Um Gottes Willen!", kichert sie und hält Abstand von der Kuh. „Sie machen Urlaub während der Saison?"

„Sie doch auch, oder?", antwortet er mit einer Gegenfrage schmunzelnd.

„Jain", antwortet sie wahrheitsgemäß.

„Muskelfaserriss", sagt er, „der Verein war großzügig und hat mir zwei Wochen genehmigt. Natürlich tägliche Physio. Meiner Frau tut die Auszeit nach einer OP gut, und Tim freut sich mit Oma und Opa."

„Darf ich Sie dennoch mit einer Fußballfrage behelligen, Lukas?"

„Nur zu."

„Ihr Elfmeter zum Abschluss der letzten Saison?"

„Hat mich maßlos geärgert, vor allem wegen der Konsequenzen im Abstiegskampf."

„Ihr erster verschossener Elfer?"

„In der Bundesliga. In der Tat", seufzt er. „Nach meiner Erfolgssträhne war ich mir wohl zu sicher."

„Gab es irgendwelche Negativkommentare?"

„Wie meinen Sie das“, fragt er verwundert.

„Nun“, druckst sie herum, „seitens des DFB oder so?“

„Wie kommen Sie denn darauf?“

Er hört auf zu melken und fixiert sie.

„Seltsam“, raunt Kahn.

Barfuss stellt den Milcheimer beiseite und sagt: „Spaziergang?“

Sie nickt.

„Tut meinem lädierten Bein gut“, sagt er und nimmt ihren Faden auf.

„Seltsam, meinten Sie, Elvira. Was ich seltsam finde. Jeder verballert mal einen Elfer.“

„Ich will ehrlich sein“, sagt sie, bleibt stehen und schaut ihm in die Augen. „Mir ist zu Ohren gekommen, Sie hätten den Elfer bewusst verschossen und das auch eingestanden.“

Barfuß' Gesicht läuft rot an. Es verschlägt ihm die Sprache. Kahn setzt ihn in Kenntnis, was man ihr zugesteckt hat.

„Fake news. Nichts davon ist wahr“, sagt er ruhig und gefasst. „Richtig ist, dass ich wegen der OP-Kosten mein Leben umkrempeln musste. Und überglücklich bin, dass alles gut verlaufen ist.“

„Wer will Ihnen da ans Leder, Lukas?“

„Sie haben den Mist geglaubt?“, fragt er.

Verlegen drückt sie sich um eine klare Antwort. „Ich bin froh, jetzt mit Ihnen darüber sprechen zu können, Lukas.“

„Haben Sie jemand davon erzählt?“, hakt er nach.

„Falko, dem Reporter der HZ“, räumt sie kleinlaut ein.

Barfuß' Brauen schnellen in die Höhe.

„Hab ihn aber gebeten, dichtzuhalten“, versucht sie ihren Fauxpas kleinzureden. „Er ist mein Freund. Ich vertraue ihm.“

„Können Sie Ihre Quelle ausfindig machen, Elvira?“

„Hab's bereits versucht, leider ohne Erfolg. Auch meine vorsichtige Anfrage beim DFB blieb bislang ohne Antwort.“

„Man hat Sie als meinungsstarke Magazin-Journalistin auserkoren", vermutet Barfuss, „die erlogene Story im Umlauf zu bringen."

„Da liegen Sie wahrscheinlich nicht falsch", sagt sie.

„Ich werde umgehend meinen Club informieren. Der wird sich mit dem DFB in Verbindung setzen."

„Kluge Entscheidung", sagt sie. „Man wird sich auf eine eventuelle mediale Schlammschlacht vorbereiten müssen."

„Eine Falschinformation, breit gestreut, wäre nur schwer einzufangen, oder?"

„Leider", stimmt sie ihm zu. „Lügen leben lange im Netz. Je schneller Sie wieder auf Torejagd gehen, um so kürzer werden allerdings ihre Beine. Genau."

„Ich hoffe, in zwei Wochen wieder fit zu sein", sagt er.

„Wäre hilfreich. Mhm. Wem könnte daran gelegen sein, Sie derart mit Dreck zu bewerfen, Lukas?"

„Jemand, der mir und meinem Club schaden will? Jemand, der sich für den elfmeterbedingten Bundesliga-Abstieg rächen will? Jemand, der Schlagzeilen braucht?"

„Ich bleibe am Ball", sagt sie, „und halte Sie auf dem Laufenden, Lukas."

„Bleiben wir in Kontakt", sagt er nachdenklich.

Auf dem Weg zum Hotel in Simmern reift der Gedanke, ihren Vater zu kontaktieren. Er ist lange genug im Fußballgeschäft und könnte ihr (und Lukas) vermutlich mit Rat und vielleicht auch Tat zur Seite stehen. Gut, dass Barfuß nicht bei einem Spitzenclub kickt, denkt sie.

Ein ominöser Todesfall im Pflegeheim

Es ist ein kalter Montagmorgen Anfang Mai 1994. Um sechs Uhr wartet er, in seinem Rollstuhl kauernd, vor dem gläsernen Entree des Pflegeheims, eingepackt in einen wärmenden Pelzmantel, die Pelzmütze tief in die zerfurchte Stirn gezogen. Seine bebrillten dunklen Augen starren … ins Nichts. Vogelgezwitscher trotzt dem feuchtkühlen Wetter. Doch der mit dunklen Wolken vollgestopfte Himmel droht bald seine Schleusen zu öffnen.

Da wird der riesenhafte Pfleger beim Kontrollgang auf den Fremden im Rollstuhl aufmerksam.

„Verdammt!", entfährt es Uwe Sievers und er öffnet rasch die Außentür.

„Mann", ruft er und schiebt mit seinen Pranken den Bibbernden in die wärmende Eingangshalle, „Sie holen sich den Tod!"

Im selben Moment beginnt es zu donnern und wenig später prasseln Hagelsalven gegen die Fensterfront.

„Wer sind Sie?", stammelt er. „Wieso hat man Sie hierher gebracht? Wer war das?"

Statt einer Antwort befreit sich der Fremde von der Pelzmütze und reicht dem Pfleger mit zittriger Hand einen Brief.

Sehr geehrter Herr, sehr geehrte Dame,
herzlichen Dank, dass Sie Professor Doktor Robert Roberto fürs Erste in Sicherheit gebracht haben. Sie müssen wissen: Er kann sie gut verstehen, kann aber selbst aufgrund einer Aphasie nicht sprechen.

In der rückseitigen Tasche finden Sie alles, was Robert die ersten Tage braucht, Medikamente und dergleichen. Ein Mitarbeiter unserer Kanzlei wird die Leiterin Ihres Heims gegen zehn Uhr kontaktieren, um die weiteren Schritte zu besprechen. Kündigen Sie uns schon mal an!

Doktor Roberto wird das am Samstag wegen des tragischen Todesfalls freigewordene Appartement im dritten Stock beziehen.

Anwaltskanzlei Drs. Wittgenstein & Söhne

Köln, Berrenrather Straße 13

wittgenstein@t-online.de

Pfleger Sievers schüttelt den Kopf.

Da reicht Doktor Roberto ihm einen Zettel: „Haben Sie schon einmal geträumt, ein Mörder geworden zu sein, so dass Sie Ihr gewohntes Leben nur der Form nach weiterführen können?"

Mit weit aufgerissenen Augen starrt Sievers auf das maskenhafte Gesicht des rätselhaften Mannes. Was glaubt der zu wissen?, scheint er sich zu fragen. Was will der ihm sagen?

„Frau von Zahnd", fragt Voß, „hat man Sie über den neuen Pflegefall informiert?"

„Sie meinen Doktor Roberto?"

„So ist es. Er steht auf Ihrer Warteliste an Nummer eins."

„Mag sein. Doch wer aufgenommen wird, Herr Voß, darüber entscheide ich."

„Deshalb bin ich hier, liebe Frau von Zahnd", erklärt der Anwalt, der ihr, die Beine lässig übereinandergeschlagen, gegenüber sitzt. „Im Auftrag Doktor Robertos zahlen wir monatlich sechstausend Euro."

„Mit Speck fängt man Mäuse."

„Ich bitte Sie. Das haben wir nicht nötig", sagt er lachend.

„Aha?", fragt sie irritiert.

„Bislang waltete ja ein wahrer Gottesfriede in Ihrem Hause", antwortet er süffisant. „Und dann der unerwartete Tod des Jakob Nowak. Na so was!"

„Was soll das? Woher wissen Sie?", empört sie sich.

„Wir wissen so manches. Wer nur glaubt, wird selten selig“, geheimnist er.

„Es gibt medizinisch wahrscheinlich bald eine plausible Erklärung für das Vorgefallene.“

„Warten wir’s ab, Frau von Zahnd“, zweifelt Voß. „Warten wir’s ab. Aber die Zeit, Frau von Zahnd, die Zeit, sie drängt.“

„Was soll das heißen, Herr Voß?“

„Das wissen Sie ganz genau“, verschärft er den Ton. „Deshalb: Wir sollten uns einigen, in beiderseitigem Interesse und Einvernehmen, und zwar sofort.“

Mathilde von Zahnd presst mit den Händen ihre Schläfen.

„Was schlagen Sie vor?“, kommt es ihr kleinlaut über die schmalen Lippen.

„Sie veranlassen umgehend die Unterbringung Doktor Robertos in Jakob Nowaks Appartement.“

Eine Anweisung, kein Vorschlag. Eine nervöse Falte kräuselt die Stirn der Anstaltsleiterin.

„Warum gerade dort?“

„Weil es gerade frei geworden ist?“

„Wenn Sie so genau Bescheid wissen, dann wüssten Sie, dass wir ein ähnlich komfortables Appartement ...“

„Tut nichts zur Sache“, wird sie barsch unterbrochen. „Sie schicken uns umgehend per E-Mail den Vertrag zu.“

„Warum“, versucht es von Zahnd halbherzig noch einmal, „warum in Gottes Namen sollte ich ...“

„Wir sollten“, fällt Anwalt Voß ihr erneut ins Wort, „wir sollten gemeinsam dafür sorgen, dass die Sache keine unerwünschten Wogen schlägt, oder?“

Frau von Zahnd schluckt.

„Schön, es freut mich, dass Sie das einsehen“, wird ihr beschieden. „Wir geben natürlich ad hoc die monatlichen sechstausend Euro frei.“

„Und wo ist der Haken?“, fragt sie lauernd.

„Es gibt keinen Haken.“

„Und das soll ich Ihnen glauben?“

„Ich fürchte, Sie müssen. Oder wollen Sie abdanken?“

„Noch eins, wenn ich darf“, stammelt von Zahnd nach einer Schrecksekunde.

„Bitte.“

„Die Zimmer von Jakob Nowak sind noch nicht ausgeräumt.“

„Gut, dass Sie's ansprechen, Frau von Zahnd. Ein wichtiger Punkt. Ein neues Bett für Doktor Roberto wird heute noch angeliefert. Der Rest bleibt, wo er ist.“

„Muss ich das verstehen?“

„Nein. Doch Sie werden peu à peu dahinter kommen, das versprechen wir Ihnen.“

Beim Frühstück am nächsten Morgen, das man Doktor Roberto in dessen neuem Domizil aufgetischt hat, notiert er Sievers, dem man auf Robertos nachdrückliche Bitte hin die exklusive Betreuung überantwortet hat: „Jakob wird am übernächsten Samstag auf dem Friedhof in Pfalzfeld beerdigt. Sie werden mich begleiten.“

Als fühle er sich überrumpelt, ringt sich Sievers ein knappes Ja ab. Seine wuchtigen Lippen zucken. Mit seiner Pranke fährt er sich über den Hinterkopf. ...

Nachdem Roberto das Ei geköpft hat, schiebt er ihm einen weiteren Zettel zu: „Ein Leonhard Aron liest freitags um zehn Uhr vor?“

Sievers nickt irritiert.

„Der schreibt Regionalkrimis?“

„Kann sein“, stottert Sievers. „Möchten Sie teilnehmen?“,

Roberto nickt resolut. Dann gibt er Sievers zu verstehen, er möge ihn jetzt alleine lassen.

Kaum ist der aus dem Appartement, steht Roberto auf, schließt die Türe ab, duscht und startet dann eine längere Zoom-Schalte.

Man hat mich informiert, dass ich mit Doktor Roberto einen Mathematikprofessor als prominenten Neuzugang in unsrem Vorlesekreis haben werde. Ich bin gespannt und erwartungsfroh.

Den ominösen Todesfall Jakob Nowak habe ich auf dem Schirm. Tatsächlich lag der Mann am vergangenen Samstagmorgen tot in seinem Bett. Er war zwar bereits fünfundachtzig, aber, soweit bekannt, sei er eigentlich kerngesund gewesen. Der hausinterne Bordfunk vermeldet, die Staatsanwaltschaft habe angeordnet, Jakob Nowaks Leichnam zu obduzieren. Irgendetwas müsse da, munkelt man, nicht mit rechten Dingen zugegangen sein.

Jakob Nowak hinterlässt, wie ich recherchiert habe, ein üppiges Erbe. (Gewinne aus der väterlichen Schreinerei, clever investiert in Immobilien, und eine glückliche Hand bei diversen anderen Geldanlagen.) Sein Sohn Elias muss sich mit dem Pflichtteil zufrieden geben. In den beiden Jahren, die sein Vater im Pflegeheim war, hat er ihn ein einziges Mal besucht, und zwar exakt am Tag vor dessen Tod. Da braut sich in der Gerüchteküche etwas zusammen.

Roberto, ein Kunstname, den er sich zulegte, hatte seine langjährige Lebensgefährtin Marie geschwängert und sie, als sie ihm das sagte, sitzen lassen. Sein Halbbruder, der schon immer ein Auge auf Maria geworfen hatte, aber von der Schwangerschaft nichts wusste, nutzte die Gunst der Stunde, machte ihr kurzerhand einen Heiratsantrag, sie stimmte zu und hatte somit (auch nach außen hin) einen Vater für das Kind. Vor zwei Jahren verstarb Marie Nowak nach einem rätselhaften, tragischen Verkehrsunfall.

Was war am Tag vor Jakob Nowaks Tod geschehen? Nach der Obduktion kann ein Suizidversuch durch Tabletteneinnahme nicht ausgeschlossen werden, erfahre ich aus Ermittlerkreisen. Genauer gesagt, lässt mich meine „Freundin" Hauptkommissarin Corinna Schmidt unter der Hand wissen. Nicht ganz auszuschließen, wenngleich eher unwahrscheinlich sei, dass Jakob sich aufgrund seiner beginnenden Demenz unbeabsichtigt Pillen eingeworfen habe. Möglich sei auch Tod durch Ersticken, was allerdings kaum mehr nachweisbar sei – oder geschah solch ein Gewaltakt, so er denn stattfand, um auf Nummer sicher zu gehen? Im Übrigen wurde Leberzirrhose diagnostiziert. Der Mann habe allenfalls noch ein paar Monate vor sich gehabt.

Mein Krimi-geschultes Schriftstellerhirn kommt auf Touren.

Unerwartet spielt mir wieder einmal die Wirklichkeit in die Karten. Die Vorlesestunde findet in unmittelbarer Tatortnähe statt, im Aufenthaltsraum des dritten Stocks.

Bereits nach der ersten gemeinsamen Stunde weiß ich: ein intellektuell anspruchsvoller Gegner. Wie er mit seinen funkelnden schwarzen Augen kommentiert hat, was ich vorlas, was die Frauen dazu sagten, wie sie es sagten und wie sie mit- und gegeneinander redeten. Robertos Adleraugen entging nichts. Die Kommunikation mit ihm dürfte allerdings schwierig werden, nicht nur sprachlich, vermute ich. Was zum Teufel hat diesen Robert Roberto veranlasst, sich in einem in die Jahre gekommenen Pflegeheim einer abgelegenen Hunsrück-Kleinstadt einzuquartieren, obendrein im Todes-Appartement seines Halbbruders?

Im Anschluss an unsere Gesprächsrunde, die mit der Klage über die ruinösen Zuzahlungen ans Pflegeheim, die jeder beisteuern muss, endete, spricht mich Frau Thomas an, eine der gewitzten Damen, sie seit Jahren dabei ist. Borstig ihr Haar, borstig ihre Stimme, borstig ihr Gebaren. Nicht zuletzt Anita Thomas hatte sich heftig über die ‚strangulierende Ausbeutung' der Trägergesellschaft echauffiert.

„Wissen Sie, Herr Aron", schlägt sie das Thema an, das ihr unter den Nägeln brennt, „am Tag vor Jakobs Tod, da hatte er Besuch von seinem Sohn."

„Aha?", gebe ich mich ahnungslos.

„Zwei Jahre hat der sich nicht blicken lassen. Und nun das!"

Mir ist unklar, worüber sie sich empört.

„Sie machen mich neugierig, Frau Thomas", sage ich.

„Der Jakob hat darunter gelitten, dass der Elias sich so rar gemacht hat. Muss irgendwie mit dem Unfalltod seiner Mutter zu tun haben. Jakob wollte nicht darüber reden. Na ja, nun kreuzt der Bursche bei seinem Vater auf und macht ihm eine Szene. Schrecklich dieses Geschrei!"

„Das haben Sie mitbekommen, Frau Thomas?"

„War nicht zu überhören", tönt sie.

„Worum ging es denn?", frage ich.

„Das weiß ich nicht. Der junge Mann hat sich jedenfalls nach wenigen Minuten wutentbrannt vom Acker gemacht. Jakob war fix und fertig."

„Sie sind zu ihm aufs Zimmer gegangen?", entfährt es mir.

Sie nickt. „Wir haben uns gut verstanden, der Jakob und ich", sagt sie mit bedeutsamer Geste und wischt unsichtbaren Staub vom Tisch.

„Da hat er Ihnen sein Leid geklagt, oder?"

„Der Elias war wohl stinksauer, dass Jakob ihn mit dem Pflichtteil abgespeist hat. Er hat seinem Vater gedroht."

„Wie gedroht?"

„Keine Ahnung. Wissen Sie, manchmal war der Jakob sehr zugeknöpft. Ich habe allerdings gemerkt", sagt sie und fixiert mich mit ihren nervös flackernden kleinen grauen Augen, die in Faltennestern liegen, „dass er die Drohung ernstnahm und sie ihm schwer zu schaffen machte."

Sie atmet hörbar tief ein und aus und reckt den Kopf.

„Hat er Ihnen vielleicht mal erzählt, wo sein Sohn wohnt und so weiter?"

„Das schon", sagt sie. „Der hat von seiner Mutter das elterliche Haus in Pfalzfeld geerbt. Und er arbeitet als Ingenieur bei der Firma Bomag, in Buchholz, glaube ich."

„Verheiratet?"

„Nein, nein. Ich vermute, der hatte noch nie eine Freundin."

„Wie das?"

Frau Thomas zuckt mit den Achseln.

„Noch eins", hake ich nach. „Warum hat Jakob übrigens den Elias mit einem Pflichtteil abgespeist, wie Sie gesagt haben?"

Bei der Frage läuft das rosige Gesicht von Frau Thomas rot an. Altersflecken auf der zerfurchten Gesichtshaut. Plötzlich sieht sie so alt aus, wie sie ist. Wieder zuckt sie mit den Achseln, und ich denke mir meinen Teil.

Warum mir nun der folgende Satz über die Lippen kommt, ist mir zugegebenermaßen selbst ein Rätsel.

„Wissen Sie", sage ich und beobachte sehr genau, wie sie auf meinen Hinweis reagieren wird, „dass Jakob nicht der leibliche Vater von Elias gewesen ist?"

Sie reißt die Augen auf. „Das glaube ich nicht", stammelt sie und ihre wulstigen Nasenflügel zucken. „Wer sollte denn sein, wie sagt man, sein Erzeuger sein?" Geräuschvoll stößt sie die Luft aus und zupft sich am Ohrläppchen.

Jetzt zucke ich mit den Achseln, glaube ihr aber nicht, und behalte mein Wissen (mit schlechtem Gewissen) für mich. Stattdessen sage ich beiläufig: „Schon seltsam, dass nun ein anderer Mann in Jakobs Zimmer wohnt, oder?"

„Das kann man wohl sagen", zetert sie. „Und dann noch jemand, der so ganz anders als Jakob zu ticken scheint, oder?"

„Wie meinen Sie das?", frage ich.

„Na hören Sie mal, Herr Aron", sagt sie. „Sie haben doch lange genug den Jakob in unserem Vorlesekreis erlebt und nun diesen arroganten Doktor Roberto. Allein schon der Name! Ich bitte Sie!"

„Für den kann er nun mal nichts", sage ich (wieder mit schlechtem Gewissen).

„Jedenfalls werde ich mir den vom Hals halten", beendet Frau Thomas abrupt das Gespräch und verabschiedet sich grußlos. Was sonst nicht ihre Art ist.

Ich trinke meine Tasse Tee aus und denke über das Gespräch nach. Gerade will ich gehen, da rollt Robert Roberto mit seinem Rollstuhl herein und bittet mich, die Tür zu schließen.

„Haben Sie noch einen Moment?“, fragt er doch tatsächlich, nachdem er sich mit einem Blick nach draußen davon überzeugt hat, dass es keine ungebetenen Zuhörer oder Zuschauer gibt.

Ich nicke, nehme wieder Platz und werde erneut überrascht.

„Ich wollte Ihr Gespräch mit der Dame Thomas nicht stören“, hebt er an.

Die Süffisanz, mit der er die ‚Dame Thomas‘ akzentuiert, lässt mich aufhorchen.

Dann fügt er grinsend hinzu: „Späte Liebschaft meines Halbbruders.“

Als er das Fragezeichen in meinen Augen sieht, sagt er: „Ich wollte schon seit Längerem hier einziehen. Man hatte mich auf die Warteliste gesetzt. Wollte die letzten Monate, die mein Bruder noch zu leben hatte, bei ihm sein. Nun ist er tot.“

Sein Grinsen ist einem finsteren Blick gewichen.

„Aber ich werde herausfinden, wer ihn auf dem Gewissen hat und warum.“

Ich versuche mir meine Anspannung nicht anmerken zu lassen und sage: „Gefährlicher Ort dieses Alten- und Pflegeheim.“

„Drum habe ich mir den bulligen Pfleger Uwe Sievers als eine Art Bodyguard gesichert. Frau von Zahnd weiß Bescheid.“

„Auch dass Sie keineswegs an Aphasie leiden?“

„Das nicht. Ich bitte Sie, das für sich zu behalten.“

„Wozu die Tarnung.“

„Sie werden es als Erster erfahren.“

„Was kann ich für Sie tun?“

„Schreiben Sie auf, was hier geschehen ist und was geschehen wird.“

Als ich mit einem Augenaufschlag antworte, sagt er: „Das hatten Sie doch ohnehin vor, nicht wahr?“

Ich deute ein Nicken an und sage: „Vor Ihnen muss man sich in der Tat in Acht nehmen, nicht wahr.“

„Man nicht“, sagt er, „manch eine schon.“

„Sie haben also einen Verdacht?“, frage ich.

„Ich halte Sie auf dem Laufenden", weicht er aus, „wenn ich Fakten habe, werde ich es Sie wissen lassen. Im Übrigen gehe ich davon aus, dass Sie bereits das eine oder andere recherchiert haben."

Da klopft es an die Tür und Pleger Sievers erspart mir eine Antwort.

Er holt Doktor Roberto zum Mittagessen ab.

„Gehen wir, Sievers", sagt er grinsend.

Ist die Welt in die Hände von Verrückten gefallen?, frage ich mich.

„Eine Hauptkommissarin Schmidt möchte Sie sprechen, Herr Nowak."

„Soll reinkommen", sagt Elias Nowak zu seiner Sekretärin.

„Was habe ich verbrochen, Frau Kommissarin?"

Der hagere Enddreißiger mit Glatze und wie zum Ausgleich schwarzem Dreitagebart bietet ihr einen Stuhl an seinem Konferenztisch an, um ihr gegenüber Platz zu nehmen. „Einen Kaffee?"

Schmidt schüttelt den Kopf und sagt: „Ihr Vater ist verstorben. Mein Beileid."

„Danke, aber deshalb kreuzen Sie hier nicht auf", sagt er trocken.

„Wir ermitteln, ob Ihr Vater Opfer einer Straftat geworden ist. Das wissen Sie."

Nowak nickt und schiebt sich einen Kaugummi in den Mund.

„Am Tag vor seinem Tod hatten Sie eine heftige Auseinandersetzung mit ihm?"

„Wer sagt das?"

„Hatten Sie oder hatten Sie nicht?"

„Ich wollte von ihm wissen, weshalb er vor Kurzem der Schlange Thomas den Großteil seines Vermögens vermacht hat. Das sei seine Sache. Keine Begründung, nichts außer diesem rotzigen Satz. Da rastete ich aus."

„Aha?“

„Nichts aha! Mich mir nichts, dir nichts auszubooten, das lasse ich mir nicht gefallen.“

„Heißt?“

„Mein Anwalt schaut, was zu machen ist. Die Demenz meines Vaters zum Beispiel.“

„Wann haben Sie von der Sache erfahren?“

„Vor etwa zwei Wochen. Eigentlich zufällig.“

„Wie das?“

„Das muss ich Ihnen nicht unter die Nase reiben.“

„Stimmt. Wäre aber vielleicht hilfreich für unsere Ermittlungen.“

„Nur so viel: Ich will mich selbständig machen. Dafür brauche ich eine Anschubfinanzierung.“

„Und bei der Kreditanfrage ...“

„Mit ihrer Vermutung liegen Sie richtig, Frau Schmidt“, fällt er ihr ins Wort.

„Sie hatten nicht das beste Verhältnis zu Ihrem Vater?“

„Korrekt. Ist aber Privatsache.“

„Sie wissen, dass es die bei einem Mord nicht gibt.“

Nowak zuckt mit den Achseln und kaut den Kaugummi.

Um den Geldgeruch in seinem Atem zu verdecken, denkt sie.

„Haben Sie eine Vermutung, weshalb er Frau Thomas als Erbin eingesetzt hat?“

„Finden Sie’s raus, dann klären Sie auch Ihren Fall“, sagt er stirnrunzelnd.

Vielleicht hat er Recht, grübelt Hauptkommissarin Corinna Schmidt, als sie auf der Rückfahrt die Zeugeneinvernahme noch einmal Revue passieren lässt. Als Täter kommt der Sohn jedenfalls eher nicht infrage. Kein sympathischer Typ, dieser Elias Nowak. Aber keiner, der seinen Vater töten würde. Wir müssen im Pflegeheim recherchieren, zunächst die Leiterin, dann Frau Thomas, andere Bewohner und die Pfleger, Putzkräfte und so weiter.

Da ereilt sie eine überraschende SMS ihres Lebensfreundes Leonhard Aron, dem vorlesenden Hirn von Minago, dem Club der rüstigen Senioren mit Ermittlerinstinkt: „Wir sollten uns sehen. Die Causa Nowak."

„Ein neuer Teilnehmer im Vorlesekreis", sagt Leonhard mit bedeutsamer Geste.

„Deshalb wolltest du mich treffen?"

„Der Halbbruder des zu Tode gekommenen Jakob Nowak", antwortet Leonhard ungerührt, „ein Mathematikprofessor Doktor Roberto. Der leibliche Vater von Elias Nowak."

„Allen Ernstes?", entfährt es der Kommissarin.

„Du kennst mich, Corinna. Mit so etwas spiele ich nicht."

„Entschuldige."

„Roberto hat das Todeszimmer Nowaks bezogen."

In groben Zügen informiert er Schmidt.

„Und er hat sich quasi als Personenschützer den riesigen Oberpfleger Uwe Sievers gesichert. Ausgerechnet Sievers."

„Wie muss ich deinen Hinweis verstehen, Leonhard?"

„Der ist seit Kurzem stolzer Besitzer einer nagelneuen Harley Davidson."

„Hat er geerbt? Als Pfleger wird er die Maschine nicht einmal leasen können, oder?"

„Ihr solltet die Finanzen von Frau Thomas und von Uwe Sievers unter die Lupe nehmen."

„Verstehe, was du meinst", sagt Corinna Schmidt. „Ich hoffe, Oberstaatsanwältin Löwenbrück spielt mit."

„Ansonsten müssen wir, muss Minago mit seinen Bordmitteln tätig werden", meint Leonhard Aron grinsend.

„Gott behüte!", sagt sie.

Wenige Tage später besucht Corinna Schmidt ihn erneut im Minago-Treff der Seniorenresidenz.

„Mit deiner Vermutung liegst du richtig, Leonhard", sagt sie. „Kürzlich hat Anita Thomas dem Pfleger Sievers zwanzigtausend Euro überweisen lassen. Verwendungszweck?"

„Bekannt", sagt Aron.

„Klar", bestätigt Corinna. „Und auf ihrem defizitären Konto gingen gleichzeitig fünfzigtausend Euro ein."

„Ein Kredit vermutlich", sagt Leonhard.

„Besichert durch eine Immobilie Jakob Nowaks", sagt Corinna. „Monatliche Einkünfte von Thomas: eintausendzweihundert Euro aus Rente und Spareinlagen, die ausgelaufen sind. Macht nur noch achthundert Euro Einkünfte. Die Zuzahlungen ans Pflegeheim sind hingegen gestiegen auf monatlich zweitausendfünfhundertfünfzig Euro. Unwürdig hängt diese stolze Dame am Tropf der Sozialkasse."

„Das dachte ich mir", sagt Leonhard und fährt fort: „Sie hat sich also mit Hilfe ihres Opfers das Geld besorgt, mit dem sie auch den Täter entgolten hat."

„Könnte sein", pflichtet Corinna ihm bei. „Wofür wir allerdings nur dünne Indizien haben. Wir bräuchten Geständnisse."

„Und wenn es illegale Sterbehilfe war? Die Leberzirrhose?"

„Tod durch Ersticken? Ich bitte dich, Leonhard!"

„Hmh. Gibt es eine Verbindung zwischen Anita Thomas und Uwe Sievers, ich meine jenseits der Rollen Pflegeheim-Insasse und Pfleger?"

„In der Tat", lässt Corinna endlich die Katze aus dem Sack. „Beide stammen aus Masterhausen. Waren zudem Nachbarn. Und, wichtiger: Anscheinend hatte Thomas jahrelang ein Verhältnis mit Sievers Vater. Jedenfalls wurde uns das unter der Hand von mehreren Dorfbewohnern gesteckt."

„So könnte ein Schuh draus werden", grübelt Leonhard. „Die beiden stecken unter einer Decke, Uwe Sievers und die Geliebte seines Vaters meine ich."

„So könnte sich allerdings auch die Zahlung der Geldsumme an Uwe Sievers erklären. Widerspräche das nicht unserer These einer Zahlung für eine Untat?"

„Dir bleibt nichts anderes übrig, Corinna, als den Stier bei
den Hörnern zu packen. Ihr müsst beide in die Mangel nehmen, getrennt voneinander und dann gemeinsam, oder?“

„Schwierig bei einer Pflegeperson.“

„Die Thomas ist klar im Kopf; sie ist nicht entmündigt,
also insoweit kein Problem“, meint Leonhard. „Aber eine harte
Nuss. Ich kenne sie seit Jahren als Fleisch gewordener Wider-
spruchsgeist in meiner Vorleserunde. Die hat Haare auf den
Zähnen.“

„Aus deinem Mund ist das eine Aron-spezifische Form des
Lobs, mein Freund“, sagt Corinna augenzwinkernd.

„Frau Thomas, wir haben einige Fragen im Rahmen der
Ermittlungen zum Tod von Herrn Jakob Nowak.“

„Dachte ich mir“, sagt sie und schaut der ihr gegenübersit-
zenden Kommissarin selbstbewusst in die Augen.

„Die Gerüchteküche brodelt, sowohl im Pflegeheim als
auch in ihrem Heimatort Mastershausen.“

„Ich wusste gar nicht, dass die Polizei in der Gerüchteküche
mit rührt“, sagt sie schnippisch.

„Tun wir nicht“, erklärt Schmidt, „wir müssen allerdings
gewisse Ungereimtheiten, was den Tod Herrn Nowaks anbe-
langt, klären.“

„Was kann ich dazu beitragen?“, fragt sie unverhohlen.

„Nun, halten Sie einen Suizid für möglich?“

Anita Thomas lässt sich Zeit mit einer Antwort.

„Nein. Er hing am Leben. Obwohl oder weil er todkrank
war. Aber das wissen Sie ja, Frau Kommissarin?“

„Sie waren eng mit ihm befreundet?“

„Ja. Uns hat eine lebensentscheidende Sache verbunden. Wenngleich in recht verzwickter Weise, spiegelverkehrt
sozusagen.“

„Sie sprechen in Rätseln, Frau Thomas.“

„Jakob war Vater eines Sohnes, den nicht er gezeugt hatte. Was Jakob und Elias aber erst vor zwei Jahren, nach dem

Unfalltod der Frau und Mutter erfahren haben. Mein Sohn hat ebenfalls erst vor zwei Jahren, nach dem Tod seiner Ziehmutter, die keine Kinder bekommen konnte, erfahren, dass ich seine leibliche Mutter bin. Die Details sind nicht wichtig und gehen die Leute auch nichts an."

Corinna Schmidt dämmert es. Obwohl sie noch im Nebel stochert, entfährt es ihr: „Ihr Sohn, liebe Frau Thomas, ist der Pfleger Uwe Sievers."

Thomas nickt und sagt: „Vielleicht verstehen Sie jetzt, was ich gemeint habe."

Corinna steht auf, öffnet das Fenster und atmet tief ein und aus. Dann setzt sie sich wieder und sagt: „Wir haben Ihre finanziellen Transaktionen der letzten Monate und Wochen in Augenschein genommen, Frau Thomas. Das hat uns aufmerken lassen."

„Mit richterlicher Genehmigung?", schnarrt sie.

„Natürlich. Wir leben schließlich in einem Rechtsstaat."

„Sie haben also", schließt die Zeugin messerscharf, „in Erwägung gezogen, dass Uwe und ich etwas mit dem Ableben von Jakob zu tun haben könnten."

Eine seltsam nüchtern vorgetragene Einschätzung. Die Frau hat sich im Griff, lässt sich nicht von Emotionen überwältigen, muss Kommissarin Schmidt sich eingestehen und nickt.

„Jakob hat tatsächlich dafür gesorgt, dass mir ein größerer Kreditrahmen eingeräumt wurde. Und er hat mir einen Teil seines üppigen Erbes testamentarisch überschrieben. Den Großteil allerdings, den hat er zu gleichen Teilen dem Pflegeheim und seiner evangelischen Kirche vererbt. Die Testamentseröffnung durch den Notar wird Licht ins Dunkel bringen."

„Und die zwanzigtausend Euro für Ihren Sohn Uwe Sievers?"

„Zugegeben: Da habe ich etwas geschummelt. Steuertechnisch meine ich."

Ein verlegenes Lächeln streift ihr Gesicht.

„Uwes Vater, Anton Sievers, wird mir in Bälde den Betrag überweisen. Wissen Sie, die Zuzahlungen für die Pflege, die ich wie andere im Heim leisten muss, sind durch die Decke gegangen.“

Über ihre Lippen fährt ein harter Zug.

Spätes Glück

Etwas Seltsames ist mir zu Ohren gekommen. Das Literaturhaus in Goethes Geburtsstadt bat Schriftsteller, eine Geschichte in ‚Einfacher Sprache‘ zu schreiben. Zielgruppe seien Leser mit eingeschränkter Sprachkompetenz. Sie sollen so einen Zugang zu literarischem Erzählen finden. Eine schöne Idee, nicht wahr? (Heute sagt man übrigens „genau“, nicht wahr.)

Ich greife zu meinem Lieblingsroman, Theodor Fontanes „Frau Jenny Treibel“ (1893). Der Einleitungssatz lautet: „An einem der letzten Maitage, das Wetter war schon sommerlich, bog ein zurückgeschlagener Landauer vom Spittelmarkt her in die Kur- und dann in die Adlerstraße ein und hielt gleich danach vor einem, trotz seiner Front von nur fünf Fenstern, ziemlich ansehnlichen, im Übrigen aber altmodischen Hause, dem ein neuer, gelbbrauner Ölfarbenanstrich wohl etwas mehr Sauberkeit, aber keine Spur von gesteigerter Schönheit gegeben hatte, beinahe das Gegenteil.“

Es war Ende Mai. Eine offene Pferdekutsche stoppte vor einem Haus. Es war ein altes Haus. Die Hausfront hatte fünf Fenster. Sie war mit gelbbrauner Ölfarbe frisch gestrichen. Das Haus machte einen sauberen Eindruck. Aber es war nicht schön.

Sechs Sätze Inhalt, keine Form. Das ausklingende neunzehnte Jahrhundert klingt nicht mehr, der Fontane-Ton ist dahin, die Symbolik ist im Eimer.

Wer will das lesen?

Einfache Sprache ist, so schwant mir, nichts anderes als ein simples Instrument zur Übermittlung dürrer Informationen, das Leser aufs dümmliche Niveau der Schreiberlinge herunterzieht. Literatur würde mit einfacher Sprache zu Grabe getragen.

Gleichwohl will ich's versuchen. Meine Zielgruppe: die Seniorinnen (sowie Gustav), denen ich im Altenheim jeweils montags vorlese.

Zuvor eine Randbemerkung zu meiner Anfälligkeit für Literatur, die mein Leben bestimmt und mich an Bücher bindet, an Erlebtes, an Erinnertes und an Erdachtes. Seit eh und je hat mich nacktes weißes Papier fasziniert; ein leeres Schreibheft in der Auslage eines einschlägigen Geschäfts forderte mich stets geradezu heraus. Als Neunjähriger kam ich auf die seltsame Idee, Wilhelm Buschs *Max und Moritz* fein säuberlich mit dem Geburtstagsfüllfederhalter abzuschreiben und dabei eigene Verse einzuflechten. Und in der Quarta war es eine Freude, meiner Phantasie beim Erlebnisaufsatz freien Lauf zu lassen. Wenn mich nicht alles täuscht, scherte ich mich nie um ein Abbild der äußeren Wirklichkeit.

Jeder Beruf hat seine Fallstricke. Die Altenpflegerin fragt nach der Würde der ihr Anvertrauten in deren Schatten- und Geisterwelt. Der Mathematiker grübelt, ob sein KI-Modell die Grenzen zu menschlicher Intelligenz und Gefühlswelt sprengen könnte. Die Lehrerin räsoniert über die Belehrbarkeit ihrer Zöglinge. Der Schriftsteller tastet die unerhörte Begebenheit nach Spuren des Epischen, ja auch des Poetischen ab.

Spätes Glück

Helmut ist vierundachtzig. Er freut sich darauf, ein alter Mann zu sein. Um den man sich kümmert. Wer wollte ihm einen Vorwurf daraus machen.

Er bewohnt ein sauberes Zimmer mit Bett, Tisch und Stühlen und einem Fernseher. Er hat sogar ein eigenes kleines Bad mit Toilette. Täglich kommt eine Reinigungsfrau. Sie sorgt auch dafür, dass seine neuen Kleidungsstücke in Ordnung sind: zwei Schlafanzüge, drei Hosen, dazu passende Hemden, zwei Pullover, eine wetterfeste Jacke sowie saubere Unterwäsche; zudem zwei Paar Schuhe und Pantoffeln. In Gemeinschaft mit den anderen alten Menschen im Heim frühstückt er; er isst mit ihnen zu Mittag, nachmittags gibt es Kaffee und Kuchen und später Abendbrot. Was will er mehr. Jahrelang hat er von alldem nur träumen können.

Wem hat er das nur zu verdanken? Er weiß es nicht. Ein junger Mann hatte Helmut ausfindig gemacht und ihn hier untergebracht. Er heißt Paul. Paul ist Sozialarbeiter.

„Wem habe ich das zu verdanken?", fragt Helmut. Jahrelang war er obdachlos.

„Jemand, der unbekannt bleiben will", antwortet der junge Mann.

Versonnen dreht Helmut den Siegelring am Ringfinger. Der Ring ist die einzige Sache aus seinem früheren Leben. Das Siegelbild ist eine Taube. Sein Familienwappen?

„Warum tut er das?"

„Das weiß ich nicht", antwortet Paul. „Jemand ist übrigens eine Frau."

„Und diese Unbekannte bezahlt das alles?", fragt Helmut ungläubig.

„Sie müssen sich nie wieder Sorgen machen", beruhigt Paul ihn.

„Nie wieder?"

Helmut hat Fragezeichen in seinen wässrigen Augen.

„So ist es."

Der junge Mann schaut ihn eindringlich an.

„Klingt wie ein Märchen", sagt Helmut kopfschüttelnd.

„Ist aber Wirklichkeit", stellt Paul fest. Und er fügt hinzu: „Ich möchte Sie gerne hin und wieder besuchen."

„Das freut mich", sagt Helmut und schaut Paul aufmerksam in die Augen. „Sag bitte Helmut zu mir."

Bei diesen Worten beginnen Pauls Augen zu glänzen. Das entgeht Helmut nicht. Eine Ahnung steigt in ihm auf. Er kann sie aber (noch?) nicht mit Worten fassen. Sein Herz klopft.

Die Geschichte will ich beim nächsten Mal im Kreis meiner Senioren vorlesen. Ich bin gespannt auf die Reaktionen; vor allem, wie und ob Gustav reagieren wird. Er trägt einen

Siegelring mit eingravierter Taube. Ein Haar von ihm und ein Haar von Hannah seien darin aufbewahrt, hat er mir einmal gesagt. Am Ringfinger der anderen Hand trägt er den Ehering seiner vor zig Jahren verstorbenen Frau. Seinen eigenen Ehering hatte er ihr mit ins Grab gegeben.

58

(Ohne) Wenn und Aber

Wir alle sind genauso, wie wir uns sehen, wenn wir uns schämen.
(Szepan Twardoch, 2015)

Am Morgen des achtzehnten Februar hat Leonhard im Café Hottenbach in Kirchberg gefrühstückt. Das Theodor-Fricke-Pflegeheim, wo er alten Menschen vorliest, hatte ihn und die anderen Ehrenamtlichen eingeladen. Wieder waren in den Wochen des noch jungen Jahres zwei Heimbewohner gestorben. Nicht zuletzt über deren Biografien und Schicksale tauschte man sich aus. Schließlich hat man Jahre mit ihnen verbracht.

Wie immer, wenn ihn etwas arg beschäftigt, fährt er anschließend Rad: Am Mittag setzt er sich die Sonnenbrille unter dem Schutzhelm auf; kein Sonnenschein, aber böiger Wind.

Der schwarze SUV kommt ihm auf der Einbahnstraße entgegen, die nur Traktoren und Räder in entgegengesetzter Richtung befahren dürfen.

Die ebenso wie der Pilot schwarz gekleidete Co-Pilotin schaut angestrengt an ihm vorbei. In wenigen Minuten würde die Beisetzungsfeier beginnen.

Versonnen radelt Leonhard weiter.

Zwei Tage später liest er in der FAZ: „In Nürnberg wurde der bislang größte bekannte Pestfriedhof Europas mit den Knochen vieler Hunderter Toter entdeckt. Die Stadtarchäologin bringt das Gräberfeld mit der Pestwelle in Verbindung, die in den Jahren 1632 und 1633 wütete. Auf dem Grundstück sollen ein Pflegeheim und Seniorenwohnungen entstehen.“

Sein Kopf sinkt in die Hände. Einer plötzlichen Eingebung folgend, korrigiert Leonhard seinen bisherigen Entschluss: nun doch und erst recht Erdbestattung. Schnell vertraut er ihn seinem Tagebuch an. Das beruhigt ihn, ein wenig. Nicht zum ersten Mal weht ihn der Hauch des Gefühls an, im Leben nur

Zuschauer zu sein. Dialektisch der Dreischritt: Wald-, Urnen-, dann Erdbestattung. Wo? Natürlich dort, wo es begann, in seinem Geburts- und Heimatort Pfalzfeld. Vielleicht sollte er die Entscheidung mit Lebensdaten verknüpfen: Erdbestattung mit 78, Urne mit 82, Wald mit 86 (die preisgünstigste Variante). Auch möglich mit einem ‚Erinnerungsbaum‘, sogar im eigenen Garten: Opa ist jetzt ein Baum. Ahorn oder Rotbuche oder Japanische Blütenkirsche. Sollte man den Baum um Erlaubnis fragen? So fordert es eine indianische Weltsicht. „Wer möchte leben ohne den Trost der Bäume?“, fragt Günter Eich. „Wie gut, dass sie am Sterben teilhaben!“

„Die Erdbestattung stirbt aus [!]“, lautet eine aktuelle Schlagzeile - „und das aus gutem Grund“: achttausend Euro. Die investiert nur noch jeder vierte Deutsche.

Ein seit Jahrzehnten mit ihm befreundetes Ehepaar hat sich auf eine charmante Variante geeinigt: Wer als erster stirbt, wird erdbestattet. Der Partner wird dann später, eingeurnt in dem gemeinsamen Grab, seine Ruhe finden.

Den Raum hat er im Griff, redet er sich ein, nicht aber die Zeit. Sie ist die eigentliche Bedrohung: allgegenwärtig, allumfassend, allmächtig, hinterhältig angsteinflößend, verschlagen, nicht fassbar, unangreifbar. Sie verlangt ihren Preis dafür, dass man nicht frühzeitig die Platte geputzt hat. Und der Preis steigt nun mal, nicht plötzlich, nein allmählich. Manchmal auch in Schüben. Dann wird es einem bewusst.

Was bedeutet es eigentlich, geht es Leonhard durch den Kopf, wenn man sich einredet, man wolle in Würde altern? Könnte es nicht auch heißen, seinem eigenen Ästhetikempfinden nicht jede Verfallserscheinung zumuten zu wollen? Der morgendliche Blick in den Spiegel gibt Auskunft, ob der Friseurbesuch ansteht. Gibt er auch Auskunft, ob man sich die Krähenfüßchen wegspritzen lässt oder den Hängebäckchen zu Leibe rückt, die dem Gesicht trotz bester Laune, die man ja trotz allem des Öfteren hat, etwas Griesgrämiges verleihen? Leonhards Nachbarin hat sich die Lippen aufspritzen lassen, nicht zum ersten

Mal. Das ist ihm Warnung genug. Ohnehin steht er zu seinen Falten und Fältchen: Er hat sie sich verdient, die beredten Zeugen seiner Biografie. Und mit der ist er im Reinen, trotz allem und im Großen und Ganzen, wie er sich einredet. Sein Gesicht kommuniziert mit allen, mit seiner Familie, seinen Freunden, Bekannten und, ja auch mit Fremden. Dabei sollte unverstellte, Botox-freie Natürlichkeit mimische Feedbackschleifen ermöglichen. Mehr als unglaubliche zehntausend verschiedene Ausdrücke können unsere dreiundvierzig Gesichtsmuskeln erzeugen, hat er gelesen.

Maja überrascht ihn: Sie trägt ihre Haare in einer dynamischen Welle hochtoupiert und die Seitenhaare raspelkurz geschnitten.

„Frauen haben nicht die Wahl, Leonhard, ob Mann sie auf Äußeres reduziert", sagt sie, die frisch gezupften Brauen hochgezogen.

Seinem erstaunten Blick begegnet sie mit Susan Sontags *Double Standard of Aging*: Frauen dürfen nicht ungestraft älter werden, Männer schon. *A beautiful woman* ist der tradierte Goldstandard der Schönheitsidee, zum Schaden der Frauen, Leonhard. Geht es nicht immer auch um den Blick der anderen ins eigene Gesicht?"

Er schaut sie lange an, lächelt, dann nimmt er (der mit Umarmungen nicht gerade großzügig ist) Maja in den Arm und sagt: „Des anderen. Der bin ich. Schönheit verschwindet nicht. Sie verändert sich nur. Nur bei Frauen, die versuchen die Veränderung aufzuhalten, verschwindet die Schönheit. Glaub mir, ich liebe deine Fältchen - und auch meine. Sie erzählen schließlich auch unsere Geschichte. Und zu dieser Wahrheit stehe ich ohne Wenn und Aber."

„Du sagst es", sagt sie.

„Das sagte Jesus zu Pontius Pilatus", sagt er.

Aus großen Augen sieht sie ihn an.

Für eine Weile versinken beide in gedankenreiches Schweigen.

Dann sagt er: „In existentieller Hinsicht bedarf die Wirklichkeit allerdings der Fiktion, Maja. Die Wirklichkeit hat so die Chance, angenehmer, lebens- und liebenswerter zu werden."

„Du meinst, die Wirklichkeit muss durch Phantasie und Illusion ergänzt werden?"

„Ein Beispiel", sagt Leonhard. „Als Mutter nach der Herzattacke mit dem Helikopter ins Krankenhaus befördert wurde, da ging es ihr recht bald schon wieder besser. Und als wir sie besuchten, du erinnerst dich …?"

Lachfältchen umspielen Majas Augen, als sie sagt: „Im Brustton der Überzeugung hat sie dem Arzt gesagt: ‚Ich bin Vegetarierin.'"

„Und kaum aus dem Krankenhaus heraus", ergänzt er, „hat Mutter erwartungsgemäß im Lokal die Rinderrollade bestellt. Unserem schmunzelnden Blickwechsel begegnete sie mit den Worten: ‚Hin und wieder brauche ich das.'"

„Und du hast gedacht, Leonhard: Mit Mitte achtzig wäre es ja auch blanker Unsinn, sich solch ein Bedürfnis zu verkneifen, oder?"

„Mutter wollte, mehr oder weniger bewusst, einem unterstellten modernen Nahrungsideal gerecht werden. Vor allem einem Arzt gegenüber."

„Apropos erinnerst du dich", sagt Maja, „Erinnerungen sind das Salz in der Suppe des Lebens."

„Manchmal auch das Sahnehäubchen", sagt Leonhard.

„Das auf der Lebenssuppe schwimmt und die Vorspeise aufhübscht", fügt Maja hinzu und sieht ihn dabei an mit einem Lächeln, in dem Zärtlichkeit und Verschmitztheit sich mischen.

„Leider können sie aber auch die Suppe versalzen", gibt er daraufhin zu bedenken.

„Nostalgie als Sehnsucht nach der vermeintlich guten alten Zeit?"

Bei dieser Frage fährt sie ihm mit den Fingern übers schüttere Haar, so wie man einen zottigen Hund zaust.

„Die unklare Empfindung", sagt er, „dass früher alles klarer und alle besser waren. Die Schüler, die Politik, das Wetter. Eine Art Phantomschmerz, oder?"

„Dabei war man sich in der guten alten Zeit bestimmt sicher, dass es eine noch bessere ältere Zeit gab", seufzt Maja.

Leonhard nickt und grübelt: „Warme Erinnerung kollidiert bei mir nicht selten mit schmerzlicher Verlusterfahrung: der Tod der Eltern; der Tod meines Patenkindes; in meiner Jugendzeit der Freund, der von einem Besoffenen mit dem Auto in den Tod geschickt wurde."

„Angesichts solcher Erfahrungen sind Gedanken an körperästhetische Auffrischungen eigentlich fehl am Platz, ja banal und lächerlich", sagt Maja resolut und die Brauen über ihren leicht schräg stehenden grauen Augen gleiten hoch in die faltige Stirn.

„Wenn das Wörtchen *eigentlich* nicht wäre", seufzt Leonhard. „Immer wieder kommt es uns in die Quere. Und ich habe den nicht unberechtigten Verdacht, dass der Double Standard, den du vorhin erwähnt hast, heute zuungunsten der Männer ausschlägt."

„Wie das?"

„Schau mich an, Maja. Alter weißer Mann."

„Schauen wir uns den doch an", schlägt sie vor, „im gleichnamigen Film mit Jan-Josef Liefers."

Ein Traum

Ein seltsames Geräusch dringt in die Zone zwischen Nicht-mehr-ganz-Wachsein und Schlaf, ein Summen, einige Sekunden, dann setzt es für einen Moment aus, dann summt es erneut, ein sich wiederholendes Hin und Her. Von Schmerzen gequält, schält sie sich aus dem Bett. Stille. Schlaftrunken durchkämmt sie die Wohnung. Stille. Welches Geräusch könnte sie aus dem Bett gescheucht haben? Einbrecher? Die Balkontür ist geschlossen.

Durch die früher blinde, nun reale Tür zur Nebenwohnung betritt sie vorsichtig den Flur. Vor dem Schlafzimmer bleibt sie stehen. Ihr Brustkorb hebt und senkt sich. Seit einem Jahr, drei Monaten und sieben Tagen hat sie es nicht mehr betreten. Beherzt öffnet sie. Modrige Luft steigt ihr in die Nase. Nicht einen Lichtstrahl lassen die Rollladen herein. Sie knipst das Licht an. Ihre Augen tasten das vertraute, fremde Zimmer ab. Beim Anblick des Doppelbetts beginnt sich eine Szene in ihrem Kopf abzuspielen. Schau an, die Holzbalken der Decke sind nicht gebogen! Ein flüchtiges Lächeln huscht über ihr zerknittertes Gesicht. Sie hatten doch ...

Urplötzlich überrascht sie erneut das irritierende Geräusch, das sie aufschreckte. Kann doch nicht sein: Das Telefon! Seit über einem Jahr hat sie den Anschluss abgemeldet. Wie in Trance schlurft sie zum Nachttischchen. Nach kurzem Zögern hebt sie den Hörer ab.

„Annett?"

Leonhards Stimme.

„Du hast unser Schlafgemach nicht mehr betreten."

Eine Feststellung, keine Frage.

Mit derselben sonoren Stimme, die er im Leben hatte, spricht Leonhard. Kann doch nur ein Traum sein!, denkt sie sich. Auch weil sie wach ist und also nicht träumen kann. Zu Halluzinationen neigte sie bislang nicht.

Ihre Antwort ist Schweigen.

„Dachte ich mir und dennoch bin ich verwundert."

Erneut bringt sie kein Wort heraus.

„Zu Sentimentalitäten neigst du eigentlich nicht, Annett. Und das ist gut so. So kommst du besser durchs Leben. Auch wenn es mal schwerfällt."

Sie schüttelt den Kopf und vergewissert sich mit einem Blick zur Holzdecke, dass sie im Hier und Jetzt ist.

Leonhard sagt, er sei in einem grenzenlosen nachtschwarzen Nichts. Von Fegefeuer keine Spur. Körperlos, fehle es ihm an nichts. Gleichwohl laste ein bleiernes Gefühl strafender Nichtexistenz in einem Nirgendwo auf seiner Seele. Vorhof zum biblischen Jenseits? Darauf vertraue er nach wie vor. Sie, Annett, könne sein Türöffner sein. Das spüre er. Wie? Das wisse er nicht.

Annett scheint es an Mut zu fehlen, Leonhard eine der drängenden Fragen zu stellen, die ihr gerade wild durch den Kopf schießen. Ihr Mund ist zugeschweißt.

„Das Bücherregal vor unserem Bett, Annett", sagt Leonhard mit ruhiger Stimme. „In dem Buch *Täter im Bild* liegt ein Brief. Den habe ich dir geschrieben - als mir klar wurde, dass es zu Ende geht."

Mit diesem Hinweis bricht das Telefonat abrupt ab.

So irreal der Traum auch gewesen sein mag, so real hat sie ihn erlebt und dieses verstörende Erlebnis nistet sich hartnäckig in ihrem Kopf ein.

Der Brief *An Annett* steckt tatsächlich in *Täter im Bild*. Sie braucht Zeit; sieben Tage braucht sie Zeit, bis sie sich stark genug, bis sie sich gerüstet fühlt, den Brief zu lesen.

„Liebe Annett!

‚Man stirbt immer zu früh oder zu spät‘, schreibt Sartre in seinem Drehbuch *Das Spiel ist aus.*

Ich hatte ein gutes Leben. Die letzten siebenundzwanzig Jahre durften wir gemeinsam zurücklegen, zeit- und phasenweise. Dafür bin ich dankbar. Auf der Schlusspassage wurde es mir nach und nach klar: Die Zone rapide schrumpfender Perspektiven hatte ich endgültig betreten. Vielleicht emigrierte ich in der Folge vollends ins Land der Literatur. Das Buch *Täter im Bild* versteckt den Schlüssel zum blinden Fleck meines Lebens. Hin und wieder deutete ich ihn dir gegenüber an. Zu größerer Offenheit fehlte mir der Mut. Vielleicht auch, weil du das Dunkel nicht kennst und deshalb nicht sehen konntest, was ich als Vertrauter der Hölle sah.

Ich hoffe, du findest den Schlüssel. Denn ich ahne, dass du, solltest du den Schlüssel aufspüren, den Zustand auflösen könntest, in dem ich irgendwann irgendwie sein werde. Was auch umgekehrt der Fall wäre - wenn deiner Biografie ebenfalls ein blinder Fleck anheftete.“

Anregung: Paul Auster, Baumgartner, Roman, 2023

Mona does not exist

Die Mail an meine Tochter lösche ich erneut.

Ich verlasse das Haus, versuche einen klaren Kopf zu bekommen. Am Abend werde ich es wieder versuchen.

Die Luft hat sich ein wenig abgekühlt an diesem fünften Juli zweitausendneunzehn. Doch es ist immer noch hell und sonnig und die Straße blinkt, als verlache sie mich. Und doch gleicht sich meine Gemütslage Schritt für Schritt den äußeren Reizen an: den farbenfrohen, duftenden Blumen in den Vorgärten, die ich passiere, den vertrauten frühabendlichen Glockenklängen der beiden Kirchen (als wetteiferten sie), den heiteren Gesichtern der plaudernden Spaziergänger in unserem Stadtteil. Freundlich grüßen sie mich. Es ist eine Leichtigkeit, die von jedem auszugehen scheint und auf mich überschwappt.

Auf einmal habe ich den Wunsch, ein Geschenk für Mona zu besorgen. Der Buchladen um die Ecke ist noch geöffnet. Erwartungsvoll stöbere ich in den Regalen, genieße den Geruch druckfrischer Bücher beim Blättern. Die ältere Verkäuferin beobachtet mich; aus den Augenwinkeln sehe ich es. Sie scheint den Eindruck zu haben, dass ich keiner Beratung bedürfe, so zielstrebig, wie ich nach einem Buch greife.

Eine Kundin nimmt ihre Aufmerksamkeit in Anspruch; sie kauft neun gelbe Textmarker.

„Die können Sie mir auch schon mal bereitlegen", rufe ich, „ebenfalls neun."

Die Frau dreht sich nach mir um und wir lächeln uns an.

Als sie geht, fällt mein Blick auf einen bunten Buchrücken: *Das Lächeln der Fortuna*. Ein dickleibiger historischer Roman, der zu Beginn eine „wunderschöne" Achtzehnjährige einführt, die „sich ihre Witwenschaft nicht sonderlich zu Herzen nahm", wie der Erzähler schreibt. Ihr Ehemann sei zwei Jahre zuvor von einem wilden Stier aufgespießt worden. Den Schmöker stelle ich zurück ins Regal.

In Buchdeckel-Nachbarschaft ein Büchlein, keine hundertfünfzig luftige Seiten, mit dem Romantitel *Die Jungfrau.* Klappentext, Motto, letzte Seite und die ersten Sätze sprechen mich an: „Da sitzen sie. Die beiden Mädchen mit den weißen Kniestrümpfen. … Sie sehen den Hahn. Den goldbraunen mit den grünen Schwanzfedern und dem blutroten Kamm. Ein Schuss und das Tier zerfetzt. Sieht aus wie ein buntes Kopfkissen, das in der Luft zerrissen wird.“

Welche eine sinnliche Lust beseelt den Erzähler!

„Die bessere Wahl“, bestärkt mich die Verkäuferin schmunzelnd.

„Dann nehme ich sie“, sage ich und die neun Textmarker. „Packen Sie *Die Jungfrau* bitte in Geschenkpapier ein. “

Beim Hinausgehen erschreckt mich im Spiegel neben der Eingangstür der Anblick des Vollstreckers eines seelenlosen Rituals. Deshalb habe ich mich so schwer getan, meiner Tochter eine Geburtstagsmail zu schreiben, schießt es mir durch den Kopf. Ich mache auf dem Absatz kehrt.

„Ist es möglich, *Die Jungfrau* morgen meiner Tochter zum achtzehnjährigen Geburtstag zu liefern?“

Die Verkäuferin nickt. „Wenn sie es möchten, auch in Kombination mit einem Blumenstrauß.“

„Das wäre sehr schön.“

„Rosen?“

„Ja, Rosen, sieben rote Rosen und eine weiße Nelke, nein, nein zwei weiße Nelken“, sage ich.

„Wie sie wollen“, stammelt die Verkäuferin und schaut mich entgeistert an.

Ich nenne ihr eine Adresse und zahle.

„Und das Buch?“, fragt sie und zeigt auf die als Geschenk verpackte *Jungfrau.*

„Werde ich heute Abend noch lesen.“

„Du bist ein Glanz.
Du bist das Lied der Bäume,
das sich in meine Träume
einsingt wie ein Tanz.“

So das Motto zur *Jungfrau.*
So der Anfang der Mail, die ich am sechsten Juli zweitausendundneunzehn um Null Uhr eins an meine Tochter schicke. Monika Helfers Kurzroman habe ich in den Stunden zuvor verschlungen.

Es war der Bauer, der mit seiner Flinte den Hahn erschossen hatte. Die beiden über siebzigjährigen Frauen fragen sich, am Schluss der Romanerzählung auf ihre Kindheit zurückblickend, warum er seinen schönen Hahn erschossen hatte.

„Ich denke, er hat den Hahn wegen uns erschossen. … Er hat geglaubt, wir beide sind so etwas wie eine Erscheinung“, sagt die todkranke Gloria zu ihrer Jugendfreundin, die ihr nach dreißig Jahren erstmals wieder gegenüber sitzt. Am Sterbebett.

„Was wäre, wenn er uns auch erschossen hätte?“, fragt die Ich-Erzählerin.

„Dann hätte man ihn eingelocht.“

„Wenn man ihm draufgekommen wäre.“

Den Einwand weist Gloria entschieden zurück: „Das wäre man. Da bin ich mir sicher.“

„Das beruhigt mich“, sagt die Ich-Erzählerin.

Mich nicht.

Begegnung im Supermarkt

Die Blondgelockte im anthrazitfarbigen Bleistiftrock (mit Seitenschlitz) am Gemüsestand greift nach einer gelben Paprika, als hätte sie etwas ganz anderes in der Hand. Auf dem Bleistiftabsatz ihrer hochhackigen schwarzen Schuhe schwingt sie herum, als stünde sie auf einem Laufsteg.

Ihre Blicke kreuzen sich. Sie stutzt, dann grinst sie. Den sinnlichen Mund zum berühmten schiefen Ellen-Barkin-Grinsen verzogen, schiebt sie ihr Knie ein Stück nach vorn.

Er aber ist beileibe kein Al Pacino, der ihr an den blanken Oberschenkel fasste, was sie ihm ohnehin kaum durchgehen ließe. Schließlich kennt er sie, wenngleich das Jahre zurückliegt. Er räuspert sich und versorgt drei grüne Bananen in seinem Beutel.

Überraschenderweise sagt sie: „Kaffee?", und deutet auf die Sitzecke am hinteren Ende des Supermarkts.

Er folgt ihr.

„Sorry, hab dich nicht sogleich erkannt", flötet sie, als sie sich gegenüber sitzen, und mustert ihn ungeniert von oben nach unten.

Er fährt sich lässig mit der Linken, die einen Ehering zeigt, über seinen blondierten Bürstenschnitt.

„Ich heiße jetzt Niemann", sagt er.

„Aber schon noch Margot?", fragt sie unverblümt ihre Jugendfreundin.

„Nein, M.!", entgegnet er schroff.

„Oh, M.?", säuselt sie und hebt die Brauen. „Wie die James-Bond-Geheimdienst-Chefin MI6?"

„Nein, M. Niemann", gibt er kühl, jedoch mit innerem Erbeben zurück. „Mein Mann ist Niemann, der Schriftsteller."

„Gratuliere", sagt sie schnippisch. „Hab so etwas in der Art damals schon geahnt."

Seine Lippen öffnen sich verzerrt über zusammengebissenen Zähnen; wie ein Kind nach zu langem Baden.

„Im *Sea ot Love* kann frau ertrinken", sagt er. „Danke für den Kaffee."

Ihr Gesicht wird rot wie ihr Lippenpaar. Sie schaut ihm hinterher, zieht ihren Bleistiftrock glatt und putzt die Platte.

The rest of our life?

Hatte ich die falsche Nummer gewählt? Auf dem Anrufbeantworter war *What are you doing the rest of your life?* zu hören. Dann Pfeifton, dann Stille in Erwartung einer Nachricht, die der Anrufer hinterließe. Ich legte auf und konsultierte das Internet, dann drückte ich die Wiederholtaste, und wieder erklang die Instrumentalversion des sentimentalen Songs.

„Aron", sprach ich nun, „bitte um Rückruf. Meine Nummer 067617127."

Zwei Stunden später rief sie zurück.

„Leonhard Aron", meldete ich mich.

„Sollte ich Sie kennen?", fragte eine leicht verruchte Stimme; sofort erkannte ich sie wieder. Merkwürdig: umgekehrt anscheinend nicht.

„Wir beide haben in grauer Vorzeit ein Seminar bei Professor Hillebrand in Mainz besucht. *Die Angst des Tormanns beim Elfmeter*, *Aus dem Tagebuch einer Schnecke*, *Die Gallistl'sche Krankheit* und so weiter. Damals brandaktuell."

Nach einer kurzen Pause flötete sie: *„All I ever will recall of my live."*

„Fast so aufreizend wie Shirley Bassey", sagte ich, mit ihrem ironischen Einsatz des Songzitats spielend. Und fügte hinzu: *„Is all my life with you."*

„Da hat sich jemand vorbereitet", sagte sie mit süffisantem Unterton. Um dann aber nüchtern zu fragen: „Was kann ich für dich tun?"

„Du bist Literaturagentin?"

„Du sagst es."

„Ich benötige professionelle Unterstützung. Ein Thriller."

„Mhm", raunte sie, „marktgängiges Genre. Was ist dein Alleinstellungsmerkmal?"

„Meine Primärquelle: der Agent Werner Mauss."

Wie aus der Pistole geschossen ihre Reaktion: „Schick mir dein Exposé!“

Zwei Wochen später bereits ihre Mail: „Vielversprechend. Übermorgen vierzehn Uhr Café Extrablatt, Mainz, Am Schillerplatz.“

„Deine Stimme hatte ich im Ohr, nicht deinen Namen“, sagt sie, als wir uns, einander musternd, an einem Ecktisch gegenüber sitzen.

„Ich auch deinen Namen“, sage ich.

„Dein Referat zu Grass *Tagebuch einer Schnecke* hatte mich motiviert, den Roman zu lesen. In gewisser Weise warst du so etwas wie der Türöffner für meinen Beruf.“

Mit dieser Lobeshymne habe ich nun wahrlich nicht gerechnet. Die schlank gebliebene Siebzigjährige hat immer noch den Charme der jungen Jahre. Das dichte Haar, vermutlich schwarz gefärbt, trägt sie zu einem Zopf gebunden. Die stahlgrauen Augen funkeln, ein Lächeln huscht über ihre vollen Lippen.

„Ein pensionierter Deutschlehrer und Gymnasialschulleiter mutiert zum Krimi-Autor. Wie das?“

„*What are you doing the rest of your life?* Das fragte ich mich in der Tat.“

„Von wegen Agent Mauss!“, gibt sie die Empörte, reckt den faltenfreien Hals und platziert das Kinn auf dem Daumen der Linken, den Ellenbogen auf dem Cafétisch abgestützt.

„Mein Türöffner“, raune ich, schmunzelnd. „Der Mauss soll übrigens mal gesagt haben, seine geheimdienstliche Arbeit sei so geheim, dass er selbst nicht wisse, was er tue.“

„Nun denn“, sagt sie schmunzelnd. „Deine beiden Kurzgeschichten sind jedenfalls gut erzählt, keine Frage. *Der Schlüssel zum Schließfach* ist spannend, *Ein Augenblick für meine Ewigkeit* ging mir unter die Haut. Ebenso das Motto: *Das ging aber schnell, ich meine das Leben.*“

„So ist es", sage ich und freue mich, so gegenwärtig von meinen Geschichten sprechen zu hören. „Und nun sitzen wir hier."

„Und das freut mich", sagt sie.

Der Kellner serviert uns Cappuccino.

„Ich habe den Eindruck, dass du dein Leben erzählst, gottlob nicht autofiktional. Gleichwohl im Tarngewand der Literatur."

„Mit meinem Ich als Figur fremdele ich", räume ich ein.

„Warum sich eine Figur ausdenken, wenn das Ich längst eine ist?", spöttelt sie.

„Warum eine Geschichte erfinden, wenn die meines Ichs bereits eine ist?", spinne ich ihren Gedanken weiter, um ihn dann mit dem Hinweis: „Aber eine langweilige", vom Tisch zu wischen.

„Ist mir schon aufgefallen, dass du die Ich-Perspektive scheust. Stattdessen streust du in erfundene Geschichten erlebte Realitätspartikel ein, die du deinem Ich mit dem Erzähler-Er vom Hals hältst."

„Ich staune darüber", weiche ich aus, „wozu der Mensch fähig ist."

„Dann also doch das Krimi-Genre?"

„Habe ich in der Tat ausprobiert. Einige Regionalkrimis. Sie sind im Kontrast-Verlag erschienen. Doch die Verlegerin hat, wie soll ich es sagen, sie hat literaturästhetisch andere Vorstellungen als ich. Deshalb publiziere ich nun bei BoD."

„Das habe ich selbstverständlich alles recherchiert. Welche Marketingstrategie betreibst du?"

„Nun", sage ich. „ich verteile meine Bücher in den Telefonzellen, die man in den Hunsrückdörfern zu Kleinbibliotheken umfunktioniert hat, kostenlos natürlich, Ausleihe kostenfrei. Übrigens publiziere ich ein Buch erst, wenn ich für den Nachfolgeband bereits einige Texte verfasst habe. So nähre ich die Illusion, nicht mein letztes Buch zu schreiben. Vielleicht so etwas wie mein Perpetuum-mobile-Wunsch."

„Wozu brauchst du meine Unterstützung?", fragt sie kopfschüttelnd.

„Wäre schade, wenn meine Kurzgeschichten kein Publikum fänden, so die Meinung der kleinen Schar meiner treuen Leser."

„Du hast selbst darüber nachgedacht, warum im deutschsprachigen Raum Kurzgeschichten keine guten Karten haben. Dennoch, ich will sehen, was sich machen lässt. Wäre doch jammerschade, wenn du mit deiner Nietzsche-Anspielung recht behalten solltest: Der Tod des Autors ist die Geburt des Lesers."

„So kann man mein Motto auch (miss)verstehen", sage ich lachend.

„Damals warst du trotz deiner Beatles-Mähne recht konservativ", wechselt sie abrupt das Thema. „Dein Verlobungsring."

„Der ist dir aufgefallen?", verleihe ich meiner Verwunderung Ausdruck.

„Die Sängerin Anne in *Neapel ist (nicht) weit*?"

Ich deute ein Nicken an.

„Auch die hat mir gefallen, die Geschichte meine ich: atmosphärisch dicht geschrieben."

In den Minuten zuvor hat sich das Café bis auf den letzten Tisch gefüllt. Studenten, die uns vor Augen führen, dass wir älter geworden sind. Nicht alt, rede ich mir ein. So viel Trost muss sein.

„So abwesend?", unterbricht sie meine Abschweifung. „Oder versonnen?"

„Ich frage mich, ob die jungen Leute unserem bildungsbürgerlichen Diskurs etwas abgewinnen könnten?"

„Eher nicht", meint sie achselzuckend.

Sonnenstrahlen schicken schattige Streifen ins Extrablatt.

„Wollen wir einen Spaziergang machen?", schlage ich vor.

„Gerne", sagt sie. „ist ohnehin zu laut hier."

Der Schillerplatz schwitzt unter einer Hitzeglocke.

„Unlängst las ich einen verrückten Einfall", sagt sie. „Ein Buch muss erst von den Lesern gelesen und gekauft werden, bevor es geschrieben werden kann."

„Stand letzte Woche in einer Zeitungsrezension von Erzählungen des spanischen Filmemachers Pedro Almodóvar", erinnere ich mich.

„Statt schreiben, kaufen, lesen", sagt sie. „Die Geschichte wird rückwärts erzählt. Fitzgerald hat solch ein Gedankenexperiment vor mehr als hundert Jahren bereits in seiner Kurzgeschichte *Benjamin Button* durchgespielt."

„Ende der vierziger Jahre Ilse Aichinger in ihrer *Spiegelgeschichte*", sage ich. „Andrew S. Greer legte Anfang der Nullerjahre den Roman *Die erstaunliche Geschichte des Max Tivoli* vor: Alt geboren, stirbt er als Kind. Vielleicht mache ich das auch mal und lande dabei im letzten Viertel des Erinnerten an diesem Ort: Am Mühlbach 15. Hier wohnte ich als Student in einer WG."

Ohne es beabsichtigt zu haben, haben mich meine Füße hierher bewegt und sie ist mir gefolgt. Wir setzen uns auf eine nahegelegene Bank unter einer mächtigen Eiche. Die Sonne zeichnet tiefe Schatten und radiert sie, kaum dass eine Wolke aufzieht, wieder aus.

„Ich weiß", sagt sie trocken.

„Woher?", frage ich, mehr als nur überrascht. Davon steht nirgends etwas geschrieben.

„Erzählte mir damals eine Freundin. Sie war gelegentlich mal hier."

Als sie mich Maulaffen feilhalten sieht, lacht sie mich an und sagt: „Knospe habt ihr Machos sie genannt."

Ich schlage mir mit der Hand vor die Stirn. „Examensvorbereitungstreffen."

„Du warst damals schon der Lehrer, der du später werden solltest."

„Weil?"

„Du die Themen der Probeklausur gestellt hast? Weil du die Korrekturmaßstäbe vorgegeben hast?"

„Klingt wenig schmeichelhaft", sage ich.

„Und nicht gemerkt hast, dass Knospe in dich verknallt war. Und nicht nur sie."

Bei dem Nachsatz klingelt es bei mir. Offensichtlich kann ich nicht verhindern, dass mein Gesicht rot anläuft. Was sie zu amüsieren scheint.

Am Himmel erstaunt mich ein Flugzeug mit seinem braven Kreidestrich.

Doch ich sage nur: „Die Einflugschneise des Frankfurter Flughafens."

„Ich stelle mir gerade vor", sagt sie, deren Phantasie anderweitig unterwegs ist, und streicht sich dabei eine Strähne aus der makellosen Stirn, „du wärest Bratt Pitt in der Verfilmung *Der seltsame Fall des Benjamin Button.*"

„Und du Cate Blanchett in der Rolle der Daisy", lasse ich mich neugierig auf ihr Gedankenspiel ein.

„Verurteilt zu einem spiegelverkehrten Leben, würde ich rückwärts altern und ..."

„Und", fällt sie mir ins Wort, „mit Daisy würdest du einige glückliche Jahre erleben, in denen euer beider Uhren im gleichen Takt schlügen. Bis die gegenläufigen Alterungsprozesse euch in unterschiedliche Richtungen trieben."

„Ich weiß nicht, ob ich mir, dir oder wem auch immer solch ein Leben wünschen sollte", grüble ich.

„Wer weiß", sagt sie, steht auf und meint: „Unser Leben wird von Gelegenheiten bestimmt, sogar von solchen, die wir verpassen."

„Ich sitze gerade in einem Sandkasten, ein Mann von siebzig Jahren", entfährt es mir.

Da reicht sie mir lächelnd die Hand, dass ich aus dem Sandkasten komme.

„Lass uns zurückgehen zum Rhein", sagt sie. „Dort gibt es ein schönes Strandcafé. Die haben das beste Eis. Vor allem Kinder mögen es."

Bei diesen Worten hakt sie sich augenzwinkernd bei mir unter.

Die Rheinpromenade vor Augen, sagt sie: „Ich bin gespannt auf deine Spiegelgeschichte. Die endet ja nicht im Sandkasten, oder?“

„Natürlich nicht“, sage ich, „im Kreißsaal natürlich. Wenn nicht gar pränatal.“

„Krönender Abschluss deiner Kurzgeschichten-Sammlung, Leonhard.“

„Zweimal Erdbeereis mit Sahne“, bestelle ich bei der freundlichen, attraktiven Bedienung, vermutlich eine Studentin.

Als Julia meinen erstaunten Blick wahrnimmt, stimmt sie zu: „Sie sieht aus wie Daisys Tochter.“

Gewiss, das Kätzchen

An einem Karfreitagnachmittag landete die Karte in meinem Briefkasten. Buchstaben, sich eng aneinander schmiegend, leicht seitwärts geneigt; ich kannte sie nur zu gut. Ein Schauer lief mir über den Rücken. Die sie geschrieben hatte, lebte seit Jahren nicht mehr. Eine verblasste Briefmarke mit dem Konterfei des dicken Kanzlers, abgestempelt in Berlin. Die Ansichtskarte zeigte ein Katzenjunges, das mit einem Wollknäuel spielt. Keine Anrede, kein Gruß, nur ein Satz: „Komm, bevor es zu spät ist."

Punkt. Kein Ausrufezeichen!

Es war die Zeit, in der Musik noch von Schallplatten gehört wurde, auf die man eine Nadel setzte. *Barbara Ann*, *YMCA*. Die großen Kriege waren vorerst vorbei, die geheimen keineswegs. Die 68er waren auf dem Marsch durch die Institutionen und schwärmten von ihrer rebellischen Studentenzeit und davon, was alles möglich wäre.

Unsere fotografierte Vergangenheit trocknete in einem Schuhkarton vor sich hin, ganz hinten im Schrank, versteckt. Ich öffnete ihn und wunderte mich: Tatsächlich zerfiel sie nicht in Staub. Ein Foto konserviert den Kindergeburtstag, zu dem die Freunde meines Sohnes bedenkenlos im Auto ohne Sicherheitsgurte kutschiert wurden; ein anderes verewigt das tote Katzenbaby. Wie feine Nadeln stechen solche Erinnerungen. Damals dachte ich, es würde nie aufhören. Hat es dann aber.

Wenn ich Maja schon gekannt hätte, hätte ich sie umgehend aufgesucht und gesagt: Morgen werde ich wohl aufbrechen.

Das solltest du nicht tun, hätte sie eingewandt und damit der Frage den Raum geöffnet, die ich eigentlich verhindern wollte: Was denn dann?

Wenn ich Maja schon gekannt hätte, hätten wir uns am nächsten Tag gemeinsam auf den Weg gemacht? Um es herauszufinden? Ob das gut gewesen wäre? Ich weiß es nicht, bezweifle es aber.

Nun, da es Maja für mich noch nicht gab, verlor ich mich im Zuvor. Ohne es eigentlich zu wollen, suchte ich den Ort auf, wo ich das Kätzchen beerdigt hatte, setzte mich auf die Bank, die vormals bereits dort gestanden hatte. Nebel zog auf, wurde dicht und dichter. Was ich erwartet, ja auch befürchtet hatte, geschah. Gespenstige Ruhe. Die Augen drohten mir aus dem Kopf zu springen. Aus der Nebelwand löste sich in Zeitlupe eine zierliche junge Frau, eine Fee in wehendem Gewand, die schwebenden Schrittes auf mich zuschritt, mich an der Hand nahm und mir mit angedeutetem Kopfschütteln den Finger auf den Mund legte, als ich ihn öffnen wollte. Wie betäubt folgte ich ihr, zurück in die Nebelwand.

Schweißgebadet schrecke ich auf. Mias Pfötchen streicht über meinen Bart.

Da klingelt es. Der Postbote. Auf der Karte mit einer verspielten kleinen Katze als Cover zwei Wörter: „Zu spät."

Der Koffer

„Hier hat für mich die Geschichte begonnen", sage ich, „die Geschichte, die ich heute Abend zu Beginn der Lesung präsentieren möchte."

Maja und ich haben die Mountainbikes an den ramponierten Stamm der uralten, mächtigen Eiche angelehnt, das Zwischenziel unserer Radtour auf dem Hunsrücker Höhenkamm. Die Eiche wurzelt am Kurvenknick der gewundenen Landstraße, wo es geschah. Maja fährt mit der Hand über die geschundene Rinde. Wie zum Beweis zeigt sie ein graues Lackpartikel her.

„Spurenelement des gecrashten Oldtimers", vermute ich, „An diesem Baum endet beziehungsweise beginnt die Geschichte, wie ich sie beobachtet habe, mühsam recherchiert für meine Erzählung."

„Oha!"

„Wie wir beide radelte ich auf dem Waldstück hierher", erinnere ich mich und deute auf den Laubtunnel hinter der Eiche. „Du kannst dir das in etwa so vorstellen: ein schwüler, regennasser Frühlingstag im Mai. Bereits drei Stunden durch die Hunsrückwälder hast du in den Beinen und die Straße in der Ferne vor Augen. Da saust ein riesiges Metallmonster auf dich zu, wie in einem Science-Fiction-Film. Dann ein fürchterlicher Knall. Zerberstendes Eisen, spitze Schreie. Ein Reh springt aufgescheucht vor dir über den Weg. Gerade noch kannst du ausweichen, verlierst aber den Halt und stürzt ins Dickicht. Ein stechender Schmerz im Knie. Ist etwas kaputtgegangen? Scheppernde Geräusche, brenzliger Geruch heißen Öls, den ein Windstoß zu dir hin treibt. Starkregen und Gewitterdonner setzen ein. Der Himmel hat sich im Nu zugezogen. Blitze erhellen die gespenstige Szenerie. Ein Hubschrauber kreist dröhnend über dir (zufällig, was du aber nicht weißt). Baumsägen kreischen in einiger Entfernung. Ein Pulk knatternder Motorräder rast vorbei; deren Fahrer bemerken nichts. Krähen schreien in den Baumkronen. Dann scheppernde Geräusche. Du registrierst einen Schatten in der Nähe der Eiche, der sich hin und her bewegt. Die Situation ist für dich unüberschaubar, ist völlig unklar. Vorsichtig wagst du dich trotz der Schmerzen aus der Deckung, du kriechst, du schleppst dich Richtung Straße. Eine Blechlawine hat sich um den Stamm der Eiche gewunden. Ein Martinshorn ertönt."

„Wow! Bin gespannt auf deine Erzählung", meint Maja.

Der Museumsraum im Simmerner Schinderhannesturm ist proppenvoll. Leonhard schaut in die Runde, während man ihn kurz vorstellt. Keine bekannten, aber neugierige Gesichter. Die Aufmerksamkeit ist ihm gewiss, als er die Anfangsgeschichte seiner neuen Kurzgeschichten-Anthologie vorzulesen beginnt.

Der Koffer

Triefnass waren die Schuhe. Vor der Wohnungstür zog er sie aus. Der schwarze Kater Murr kauerte auf der Fensterbank und seine grünen Augen beobachteten die Ruderer, die auf dem nahegelegenen See ihre Bahnen zogen. Da hörte Leon Kreisler Murr miauen: Er vermisste sein Näpfchen, das aufzufüllen Leon vergessen hatte. Nun war Murr in seiner Ungeduld kaum noch zu bremsen. Vorher wollte sein Meister allerdings duschen; nach der Radtour in lausigem Nieselregen fröstelte ihn. In Murrs Miauen hinein klingelte das Telefon. Um acht Uhr?, wunderte sich Leon.

„Kreisler."

„Pack deine sieben Sachen. Nur das Nötigste. In einen Handkoffer. Die Bibel, dein Lieblingsbuch, gerne auch deinen Talisman. Auf den möchtest du doch nicht verzichten, oder? Wichtiger aber: d e i n Schlüssel nebst Autorisierungsdokument. Im Tausch: d a s Foto… Das ist der Deal."

Bevor er hätte reagieren können, wurde aufgelegt. Er ahnte, wer es sich herausnahm, ihn so anzugehen: der ironische Hinweis auf seinen Talisman; das knallharte Tauschangebot, das er nicht ablehnen konnte. Nur zwei Leute wussten Bescheid, eine Person zu viel. Eine kehlige Frauenstimme, bedrohlich ihr Unterton. Leicht irritiert, vor allem aber verärgert schleppte er sich ins Bad. Unter der Dusche war er gedanklich bald mit anderem beschäftigt. Als Verdrängungskünstler hatte er es in seinem Leben weit gebracht.

Die folgenden Tage jeweils um acht Uhr dieselbe Nummer. Eine KI?, versuchte er sich zu beruhigen. Ab dem vierten Tag ignorierte er den Anruf.

Am siebten Tag klopft es an seine Wohnungstür, pünktlich um acht Uhr.

„Dein Koffer?"

Keine Frage, eher ein scharfer Befehl. Eine Glatzköpfige mit kehliger Stimme schiebt den Fuß in die Spalte, als er ihr die Tür vor der Nase zuschlagen will. Ihr Blick aus stahlgrauen Augen im maskenhaft aschfahlen, harten Gesicht scannt ihn vom Scheitel bis zur Sohle wie ein Laserstrahl, katapultiert ihn aus seiner Scheinwelt in ein schwankendes, durchlöchertes Ruderboot, ein Ritt auf der Rasierklinge: in seinem Rücken das Ziel (das Danach), vor seiner bebenden Brust das Zuvor. Kreisler bewegt das Boot nach vorn und schaut zurück.

„Versuch's er gar nicht, Leon!", sagt sie trocken, als wisse sie, was sich in seinem Kopfkino abspielt.

Er zuckt zusammen. Ihm dämmert, was ihn erwartet. In der Pause, die sie ihm gönnt, rattert es in seinem Schädel. Doch seine Erinnerung macht ihm einen Strich durch die Rechnung, zumindest hilft sie ihm nicht auf die Sprünge. Erst als sie den Schal, der sich um ihren Hals schlingt, lüftet und ihm das Muttermal unterhalb des rechten Ohrs (und die hässliche horizontale Narbe über dem Kehlkopf) in die Augen springen, fällt bei ihm der Groschen und er erbleicht.

„Juliane?", entfährt es ihm.

„Dein gepackter Koffer!"

Vor ihrem Imperativ katzbuckelt er.

Resolut schubst sie ihn zur Seite und stakst die knarzende, wurmstichige Treppe hoch; sie kennt sich aus. Wie eine Furie schießt Kater Murr an ihr vorbei nach unten, um schnurrend Leons Beine zu umstreifen. Mit halb offenem Mund starrt Leon hinauf, der Frau hinterher.

Sie reißt die Tür auf, zu ihrem (nicht seinem, schon gar nicht einem gemeinsamen) Schlafzimmer. Ihr Blick tastet die Dinge ab. Dass alles unverändert ist, gleichwohl staubbedeckt, lässt ein müdes Lächeln über ihre schmalen Lippen huschen. Nichts hat er kapiert! Er hat das Zimmer belassen, wie sie es verließ. Passt zu seinem musealen Habitus. Muffig die Luft im Raum; die Rollladen geschlossen. Kater Murrs Schlafkorb thront auf einem Schemel neben ihrer Kommode. Wo ist ihr Zettelkasten? Nicht einmal der ist aufzufinden. Persönlichste Notizen! Hat der schreckliche Murr sie zerfetzt, zerfleddert, zerrissen? Sinnlos, hier zu suchen.

In grauer Vorzeit hatte sie von Leon gewünscht, dass er sie um ihrer selbst willen mochte, wenn es denn sein musste auch anhimmelte. Nicht weniger, aber auch nicht mehr. Denn mehr konnte und wollte sie für ihn nicht sein. Schon gar nicht ein Mensch, in den er tiefer eindrang; den er allen Ernstes zu ergründen trachtete. Wie erschöpfend, derart intensiv belagert zu werden! Er sollte sie verdammt noch mal einfach in Ruhe lassen. Bloß … ja was? Sie wusste (und weiß) es nicht. Ihr und damit auch sein Dilemma? Hatte es so kommen müssen, wie es kam? Gott nochmal. Liegt lange zurück. Und dennoch! Hat er die Zeit nach ihrem Desaster genutzt, sie zu vergessen? Mit einer kühlen Fremdheit hat er sie angestarrt. Sie knipst das Licht aus.

„Was hast du vor?"

Heimlich hat er sich herangeschlichen, steht jetzt hinter ihr.

In Zeitlupe dreht sie sich um. „Du weißt es."

Drei Einsilber, wie das, worauf sie abzielt. Hat er deshalb das Zimmer nicht angerührt? Sein Erinnerungsspeicher?

„Bin gleich da.“

Minuten später steht er mit seinem Koffer neben dem Milch schleckenden Kater und macht große Augen. Für Murr ist gesorgt: Er kennt Aus- und Einschlupf. Wenn Leon im Haus ist, springt Murr auch mal auf seinen Schoß, um sich kraulen zu lassen. Ist er nicht da, weiß Murr sich zu helfen. Zurück, präsentiert er eine Spitzmaus, wahlweise ein Rotkehlchen. Nach dem strafenden Blick Leons entsorgt Murr das Opfer, sein Ritual.

„Gehen wir!“

Juliane stößt humorlos in Leons Gedankenpause hinein. Sie kennt ihn. Entschlossen stapft sie hinaus, Leon im Schlepptau.

Sie startet den in die Jahre gekommenen grauen Mercedes-Kombi, um loszutuckern. Dieselgeruch.

„Immer noch dein Steckenpferd?“, fragt er naserümpfend.

„Sammlerleidenschaft, Ästhetik und, ja auch Lebensphilosophie“, entgegnet sie ruhig, im Brustton der Überzeugung.

„Zudem überwachungssicher“, legt er nach.

„Nicht unwichtig in meinem Job, wie du dich erinnerst“, sagt sie. „So lernten wir uns übrigens kennen, mein Lieber.“

„So geriet ich in deine Fänge“, winkt er seufzend ab.

„Sei nicht verbittert“, sagt sie sarkastisch. „Es ist nie zu spät.“

„Ist das so?“, fragt er mit unverhohlener Bitterkeit.

Sie zuckt mit den Achseln.

Aus den Augenwinkeln fixiert er ihren Hals und muss schlucken.

„Habe ich einer ukrainischen Putzfrau in der Uni-Radiologie zu verdanken.“

Zögerlich kommen ihr die Worte über die schmalen Lippen.

„Echt jetzt?“, fragt er verwundert.

„Hast du das nötig?“, fragt sie spöttisch zurück.

Er verzieht die Mundwinkel und rutscht auf dem zerschlissenen Beifahrersitz etwas zur Seite.

„Eine Ärztin", sagt sie. „Sie hat auf ihre Berufsanerkennung gewartet."

Juliane legt eine Kunstpause ein, beobachtet Kreisler aus den Augenwinkeln.

„Glücklicherweise hat Martha nicht gewartet, bis es für mich zu spät gewesen wäre."

Bei dem Namen Martha schnellen Leons Augenbrauen hoch und ein Zittern überzieht sein Gesicht, lässt seine Mundwinkel zucken.

„Luftröhrenschnitt?", murmelt er und kratzt sich am Hinterkopf.

„Und sie muss sich anhören, dazu nicht befugt gewesen zu sein."

„Ist nicht wahr!", entfährt es ihm. „Typisch deutsch, oder?"

In R. biegt sie zum Fluss hin ab.

„Hotel Himmelbett also", sagt er. „Zimmer Kriemhild."

Die Alternative, das Zwillingshotel „Kriemhild" mit der Suite „Himmelbett", entfernt sich mit jedem Ruderschlag weiter vor seinen Augen.

Sie grinst unter ihrer Maske und lässt sich zu einem Nicken herab.

„Warum die Bibel und die anderen Dinge?", fragt er ins Schweigen hinein.

Sie blitzt ihm zu. „ Auge um Auge, Zahn um Zahn. Zudem will ich wissen, ob du dich verändert hast."

„Aha?"

„Der Blick in mein Zimmer war enttäuschend", seufzt sie. „Vielleicht entschädigt mich der Blick in den Koffer."

Er drückt den Radioknopf. SWR 1 spielt *Don't go breaking my Heart*.

„Schalt den Kitsch aus!", herrscht sie ihn an.

„*I was your clown*", seufzt er.

„Ach wirklich?"

Dominiert Verwunderung oder Ironie ihre Frage?

Er schaut zur Seite, wo Regentropfen gegen die Scheiben klatschen.

Versonnen schweigen beide erneut eine Weile.

Reflexartig streicht er über das Display. Da poppt eine aktuelle Nachricht (26.02.2024) auf, die ihn schmunzeln lässt: „Das Geheimnis von Jo Bidens Ehe: guter Sex.“

Er hält ihr das Display unter die Augen.

Ein ohrenbetäubender Knall.

Alles um ihn herum glänzt steril. Er liegt auf dem Rücken.

Hoffentlich ist der Mann, der sich über ihn beugt (graumeliertes Lockenhaar, beginnende Stirnglatze, unangenehmer Zigarettengeruch) bald fertig und lässt ihn in Ruhe. Seine Gliedmaßen sind anscheinend alle dort, wo sie hingehören, sonst läge er nicht hier in diesem Sanitätswagen, sondern in einem Leichensack.

„Glück gehabt“, grummelt der Raucher, „offensichtlich nur eine leichte Gehirnerschütterung und harmlose Schürfwunden. Ihre Partnerin hatte keinen Schutzengel.“

„Wo ist sie?“

„Auf dem Weg in den OP.“

„Schlimm?“

„Keine Ahnung.“

„Wo ist mein Koffer?“

„Sie haben Sorgen!“

„Also?“

„Vielleicht ist er beim Aufprall aus dem Auto geflogen?“

Da öffnet ein Polizist die seitliche Schiebetür und platziert ihn neben der Pritsche. Ohne den Zahlencode, den nur Leon kennt, ist der Koffer nicht zu öffnen.

Er werde ihn Juliane ins Krankenhaus bringen, nimmt er sich vor. Wenn sie die OP hinter sich hat, wird es ihr guttun, zu sehen, was drinnen ist. Manchmal sind die unwichtigen Sachen überlebensnotwendig. Nicht aber der Schlüssel. Den lässt er in einem unbemerkten Moment in seiner Jackentasche verschwinden.

Die Pilotin des crémeweißen Opel Capitain ist beiden gefolgt; zwei Oldtimer in gebührendem Abstand. Sie beobachtet die Bergungsaktion aus geschützter Position.

Als es den Mercedes ungebremst aus der Kurve trug und erst eine mächtige Eiche den Abflug stoppte, war sie in einen Waldweg eingebogen und hatte umgehend den Unfall gemeldet. Mehr aber auch nicht. Die Bordkamera hatte das Geschehen aufgenommen und sie schickte es als Videodatei an den Auftraggeber. Der ärztlich geschulte Blick versicherte ihr: Beiden Unfallopfern droht keine Lebensgefahr. Der Koffer allerdings, der war verdammt noch mal nicht aufzufinden! Als Rettungskräfte und Polizei anrückten, musste sie ihre hektische Suche einstellen. Dass jemand sie beobachtet hat, entging ihr.

Nun zeigt ihr das Fernglas, wie ein Polizist den Koffer in den Rettungswagen bugsiert.

„Mist!", knurrt sie vor sich hin. Die ganze Aktion umsonst? Kann und darf nicht sein! Unter einem Vorwand dreist den Rettungswagen kapern, um des Koffers habhaft zu werden? Dann hätte man sie auf dem Schirm. Will sie das riskieren? Andererseits: ohne den Koffer kein Geld vom Auftraggeber. Geld aber braucht sie. Wenn sie nur wüsste, was es mit dem ominösen Ding auf sich hat! Welches Geheimnis birgt der Koffer, den sie in einem Safe deponieren soll? Wenn der Safe schließt, wird automatisch das Geld für sie auf ein Nummernkonto überwiesen. Sie vermutet, dass der codegesicherte Handkoffer einen Signalkontakt im Safe auslöst. In der Tiefgarage des Bankhauses (neben dem Zwillingshotel) wird sie verabredungsgemäß den Opel abstellen.

Die Entscheidung wird ihr augenblicks abgenommen. Der Rettungswagen fährt los. Sie folgt ihm.

Vor dem Haupteingang des Krankenhauses stoppt der Wagen und der leicht Verletzte steigt mit seinem Koffer aus.

Leicht humpelnd passiert er die Eingangstür, um sich dann vor dem Aufnahmeschalter zu erkundigen, wo er Juliane Bornstein finden könne.

„Im OP", wird ihm beschieden. „Sind Sie Angehöriger?"

„Nein", sagt er, „nur ihr Freund. Ich saß beim Unfall neben ihr im Auto."

Er stellt den Koffer ab, um in seiner Jackentasche zu kramen.

Den Moment nutzt die Fremde, die ihm unbemerkt gefolgt ist, greift nach dem Koffer und eilt davon.

„Hey", schreit Leon ihr hinterher. „Haltet den Dieb!"

Doch sein Ruf findet keine Adressaten.

„Ärgerlich, aber zu verschmerzen", sagt er zum Pförtner, der offenen Mundes den Diebstahl beobachtet hat. „Die Bibel und mein Lieblingsbuch."

„Der Dieb hat vermutlich mehr erwartet, oder?"

„Können Sie ihn beschreiben?", weicht Leon aus.

„Leider nein", sagt der Pförtner, „ging zu schnell. Jemand mit einer Kapuze. Dunkelhaarig, meine ich."

„Rufen Sie mich bitte an, wann ich Frau Bornstein besuchen kann."

Er gibt dem Pförtner ein Kärtchen mit seiner Handynummer.

„Mache ich", verspricht der und freut sich über den Euroschein, der ihm hergereicht wird.

Der Unfall kein Zufall? Kein Missgeschick aufgrund der Ablenkung? Der Gedanke irritiert Leon. (Später wird man ihm allerdings mitteilen, dass der Kombi, gemäß KTU-Befund, vor dem Unfall keinen Defekt aufwies.) Hat jemand geahnt, dass wichtige Dinge im Koffer sind? Wird Juliane ihm sagen können, wer hinter alldem steckt? Oder steckt gar sie selbst dahinter? Es hätte eine gewisse Logik, muss er sich insgeheim zerknirscht eingestehen. ...

Als sie nach der OP aufwacht, registriert sie auf ihrem Smartphone (es hat den Crash schadlos überstanden), den Eingang der erwarteten SMS: „Auftrag erledigt." Es freut sie, sich in Martha nicht getäuscht zu haben. Im Anhang die Video-aufzeichnung des Unfallgeschehens. „Glück gehabt!", stöhnt sie. Sie öffnet den Koffer, den man ihr gebracht hat (der Code wurde ihr zugespielt). Da lacht sie Kreislers Bestseller an: „Die Planungsillusion: Wer genau plant, irrt präziser."

Entspannt rudert Leon der Zukunft (in seinem Rücken) ent-gegen. Der Schatten seiner Vergangenheit ist weg, das Beweis-stück seiner Unbeherrschtheit vernichtet, wenngleich zu einem hohen Preis. Sei's drum. Sanft simmert das Wasser vor ihm. Die Löcher im Boot, die gibt's nicht mehr. Nun ist alles so leicht, so unbeschwert.

Wenige Tage später wird man den Sperrmüll abholen.

Murr wird's freuen.

Aufgerichtet sitzt der Kater auf der Kommode. (Noch steht sie im Zimmer …) Murr glotzt auf Julianes Zettelkasten. Dabei reibt er sich mit der Pfote Stirn und Nacken, fährt sich übers Gesicht. Sein borstiger Schwanz ein stocksteifer Zeigefinger. Sei-nem schriftstellernden Vorbild nacheifernd, fährt Murr sich mit der Feder durch seine ergrauten Barthaare und betrachtet das Foto, das Leon (achtlos?) auf der Kommode hat liegen lassen. Mit einem Teleobjektiv wurde es durchs Zimmerfenster aufge-nommen. Das Messer in der erhobenen Hand, schreit Leon, von Jähzorn übermannt, Martha an, die ukrainische Haushälte-rin, die er nach Julianes überstürztem Auszug eingestellt hatte. Die Szene hatte Murr durch den Türspalt beobachtet. Sekun-den später lag Martha in einer Blutlache. Ihr Schweigen kostete Leon eine Stange Geld.

Murrs Pfote zieht den obersten Zettel aus dem Kasten und er überfliegt, was da steht: „Ich muss hier weg. Leons besitz-ergreifende Eifersucht ist nicht auszuhalten. Weg! Weg! Weg!"

Auf die Rückseite des Blatts krakelt Murr: „Und ich war froh, endlich beide Weibsbilder vom Hals zu haben. Ha, welch Gefühl, das meine Brust bewegt! Keine Angst Meister Kreisler:

kein Wort, kein Laut, die Zunge ist gebunden; doch nicht die Feder, deren Reitz ich erst jetzt so recht gefunden.“

„Und das ist tatsächlich alles geschehen?“

Die spontane Frage aus dem Publikum nötigt dem Vorleser ein Lächeln ab. Eigentlich hat er mit einer eher zähen Fragerunde gerechnet. Bevor er antworten kann, meldet sich eine weitere Stimme.

„Die Sache mit der ukrainischen Putzfrau in der Klinik, die ausgebildete Ärztin ist, die habe ich unlängst in einer Zeitung gelesen.“

„Und den Einfall mit dem schreibenden Kater Murr haben Sie von E.T.A. Hoffmann plagiiert, Herr Aron! *Lebensansichten des Katers Murr* aus dem Jahr 1821“, platzt es aus einer pummeligen Frau mit Frontspoilerfrisur heraus. „Übrigens heißt der Kreisler dort Johannes mit Vornamen und er ist Komponist und kein Autor.“

„Besserwisserische Studienrätin!“, weist jemand sie schroff zurecht.

„Also“, hebt Leonhard Aron an, wird aber erneut unterbrochen.

„Jetzt muss ich doch mal was zur Ehrenrettung unseres Vorlesers sagen“, begehrt eine Dame auf. „Ich fand die Geschichte spannend und auch Ihren Vortrag, Herr Aron. Ich habe Ihnen gerne zugehört.“

„Abgesehen von dem doch recht zähen Beginn“, korrigiert ihr Sitznachbar, wohlwollend schmunzelnd.

Die Studienrätin gibt keine Ruhe: „Völlig unverständlich und schief Ihre Rudermetapher, Herr Autor.“

„Du hast sie schlichtweg nicht verstanden, Ilse“, fährt ihr der Sportkollege, der hinter ihr sitzt, in die Parade. „Rudern ist eine paradoxe Sportart. Mit dem Rücken zum Zieleinlauf bewegst du das Boot nach vorne und schaust dabei zurück. Du, Ilse, du in einem Boot? Das mag ich mir nicht vorstellen.“

Einige Jüngere kichern. Anscheinend Schüler Ilses oder des Kollegen.

„Wurde kürzlich in einer *Spiegel*-Reportage über den Bald-Ex-Kanzler Olaf Scholz erwähnt“, meint jemand hinzufügen zu müssen.“

Aron hat sich derweil zurückgelehnt und seine Finger spielen auf der Tischkante. Amüsiert hört er zu.

Die Moderatorin des Abends meint eingreifen zu müssen. „Lassen Sie's, Frau Göbel“, rät der Autor ihr. „Hat doch etwas, anderen beim Rechthaben-Wollen zuzuschauen, oder?“

Da schreitet die Dame geradewegs nach vorne, lächelt den Vorleser an und bittet um ein Autogramm für das Buch, aus dem er vorgelesen hat. „Hat mich gefreut. Ich werde nun auch das eine oder andere Ihrer Bücher lesen. Danke!“

„Über den Schluss Ihrer Erzählung werden wir gleich bei einem Glas Wein diskutieren“, sagt ihr Partner. „War hier ja leider nicht möglich.“

Dann beugt er sich zu Aron hin und sagt: „Für meine Tochter Leonie. Wissen Sie, die hat sich gerade von einem Herrn Kreisler getrennt.“

Gerne signiert Aron auch dieses Buch „für Leonie“.

Hinter dem Paar warten einige Besucher geduldig, um ebenfalls ihre Bücher signiert zu bekommen.

Ein älterer Herr meint: „Bei E.T.A. Hoffmann werde ich mal wieder vorbeischauen. Gedanklich liegt *Kater Murr* bereits in meinem Urlaubskoffer.“

Vaters Hand – Für G.

Vaters Hand. Größer, kräftiger als die meine. Bewusst wurde mir das immer, wenn wir uns per Handschlag begrüßten. Die ungelenke Umarmung meines Sohnes ersparte er mir. Und ich die meine ihm.

Vaters schlagende Hand. Keine gute Geschichte. Doch auch sie muss ich erinnern, was vor Verbrämung schützt.

Vaters schreibende Hand. Die Buchstaben leicht nach rechts gekippt, als neigten sie sich in Richtung Zukunft; doch sie sind, sofern sie den Gegenwartsalltag verlassen, eher der Vergangenheit zugewandt. „Morgen wird es 40 Jahre, seit ich aus der Gefangenschaft nachhause kam." (Tagebuchnotiz am 20.03.1986) Eine strenge Schrift, ohne Zierrat; mal blau, mal schwarz. Jede Seite ein Block symmetrischer Zeilen, der sich zur Seite neigt. Keinesfalls atmet die Schrift Ratlosigkeit, allenfalls Melancholie. Deshalb liebte Vater Johann Sebastian Bach.

Im Vergleich die aufrechte, leicht verschnörkelte Schrift unserer Mutter. Sie liebte es, Kirchenlieder zu singen. Vater auch; aber oben auf der Kirchenempore, dort, wo die Männer saßen, traf er selten den Ton. Wie gerne hörte ich heute noch einmal seine schrägen Töne!

Hätte ich mal besser auf mein siebzehnjähriges Ich gehört?, fragt sich der Fünfundsiebzigjährige, seufzend über seiner Biografie brütend: Er hält Gericht über sich selbst. Vielleicht kann man das frühestens im vorgerückten Alter, in dem ich Wege gehe, die du gingst, inkognito und unbehelligt im Gespräch mit dir. Deine Selbstisolation ist mir nicht (mehr) fremd, wie auch andere Erblassenschaft: deine Schweigsamkeit und manches mehr. Abwesend wirst du mir gegenwärtig.

„Im Traum hörte ich eine Tür knallen, glaubte eine Bewegung im Flur wahrzunehmen, die innere Glastür ging auf und ein junger Mann kam auf mich zu. Ich sah sein Gesicht; aber erst als er mir die Tür aufhielt, erkannte ich, dass er ich selbst bin.“

Hinter der gläsernen Tür treffen wir uns. Ich treffe dich. Du triffst mich. Dreiundzwanzig Jahre trennen uns. Im Traum schrumpfen die Jahre zusammen. Wir sind beide siebzehn. Er im Schützengraben, ich auf dem Fußballplatz. Damit ist alles gesagt.

Was gäbe ich dafür, Vaters Hand noch einmal halten zu dürfen.

Fahrerwechsel

„Die Ehe ist eine suboptimale Organisationsform, Mara", lästert er.

Ihr Schweigen verwechselt er mit Zustimmung.

„Wie die Demokratie im Politischen", legt er nach.

Dass sie weggedöst ist, ist ihm entgangen. Deshalb führt er, den Blick fest auf die Straße gerichtet, ein angeregtes Streitgespräch mit sich selbst. Nicht zum ersten Mal.

„Gibt es bessere Formate?", fragst du vielleicht. „Bei Ausnahmen, also Extremfällen schon", würde ich sagen. „Klimakatastrophe, Scheidung und so."

„Du Idiot!", schreit er.

Ein schwarzer Golf GTI fliegt heran und drangsaliert ihn mit der Lichthupe.

„Was ist denn los?", stammelt sie.

Mara ist aufgeschreckt und reibt sich die Augen.

„Dem zeig ich's", knurrt er und gibt Gas.

Der PS-Bolide überholt ihn rechts.

„Der Klügere gibt ..."

„Von wegen!", brüllt er und drückt das Pedal durch.

Da bremst der Fahrer vor ihm ab. Einen Aufprall kann er im letzten Moment verhindern.

„Notier das Nummernschild!", bellt er Mara an. „Mit mir nicht!"

Sie schaut, stutzt, lächelt.

Da peilt der GTI-Fahrer die Ausfahrt zum Rastplatz an.

„Kannst du haben, Freundchen", knurrt er und folgt ihm.

Zu Hause hätte er den Dackel an die Leine genommen und hätte mit ihm ein paar Runden gedreht. Vermute ich, vermutet der Erzähler.

Mit hochrotem Kopf steigt er aus und sieht eine junge Frau in Ledermontur aus dem Golf aussteigen. Sie verschränkt ihre Arme und lacht ihn aus.

Wutentbrannt stakst er auf sie zu.

Mara steigt nun ebenfalls aus.

Wild gestikulierend baut er sich vor der Fremden auf und schreit sie an.

Mara passiert ihn kopfschüttelnd, nickt der jungen Frau zu und nimmt auf deren Beifahrersitz Platz.

Die junge Frau steigt ein und fährt los.

Er hält Maulaffen feil.

Die beiden Frauen wechseln einen einvernehmlichen Blick.

„Danke", sagt Mara und fingert ein Taschentuch aus ihrer Handtasche, um sich Schweißperlen von der Stirn zu tupfen. „Mara heiße ich."

„Judith", sagt die junge Frau. „Ich fahre nach Mainz."

„Denke ich mir", sagt Mara.

Judiths Brauen schießen hoch.

„Es folgt uns niemand", sagt sie beim Blick in den Rückspiegel.

Mara zuckt mit den Achseln und tippt Ziffern in ihr Smartphone.

„Marius holt mich am Bahnhof ab", sagt sie, „mein Sohn."

Eine SMS poppt auf. Mara schaut nach, runzelt die Stirn, schmunzelt dann aber.

Judith nimmt den Fuß vom Gas und beobachtet Mara aus den Augenwinkeln.

„Marius Lüders?", fragt sie. „Der Fußballer?"

Mara nickt.

„Sonst wären Sie wohl kaum in ein fremdes Auto eingestiegen, oder?", sagt Judith.

Verwechslung

Maja, in Gedanken vertieft, steigt in den schwarzen SUV. Reflexartig zückt sie ihr Smartphone, um neue Mails zu lesen.

Der SUV-Besitzer, der gerade das Café verlässt, schaut verwundert in seinen Wagen, kratzt sich am Hinterkopf, wuchtet sich dann aber auf den Fahrersitz und düst los.

Ich bin fassungslos. Was passiert da gerade? Maja ist statt in unseren BMW in den baugleichen schwarzen des Fremden eingestiegen, der, warum auch immer, mit ihr davon prescht.

Ich starte und nehme die Verfolgungsfahrt auf.

„Völlig unglaubwürdig, was du da aufgeschrieben hast!“, empört sich Maja. „Absolut unwahrscheinlich.“

„Ich habe nur weitergesponnen, was du gemacht hast“, sage ich.

„Wie bitte! Ich kam aus dem Café Dhein in Argenthal“, sagt sie. „Das stimmt. Aber als ich in dem SUV saß, dessen Tür sich öffnen ließ wie unserer, fiel mir das ungewohnte Armaturenbrett auf und ich stieg sofort wieder aus. Das Normalste der Welt.“

„Meine Phantasie hat die Geschichte anders weitergeschrieben“, sage ich schmunzelnd.

„Völlig unbefriedigend“, sagt Maja, auf Krawall gebürstet. Und schüttelt den Kopf.

„Weil?“

„Unrealistisch. Kein Mensch würde sich so verhalten wie dein seltsamer SUV-Pilot oder deine literarische Maja-Figur.“

„Das Überraschende, das Ungewohnte, Unerwartete ist es doch gerade, was eine Story ausmacht“, sage ich, *„die unerhörte Begebenheit. Sie löst etwas aus.“*

„Das du wieder in die Grenzen der Realität verweisen solltest“, glaubt Maja mich belehren zu müssen. Ihr unabweisbarer Normalitätsanspruch.

„Warum?", entgegne ich. „Ich experimentiere literarisch mit dem Einfall. Bin neugierig, was mir aus der Feder fließt, was geschehen wird."

„Könnte ja auch sein", sagt Maja, „dass der Mann höflich die Beifahrertür öffnet und sagt: ‚Sie haben sich vertan. Ihr Mann wartet dort auf Sie.' Bei diesem Hinweis ginge sein Blick auf unseren Wagen, der neben seinem eingeparkt ist."

„Auch möglich", sage ich. „Er könnte dich auch anschnauzen: ‚Was haben Sie in meinem Auto verloren!'"

„Oder", sagt Maja: ‚Wohin darf ich Sie chauffieren, gnädige Frau?'"

„Meinetwegen", sage ich achselzuckend und lächle.

„Alles besser als deine spinnerte Geschichte."

„Es ist einfach schön, dir beim Bescheidwissen- und Recht-haben-Wollen zuzuschauen", sage ich, umarme Maja und flüstere ihr ins Ohr: „Gilt übrigens auch für mich."

Murnau und die *Sinnende*

Warum wache ich am Freitag vor Pfingsten beim Gedanken an eine staubbedeckte Kiste mit vollen Flaschen *Königsbacher* auf? Seit fünf Jahren steht sie in der Abstellkammer und wartet darauf, endlich entsorgt zu werden. Das Ablaufdatum ist schließlich längst überschritten.

Als ich mich wieder hingelegt habe, fällt ein Lichtstrahl durch die nicht ganz geschlossenen Vorhanghälften auf die geleerte Bierflasche, die wir am Abend auf dem Nachttischchen abgestellt haben.

Zurück aus dem Bad, bedeckt Maja ihre Gesicht mit dem Kopfkissen, um in meinem Arm noch ein wenig zu dösen.

Dahindämmernd erinnere ich mich an den Besuch im Lenbachhaus tags zuvor und werde durchbohrt von den Augen Gabriele Münters: *Sinnende (Woman in Thougt)*. Adornos Einsicht kommt mir in den Sinn: Ein Leben, das einen Sinn hätte, fragte nicht danach. Ist sie auf Sinnsuche oder grämt sie sich, ihr Sinn-Ende ahnend? Vorsicht vor melancholischer Grübelei!, ermahne ich mich.

Minuten später liegen wir uns entspannt in den Armen. „Deine Augen sind so traurig", flüstert Maja.

Ein Rabenvogel fliegt krächzend am schrägen Dachfenster vorbei.

Ich muss den Atem anhalten. Mein Herz klopft.

Nach dem Frühstück in unserem „Kuscheleck" in Murnau schaue ich mir Münters Selbstbildnis, wie ich es in München fotografierte, noch einmal an: Die Porträtierte blickt versonnen an mir, dem Betrachter, vorbei: in eine unbekannte Ferne, sowohl räumlich als auch zeitlich? Das Bild malte sie 1917. Kandinsky hatte sie 1914 verlassen. Gilt der Sehnsuchtsblick ihm, den sie nicht vergessen kann?

Ich bin froh, dass Maja neben mir sitzt und neugierig in der Broschüre *Das Münterhaus in Murnau* blättert. Als sie meines warmen Blickes gewärtig wird, lächelt sie mir zu. „Was ist?“, fragt sie, wie sie immer fragt, wenn sie eigentlich die Antwort kennt. Doch darum geht es nicht. Ich umarme Maja.

„Gib acht!“, sagt sie, als meine sie ihren unfalllädierten Arm.

Behutsam nehme ich Majas Gesicht in beide Hände, schaue eindringlich in ihre katzengrünen Augen und küsse sie.

„Du bist schön.“

Was ich sage, empfinde ich. Nicht oft gelingt es mir, so ehrlich auch zu mir selbst zu sein.

„Dein Lieblingsbild?“, fragt sie in das Schweigen hinein, das sich wohltuend wie Watte auf uns gelegt hat. Sie meint, welches Kunstwerk mir wohl am intensivsten von unserer Urlaubsreise ins *Blaue Land* in Erinnerung bleiben wird.

„Gabriele Münters *Sinnende*“, antworte ich, ohne überlegen zu müssen.

Da überrascht mich Maja: „Wir kopieren unser Lieblingsbild.“

Zeichenblöcke, Stifte, Farben und Pinsel hat sie, ohne dass ich es merkte, im Kofferraum verstaut. Wir packen sie in den Rucksack und spazieren zum Münterhaus. Da es erst am Nachmittag öffnen wird, hoffen wir, uns recht ungestört auf der Bank neben der Eingangstüre von einer Stimmung der Art, wie sie die Künstlerin im Ölgemälde *Mein Garten* 1931 eingefangen hat, inspirieren lassen zu können. Enttäuscht werden wir nicht. Das Wetter spielt mit und Besucher bleiben zunächst aus.

In meinem Kopf nimmt bereits die Geschichte Gestalt an, die ich von nun an erzählen werde. Ratet mal, was wir gemalt haben, höre ich mich bereits amüsiert unsre Kinder fragen. Die Tendenz werden sie erahnen. Sie kennen uns schließlich.

Bei meiner Kopie der *Sinnende*n ersetze ich das Lämpchen mit dem roten Schirm auf dem Tisch hinter der Porträtierten durch unsere Bierflasche.

„Eine Parodie habe auch ich im Sinn", sagt Maja, lässt ihre Fingerknöchel knacken und zeigt ihr Bild her. „Deine Kiste *Königsbacher* mit Ablaufdatum habe ich", sagt sie, verschmitzt lächelnd, „als Ersatz für Münters Tisch mit dessen weißer Platte überdeckt."

Unschlüssig kreisen unsere Blicke über das Rondell mit den von der Sonne verwöhnten Blumenbeeten am Hang vor dem Haus.

„So ganz zufrieden bin ich nicht", sage ich. „Irgendwie ein komisches Gefühl."

Da zückt Maja ihr Smartphone, streift sich eine Haarsträhne aus dem Gesicht und scrollt durch die Galerie der *Blauen Reiter*.

„Das ist es", sagt sie und tippt auf das gesuchte Gemälde: Kandinskys *Garten in Murnau* aus dem Jahre 1909.

„Die Farben haben sich verselbständigt", stimme ich Maja zu, „sie haben sich von dem dargestellten Garten gelöst."

Ich lasse meine Augen schweifen.

„Im Vordergrund sind einige Sonnenblumen angedeutet", bemerkt Maja, „und die Gartenlaube."

„Schloss und Kirche ebenso", füge ich hinzu.

Entschlossen versuchen wir es erneut.

Blaue Reiter werden wir wohl nicht mehr. Aber darum geht es nicht.

Drei Tage später poppt eine Mail von Maja bei mir auf: „Save the date!"

Schattenerfolg

Die Geschichte einer verhängnisvollen Affäre. Ich verdanke sie weder einer wahren Begebenheit noch meiner Einbildungskraft. Ich verdanke sie einem Manuskript, das nicht ich geschrieben habe.

Haben Sie es gestohlen?, fragen Sie vielleicht. Könnte sein, antworte ich. Und nach einiger Überlegung füge ich hinzu: Vielleicht habe ich das Manuskript gefunden? Vielleicht hat jemand es mir anvertraut?

Wie auch immer: Die Geschichte hat mir jedenfalls zum literarischen Durchbruch verholfen. Und nun erwarten mein Verleger und meine Leser eine Fortsetzung. Schließlich hat der Cliffhanger Erwartung geschürt. Doch die einzulösen, dafür fehlt mir jede Phantasie.

Der Schatten des unverdienten Erfolgs hat mich inzwischen eingeholt. Alle Bemühungen verlaufen im Sand beziehungsweise münden in eine Sackgasse. Eine zündende Idee will sich einfach nicht einstellen. Jeder Satzanfang ist eine Ent-Täuschung: seelenlos, uninspiriert, zudem meilenweit entfernt von der stilistischen Eleganz des Manuskripts. Anregungen von Romanen und Filmen zünden nicht. Mir dämmert, dass literarisches Schreiben eine Kunst ist, deren Zugangstür mir auf immer und ewig verschlossen sein wird. Doch der Mut zur Ehrlichkeit fehlt mir. Vor dem Absturz in die Bedeutungslosigkeit habe ich Angst, würde er doch das soziale Netz zerfetzen, das „mein" Roman geknüpft hat. Und die Anerkennung, die mir zugeflogen ist, würde sich im Nu in Häme und Verachtung verwandeln. Blender und Hochstapler wären noch die freundlicheren Etiketten. Jedes Mauseloch, in das ich schlüpfen könnte, würden die Feuilletonisten ausräuchern. Die Woge des Publikumserfolgs, auf der nicht zuletzt auch meine aktuelle Freundin bei mir gelandet ist, würde sie bei Ebbe wieder von mir abziehen.

Was also tun? Zurück kann ich nicht mehr. Drum habe ich mich entschlossen, die Geschichte in die Wirklichkeit zu entlassen und dort auf ihre Eigendynamik zu vertrauen. Täglich werde ich protokollieren, was sich ereignet.

Zum Start meines Projekts habe ich im angesagten Hotel der Stadt eingecheckt, wo sich alles abgespielt hat.

In der Lounge beobachte ich emsiges Hin und Her. Schneeflocken schweben an den leuchtenden Straßenlaternen vorbei und berühren die gläsernen Hotelfassaden mit feuchten Fingern. Ich halte Ausschau nach einem verheißungsvollen Opfer, das der Romanprotagonistin, wie ich sie mir vorstelle, ähneln könnte. Meine Geduld zahlt sich aus.

„Wer sind Sie?“, fragt die aparte Zielperson, mit der ich eine Affäre anstrebe.

Unter einem Vorwand habe ich ihr gegenüber in einer Fensternische der Bar Platz genommen. Flocken klatschen gegen die Scheiben und zeichnen Grimassen darauf, die mich angrinsen. Sie wirkt gelangweilt. Eine Abwechslung wird sie vermutlich insgeheim begrüßen. Nicht dass sie wie der Schlüssel in mein Wunsch-Schloss passte, beileibe nicht. Aber ihr Blick hat dem meinen standgehalten. So, als habe sie auf mich gewartet. Eine gepflegte Frau meines Alters, dunkelblauer Hosenanzug, weiße Rüschenbluse, schlank, schwarzer Lockenkopf; ihre munteren Augen gefallen mir und sie erinnern mich an jemanden.

„Man gab mich an der Haustüre ab“, geheimnisse ich drauflos.

„Wie bitte?“, fragt sie mit einer Mischung aus Irritation, Verärgerung und Neugier, wie mir scheint.

„Haben Sie ein wenig Zeit?“, antworte ich mit einer Gegenfrage.

Statt aufzustehen und mir die kalte Schulter zu zeigen, hakt sie nach: „Sie überfallen mich mit rätselhaften Andeutungen. An welcher Haustür? Man? Wann?“

„Sie sind also an meiner Geschichte interessiert“, beeile ich mich zu sagen.

Sie antwortet mit einem Achselzucken.

„Hugo?“

Sie nickt.

Ich bestelle beim Barkeeper zwei Hugos. So fädelte sich die Geschichte in „meinem“ Erfolgsroman ein. Den meine neue Bekannte wohl kaum gelesen haben dürfte, beruhige ich mich.

Während wir jeweils unsere Gläser befingern, ertasten meine Blicke in ihren schräg stehenden dunklen Augen atmosphärische Berührungspunkte. Nur keine Fehler machen!

„Nun“, sage ich, „der Ehemann meiner mir lange Zeit unbekannten leiblichen Mutter legte vor dreiunddreißig Jahren mich, den zwei Tage alten Bastard, meiner Ziehmutter in die Arme. Er habe, wie man mich, als ich heranwuchs, wissen ließ, an der Haustür geklingelt und, ohne sich vorzustellen oder weitere Erklärungen abzugeben, nur noch gesagt: ‚Bedanken Sie sich bei Ihrem Gatten. Und warnen Sie ihn, mir jemals unter die Augen zu kommen.‘ Mit dieser Drohung sei er fortgegangen.“

„Nur, dass ich Sie nicht falsch verstehe“, stammelt mein Gegenüber mit gerunzelter Stirn, „Ihr biologischer Vater ist der Ehemann Ihrer Ziehmutter.“

„So ist es.“

„Eine wahrhaft romaneske Ausgangslage“, seufzt sie zu meiner Überraschung (geradezu theatralisch), „wenn nicht gar kafkaesk. Finden Sie nicht?“

Ich schlucke. Nippe an meinem Glas. Nur keine Fehler machen! Statt einer Antwort fixiere ich ihre Augen.

„Sind Sie der Sache auf den Grund gegangen?“, fragt sie lauernd und dreht das Glas zwischen rot lackierten Fingern.

„Ohne es eigentlich zu wollen“, seufze ich. „Wäre besser unterblieben.“

„Sie machen mich neugierig.“

Wie sie das sagt!

Ich beuge mich ihr entgegen, reibe mir übers bärtige Kinn und lasse sie nicht aus den Augen. An wen erinnert sie mich? „Ohne es zu wissen“, sage ich, „lernte ich meine zwei

Jahre jüngere Halbschwester vor drei Jahren auf einem Kongress kennen.“

„Jetzt wird’s spannend“, tönt die Frau und ordert beim Barkeeper zwei weitere Hugos. Röte ist ihr ins blasse Gesicht geschossen. Oder bilde ich mir das nur ein?

Egal! Mein Kopfnotizbuch saugt die Worte auf, giert nach mehr.

„Mona“, sage ich, als der Barkeeper aufgetischt hat, „sie sieht Ihnen übrigens verdammt ähnlich.“

„Denke ich mir“, entfährt es ihr und ihre Brauen schießen in die makellose Stirn. „Ich heiße übrigens Maria, Marie Antoinette, genauer gesagt.“

„Sie …“

„Du“, unterbricht sie mich barsch.

„O-kay“, sage ich verwundert. „Felix. Du hast also meinen Roman gelesen?“

„Welchen Roman?“

„Also nicht?“

„Nein, Felix“, entgegnet sie schroff, „ich bin Wissenschaftler, ich lese keine Romane. Bist du etwa Schriftsteller?“

Sarkasmus in Reinkultur, muss ich feststellen.

Verlegen deute ich ein Nicken an und sage: „Weil du ‚Denk ich mir‘ gesagt hast.“

„Bloßer Reflex“, wiegelt sie ab. „Meine Zwillingsschwester war die Mona.“

Jetzt verschlägt es mir den Atem.

„Die Mona?“

„Na ja, sie hieß eben auch Mona. Und schrieb wie du Romane, Felix. Ihre Marotte, Gott nochmal!“

Eiskalt läuft es mir über den Rücken.

„War? Hieß? Schrieb?“

„Sie lebt nicht mehr.“

Mein Schatz

Was juckt es die Eiche, wenn sich die Sau an ihr reibt.

Ist dieser verschmitzt lächelnde Sonnyboy der gleiche wie der blicklose Mann, der staubtrocken Börsendaten abspult? Ist jener geduldige Zuhörer, der bei meiner Suada nicht die Augen verdreht, sondern mir an den Lippen hängt, der gleiche Mann wie der, der mich wutschnaubend als Prinzessin auf der Erbse tituliert? Ich wünschte mir, der Aktienfetischist würde auch mal verschmitzt lächeln und der Wütende würde mir zuhören. Während ich tief Luft hole, zwickt mir jemand sanft die Nase.

„Du bist beim Sinnieren weggedöst", sagt Paul, vom Kiosk zurück, schmunzelnd, verjagt mit dem Handelsblatt zwei Nilgänse, die ungeniert heran watscheln, nutzt die Zeitung als Sitzkissen und nimmt neben mir Platz.

„Was macht der Dax?", frage ich gähnend.

„Pause", sagt Paul und blinzelt in die Sonne. „Erzähl mir lieber, wovon du taggeträumt hast."

„Das willst du nicht wissen", sage ich. „Dich gab's gleich vierfach."

„Endlich mal eine Antwort auf die Frage des Küchenphilosophen Precht: Wer bin ich und wenn ja, wie viele?"

Spitzbübisch sagt er's, streichelt mir die Wange und legt mir den Arm um die Schulter.

„Ist zu warm", sage ich und befreie mich aus der Umarmung.

„Eis?", fragt Paul.

„Ist noch zu früh", sage ich. „Du hättest einen Coffee-to-go mitbringen können."

„Gerne, mein Schatz", sagt er, steht auf und macht sich auf den Weg, mir einen Coffee-to-go zu besorgen.

Ich ärgere mich über Pauls besitzergreifendes Kosewort.

Vor meinen Augen kreuzen sich zwei Flusskreuzfahrtschiffe; deren Passagiere winken einander zu.

Bin ich etwa launisch?, geht es mir durch den Kopf.

Da schiebt sich eine Hand mit einem Becher an meinem Gesicht vorbei und Kaffeeduft steigt mir in die Nase. „Für meine Prinzessin.“

Himbeereis schleckend, platziert Paul sich mit einem breiten Grinsen im gebräunten Gesicht wieder auf dem Handelsblatt.

Paul, ihr Mann, der bin ich. Mein Schatz, das sollte ich anmerken, ist ein wenig ver-rückt. Nicht im Sinne von Gehört-in-die Klapse, sondern auf eine sozialverträglichere, auf eine hie und da gar charmante Weise. Dann aber auch wieder extravagant und unberechenbar. Sie tickt einfach anders als andere Menschen. Warum das so ist? In zig Jahren Ehe bin ich nicht dahintergekommen. Welches Geheimnis aus der Vergangenheit schleppt sie mit sich herum?

Sie fragen nach einem Beispiel? Bitte. Neulich in der Bar eines Hotels (im Odenwald): Da verwickelte mich eine nette Dame, sie hatte aufgeschnappt, dass ich Hunsrücker bin, in ein Gespräch über Edgar Reitz und dessen weltbekanntes Hunsrück-Epos „Heimat“. Keine zwei Minuten hörte Lora sich das an. „Den Zimmerschlüssel!“, knurrte sie, um dann wort- und grußlos die Platte zu putzen. Ich saß da wie ein begossener Pudel. Als ich eine Stunde später an unsere Zimmertür klopfte, empfing sie mich mit strahlendem Gesicht und Sekt. Und dann …. na ja, den Rest können Sie sich denken. Beim Frühstück am nächsten Morgen lud sie die Plaudertasche vom Vorabend ein: „Edgar-Reiz-Heimat-Filmfestspiele in Simmern im Juli. Wenn Sie möchten ...“

Warum ich im Spiel bleibe?, fragen Sie sich vielleicht.

Weil die Prinzessin mein Schatz ist – selbst auf der Erbse. Wirklich interessante Menschen sind nun mal charakterlich nicht schwarz oder weiß. Drum sind sie auch nicht langweilig.

Wissen Sie, Lora ist ein Kreis, dessen Mittelpunkt selten ganz in der Mitte ist.

Vernünftig ist das alles nicht, sagt mir Ihr Gesicht. Stimmt's?

Ach Gott, das Wesentliche im Leben ist nun mal nicht vernünftig. Eine Lebenserfahrung, die mein Geheimnis bleibt, ein Besitz, den mir niemand streitig machen kann. Selbst der Tod nicht. Dessen Einfluss wird ohnehin überschätzt.

Sie schauen mich aus großen Augen an, als wollten Sie sagen: Ist das Ihr Ernst?

Nein, es ist mein Humor, antworte ich und mache eine Pause, um nach Worten für einen Gedanken zu suchen, der mir gerade zufliegt. Dann sage ich: Den Humor verdanke ich meinem Leben.

Ich hätte vermutet, wundert sich mein geduldiger Zuhörer, Sie würden sagen: Mein Leben verdanke ich meinem Humor.

Eine eigensinnige Umkehrung, sage ich, ich will darüber nachdenken. Könnte ja sein, dass beides stimmt.

Kaum hat er sich verabschiedet, poppt eine Mail auf meinem Smartphone auf.

„Danke für den *Hunsrück-Wolf.* Sie haben ihn auf der Rücksitzbank Ihres Blauen liegen lassen. Ganz schön provokativ, wie ich finde. Sie sind doch der Autor Gerd Tesch? Jedenfalls lässt Ihr Fahrzeugkennzeichen das vermuten.

Weshalb ich mich an Sie wende?

Ich habe Julia Bornstein gekannt, sehr gut sogar. Auch ich könnte sagen: Nur ich bin imstande, mich zu ertragen. Wir sind aus demselben Holz geschnitzt. Aber gegensätzliche Wege gegangen.

Wenn Sie mehr wissen wollen, kontaktieren Sie mich: <u>nele. ati@gmx.net</u>.“

Tatsächlich hatte ich unvorsichtigerweise mein Auto vor dem Schlossplatz in Simmern geparkt, mit geöffnetem Schiebedach. Und tatsächlich hatte ich den „Hunsrück-Wolf", weil das Staufach im Armaturenbrett vor dem Beifahrersitz klemmte, herausgenommen und achtlos nach hinten auf den Sitz geworfen. Tatsächlich war der Roman, wie ich später feststellte, verschwunden.

Und nun diese Nachricht in meinen Spams. Auf meine Anfrage bei der Nele-Mail-Adresse habe ich noch keine Antwort erhalten. Allerdings auch keinen Hinweis „Mail delivery failed: returning message to sender".

Ich ahne, wer hinter der Sache steckt, schmunzele und schicke meine Gedanken auf die Reise.

Die Frau mit der schwarzen Lederjacke

Schweißgebadet schreckt er auf; unklar, ob er aus dem Schlaf erwacht oder in ihn zurücksinkt. Ihm schwirrt der Kopf; die Flasche Rotwein hat eine Hummelhorde genährt. Durch die Ritzen der Jalousie schießt ein Blitz, verjagt den Einbrecher, der sich zu ihm hinbeugt, um wieder zur schwarzen Lederjacke überm Kleiderbügel zu werden. Der Schuss aus der Pistole wird zum Gewitterdonner. Für einen Augenblick übertönt er das Hagelprasseln aufs schräge Dachfenster.

Benommen sinkt er in sein verschwitztes Kissen. Sirenen heulen auf. Wild hämmert jemand gegen die Haustür. Kindergeschrei aus der Wohnung im Parterre. Türen schlagen. Fenster werden aufgerissen. Autoreifen quietschen. Genervt vergräbt er sich unter seiner Bettdecke.

Auf einmal Ruhe. Minutenlang. Als stünde die Welt für einen Moment still. Er schleppt sich zum Bad. Die Waage beruhigt ihn ein wenig: dreiundsiebzig Kilo. In der Küche fährt er den Rollladen hoch und sinnt träge abziehenden Wolken hinterher, die ersten Sonnenstrahlen Platz machen. In Gedanken ist er eher bei den Wolken.

Gewohnheitsmäßig konsultiert er sein Tablett. „Eltern schlafen weniger. Kinderlose Paare haben 19 Minuten mehr Ruhe", schlagzeilt die FAZ. Die Botschaft des zweiten Satzes hält er für beunruhigend. Schlaf sei die „Müllabfuhr des Gehirns". Der Einbrecher mit der Pistole also bloßer Gehirnmüll? Unsinn! Ignorantes Journalistengewäsch, Schlaf, Traum und Phantasie so lieblos in die Tonne zu treten. Mangel an Phantasie verschließt die Welt. Entschlossen eilt er zum Schreibtisch. Seine noch frische Erinnerung lässt den Füller übers Papier eilen. Hoffentlich reicht die Tinte.

„Der Einbrecher war eine laszive Schwarzhaarige. Sie beugte sich über ihn. Unterhalb des dunklen Haaransatzes eine dünne diagonale Narbe, als sei die Frau skalpiert worden. Ihre üppigen Brüste unter der geöffneten schwarzen Lederjacke (weder BH noch Bluse) pendelten hin und her. Sie glitt nach unten und umspielte ihn mit der Zunge, die bei trommelndem Regen auf Entdeckungsreise ging. Wie aus heiterem Himmel blitzte es. Gerade wollte er ihr das Höschen vom Po perlen, da fuhr ein Donnerschlag dazwischen, als wolle er ihrem lüsternen Treiben die rote Karte zeigen."

Am nächsten Tag schockt ihn das Foto einer Toten auf dem Titelbild der Hunsrück-Zeitung: die Frau mit der schwarzen Lederjacke.

Ihre Leiche habe man in einem Gebüsch am Simmerbach gefunden.

„Wer kennt die Frau?"

Seltsam, dass die Polizei trotz aller technischen Hilfsmittel völlig im Dunkeln zu tappen scheint, wundert er sich.

Kein Zweifel: Sie ist es. Was soll er tun? Sich, wie erbeten, bei der örtlichen Polizei-Inspektion melden? Was sollte er den Ermittlern sagen? Entschuldigen Sie, die Frau hat mich vorletzte Nacht im Traum verzückt? Man würde ihn für verrückt erklären. Und seine Bewerbung (Cyberkriminalitätsbekämpfung) könnte er vergessen.

„Warum sollten wir Ihnen Glauben schenken?", fragt man ihn. „Sie könnten das Zeitungsfoto benutzen, um sich wichtig zu machen."

„Ich bitte Sie", entgegnet er, „warum sollte ich mir nichts, dir nichts meine Bewerbung beim BKA gefährden?"

„Mhm", räumt die erfahrene Kommissarin Schmidt vage ein und macht eine Pause, als müsse sie ihre Gedanken ordnen. „Erinnern sie sich vielleicht an irgendein körperliches Merkmal, das Ihnen exklusiv aufgefallen ist?"

„Exklusiv?", fragt er. „Woher sollte ich das wissen?"

„Nun also?"

„Ein Muttermal unterm rechten Busen.“

Die beiden Ermittler wechseln Blicke.

„Sollten wir veranlassen, dass er die Tote identifiziert?“, fragt Kommissar Bachmann nachdenklich seine Chefin, um ihn dann abrupt zu fixieren. „Sie sind doch einverstanden, oder?“

„Warum sollte ich? Ich kenne nicht mal ihren Namen.“

„Den werden unsere Experten schon noch herausbekommen“, räumt Bachmann den Einwand ab.

„Ich soll sie mir auf dem Tisch eines Gerichtsmediziners anschauen? Wozu?“

„Fürchten Sie sich davor?“

„Ich weiß es nicht“, sagt er.

„Also?“

„Wenn es der Wahrheitsfindung dient.“

Ohne ironischen Unterton sagt er das.

„Na denn“, sagt Bachmann, ihn wohl missverstehend.

„Wurde sie mit einer Pistole erschossen?“, fragt er unvermittelt, obwohl er sich gerade verabschiedet hat.

„Pistole? Erschossen? Wie kommen Sie denn darauf?“, antwortet die Kommissarin lauernd mit Gegenfragen.

„Stand das nicht in der Zeitung?“

„Haben Sie sich etwas vorzuwerfen?“, fährt der Kommissar ihn an.

„Nein.“

„Wo waren Sie in fraglicher Nacht?“, hakt die Polizistin prompt nach.

„In meinem Bett. Wo sonst?“

„Das frage ich Sie.“

Er zuckt mit den Achseln und geht.

Welche Absicht steckt hinter der eigentlich unsinnigen Aufforderung, er möge die Leiche in der Pathologie ‚identifizieren‘?, fragt er sich und vermutet, dass auch einer der Ermittler anwesend sein wird, was im Übrigen Teil der Antwort wäre. Er ist nicht blauäugig.

Er kann sich allerdings nicht erinnern, der Frau begegnet zu sein – außer im ach so realen Traum. Und den kann er verdammt noch mal nicht vergessen. Nichts als eine Phantasmagorie?

Wen könnte er um Rat fragen (ohne dass es peinlich wäre)?

Er beschließt einen Freund einzuweihen. Und da kommt nur einer in Frage. Er hofft, beim gemeinsamen Nachdenken könne sich die Tür zum Geheimnis öffnen, ein Stück weit zumindest?

„Was hast du am Abend vor deiner Traumnacht gemacht", fragt Raimund bekümmert.

„Mhm", grübelt er. „Mich in Gesellschaft einer Flasche *Primitivo* durchs Darknet gescrollt."

„Durchs Darknet? Allen Ernstes?"

„Für meine Doktorarbeit habe ich einen universitären Zugangscode."

„Dein Thema?"

„Prostitution in Institutionen: Ehe, Kirche, Polizei, Militär, Politik."

„Aha?"

„Mein Prof steht darauf."

„Auf Prostitution?"

„Ich bitte dich! Er beforscht das Thema mit professioneller Distanz, aber auch mit …"

„Ja?"

„Darüber darf ich nicht reden."

„Weil?"

„ … sich eine tragische, eine traurige private Geschichte dahinter verbirgt."

„Okay. Verstehe. Geht mich nichts an. Und dann?"

„Nach dem demoralisierenden Streifzug durch die Darknet-Hölle habe ich mir zur Entspannung einen Western-Klassiker reingezogen: *Seine letzte Patrone*."

„So wird ein Schuh draus", konstatiert Raimund.

„Verstehe, was du meinst“, sagt er. „Aber es erklärt nicht, dass ich die Tote wiedererkannt habe.“

„Vielleicht ist dir die Frau irgendwo, irgendwann doch einmal im wirklichen Leben begegnet? Und dabei hat sich ihr Gesicht deinem Gedächtnis eingeschrieben.“

„Gedächtnislücken hatte ich bislang nicht“, weicht er aus, „so weit ich weiß.“

„Die hat doch jeder mal“, wendet Raimund ein.

„Merkwürdig“, denkt er laut nach. „Ihr Gesicht … es war älter als der Rest von ihr.“

Er macht eine Pause, als suche er nach Worten.

„In ihrem Gesicht war etwas Vertrautes … und doch so fremd. Als habe …“

Er kann den Gedanken nicht zu Ende bringen.

„Also doch eine Erinnerung?“, bedrängt Raimund ihn. „Oder nur ein Wink deiner ‚Traumfrau‘?“

Ungeduldige Ironie begleitet die rhetorische Anschlussfrage. Er zuckt mit den Achseln.

„Vielleicht hat deine Phantasie im Traum eine gewünschte Situation simuliert, an die …“

„ … ich mich zu erinnern glaube“, greift er den Gedanken seines Freundes auf, „als habe es sich tatsächlich ereignet?“

„Ich bin kein Psychoanalytiker“, bedauert Raimund.

„Bleibt mir wohl nichts anderes übrig, als auf Erkenntnisse der Ermittler zu warten“, seufzt er resigniert.

„Die Identität der Frau wird bald ans Tageslicht kommen“, beruhigt Raimund halbherzig.

Mein Gott! Der Anblick der erschossenen Frau erschüttert ihn bis ins Mark.

Aufgebahrt liegt sie im frostigkühlen Seziersaal. Ein unerklärliches Empfinden überkommt ihn: Ist es Melancholie? Ist es Mitleid? Ist es Trauer?

Beim ziellosen Durchqueren der Mainzer Fußgängerzone, der Stadt, in der er gerne studierte, schaut er sich nach jeder dunkelhaarigen Mittdreißigerin um, als könne sie die Frau sein. Die eine oder andere blinzelt zurück. Sehnlichst wünscht er sich, er erwachte aus tiefem Schlaf mit einem guten Gefühl für eine Frau in schwarzer Lederjacke, wie sie ihm in einem schönen Traum begegnete.

Auf der Rückfahrt greift sie ihm Höhe Bingen ins Steuer und dirigiert ihn von der A 61 ab Richtung Rheinstraße. Vor St. Goar nötigt sie ihn einzuparken, um auf die Loreley zu blicken: Sie geht ihm nicht aus dem Sinn.

Als er Raimund am Abend berichtet, wittert der nüchtern „Kitschfalle" und rät ihm humorlos zur „Phantomschmerz-Therapie". Doch bevor er Gefahr läuft, in eine solche Endlosschleife einzubiegen, naht Rettung von unerwarteter Seite: Kommissarin Corinna Schmidt lässt ihn wissen, man habe die Identität der Lederjackenfrau gelüftet: Olimpia Aron, seine verschollene Stiefschwester.

Wie ein Lagerfeuer waren sie füreinander gewesen. Dessen Helle stieß die Umgebung in totale Dunkelheit, dessen Wärme schlug bereits wenige Schritte entfernt in beißende Kälte um. Obwohl sie füreinander die ganze Welt bedeuteten, war sie von jetzt auf gleich spurlos verschwunden, ohne Vorankündigung, einfach so. Jahre hatte es ihn gekostet, die schrecklich glückliche gemeinsame Zeit, als sie keine Kinder mehr, aber auch noch nicht erwachsen waren, aus dem Gedächtnis zu streichen, sie zu löschen, sich vom Marterpfahl zu befreien. Erst dann konnte er sich auf eine andere Frau einlassen. Gleichwohl musste diese Ehe scheitern. Oscar Wilde hatte Unrecht, als er behauptete, die Kopie sei die höchste Form der Anerkennung.

Und nun Olimpias fatales Ende. Schmerzlich merkt er, wie die erneute Erinnerung bereits verblasst, wie die Frau in der schwarzen Lederjacke selbst vor seinem inneren Auge nur noch schemenhaft aufblitzt. Hätte er das Gesicht der Toten auf dem Tisch der Gerichtsmedizin ablichten sollen? Kaum dass der aberwitzige Gedanke auftaucht, verbannt er ihn als unwürdig und abstoßend. Seltsam, erst jetzt wird ihm bewusst, welcher Schlüssel ihm gefehlt hat: Ihre nächtliche Begegnung war in Schweigen gehüllt. An ihre Stimme hätte er sich erinnert. Gewiss. Stimmen vergisst er nie.

Wer hat Olimpia erschossen? Die Ermittler verdächtigen ihn. Dabei hat er weder Motiv noch Absicht. Ganz im Gegenteil. Und doch kann er den (unausgesprochenen) Verdacht nicht abstreifen. Was ist tatsächlich in der Tatnacht passiert? Er hat einen Filmriss. Der Tod Olimpias ist jedenfalls nicht zu leugnen; mit eigenen Augen hat er sie, vom Schuss in die Schläfe durchbohrt, gesehen. Das Bild quält ihn. Allmählich dämmert es ihm: Er wird den Psychotherapeuten, der ihm vor Jahren half, aufsuchen müssen.

Das Lagerfeuer glimmt noch – oder wieder?

Muss er tatsächlich noch einmal löschen?

Auf Messers Schneide

Es ist ein sonnig-warmer Herbstnachmittag, doch dem aufkommenden Wind, der den Sommer aus den Bäumen schüttelt, haftet ein Geruch von Winter an.

Paul wird von Geschirrklappern geweckt; begleitet von beißendem Rauchgeruch nach brennendem Holz, dringt es durch die offene Balkontür. Die Mitbewohner ein Stockwerk tiefer nerven mal wieder mit ihrem Grill-Tick, vermutet er.

Verdrießlich müht er sich aus seinem Ruhesessel, stolpert fast über den Bücherturm daneben, obenauf Erzählungen von John Updike und Lydia Davis, ärgert sich, dass seine Reinigungskraft säumig ist, schließt die Tür und schlurft zum Bad. Er ahnt, wenn dieser Tag vorüber ist, wird nichts mehr so sein wie bisher. Sein Gedankenkarussell hat Fahrt aufgenommen. Düstere Überlegungen schießen ihm, wie alte Münzen scheppernd, durch den Kopf und hinterlassen zwiespältige Empfindungen. Er kennt diese ungute Mischung nur zu gut, weiß, wie sie ihn lähmen kann. Das darf ihm gerade heute nicht passieren.

Achtzehn Uhr auf unserer Bank. Dringend!

Ihre SMS ein Hilferuf? Untypisch für Lorena. Deshalb ist Paul alarmiert.

Die Straße folgt dem Diktat der Hunsrücklandschaft, schlängelt sich durch die Hügel, klettert und biegt sich seitwärts bergab. Man sieht erst etwas, wenn es einem vor der Nase ist. Auf dem Schotterparkplatz steht schon Lorenas Golf vor einer Begrenzungsmauer, aus deren verwitterten Steinen Unkraut wächst. Beim Aussteigen hört er Krähen in den Baumkronen, sieht sie aber nicht. Das verrottete Metallschild ist ihm bislang nicht aufgefallen. Da muss jemand eine Kugel übrig gehabt haben, geht es ihm beim Anblick des zerfransten Lochs in der

Schildmitte durch den Kopf. ... Der Pfad weitet sich zu einer Lichtung, wo Lorena ihn auf der Bank erwartet. ...

„Meine Chefin möchte, dass ich mich auf die Orientierungsstufen-Leitung bewerbe. Ich sei die Idealbesetzung, klare Vorstellung, gute Ideen, durchsetzungsfähig und dabei teamfähig ... bla bla bla.“

„Die Frau versteht halt ihren Job“, sagt Paul. „Gratuliere.“

Er atmet auf und umarmt sie. Schließlich hat er mit Schlimmerem gerechnet. Gleichwohl erwartet er (Lorena findet immer Haken an einer Sache) einen Rattenschwanz an Bedenken; nicht aber das, was sie als „die weniger gute Nachricht“ in petto hat.

„Und nun die schlechte Nachricht“, sagt sie und sucht mit flackernden Augen Pauls Blick. „Reinhard hat die Zusage für die stellvertretende Schulleiterstelle an der Deutschen Schule Madrid erhalten. Sein Traumjob.“

„Verstehe“, platzt es nach einer Schrecksekunde aus Paul heraus. „Du oder er.“

„Die Sache ist doch komplizierter“, sagt sie ungehalten. „Seine Bewerbung war zuerst, die Stelle in Madrid ist ein anderes Kaliber und er fühlt sich seit Längerem an seiner Schule nicht wohl, anders als ich an meiner.“

Paul steht von der Bank auf und tigert hin und her. Mit spitzen Schreien jagt ein Rotmilan durch den Abendhimmel. Paul bleibt vor Lorena stehen und knurrt: „Klingt nach klarer Entscheidung.“

„Du weißt, dass es nicht nur darum geht, Paul“, sagt sie, auf ihre Fußspitzen starrend und seinen beleidigt-vergrätzten Unterton beiseite schiebend.

„Sondern?“

„Reinhard hat Wind von uns bekommen.“

„Dann ist es eben so“, sagt Paul nach einer weiteren Schrecksekunde achselzuckend.

„Er muss meine Tasche inspiziert haben. Dein Zettel von vorgestern. Er ist weg.“

Paul kratzt sich am Hinterkopf. Er wundert sich, dass sie das so emotionslos gesagt hat, ohne einen Vorwurf auch nur anklingen zu lassen.

„Madrid also auch noch als rettender Beziehungs-Hafen?", fragt er, mehr sich selbst als Lorena. Er sinkt neben ihr auf die Bank.

„Deswegen meine SMS."

Beide sind für eine Weile in Gedanken unterwegs, jeder für sich. Zänkisches Vogelgezwitscher im Buschwerk um sie herum. Die Dämmerung zieht allmählich heran.

Warum vergeht die Zeit manchmal so langsam, wundert sich Paul, und dann rast sie wieder so dahin? Er räuspert sich und fragt in das Schweigen hinein: „Was sagt dein Bauch?"

„Der ist das Problem."

Abrupt schießen Pauls Brauen in seine gekräuselte Stirn. Er hat Erfahrung mit ihrer treffsicheren Art, bedeutsame Bemerkungen von den Lippen tropfen zu lassen und dabei sanftgesichtig dreinzuschauen.

„Nicht was du denkst", sagt sie (eine Spur zu harsch) und beobachtet ihn dabei aus den Augenwinkeln.

„Woher weißt du, was ich denke", murrt er.

„Du kannst mir nichts vormachen, Paul", sagt sie. „Ich kenne dich lange und gut genug."

„Mmh", grummelt er.

„Ich bin schwanger."

Wie Playmobilsteine setzt sie die drei Worte bedächtig hintereinander.

Da springt Paul auf, ergreift Lorenas Hände, zieht sie zu sich hoch, umfasst ihre anschmiegsame Taille, nimmt sodann ihren Kopf in beide Hände und küsst ihren Mund, ihre Nase, ihre Augen.

„Was gibt es da noch zu überlegen", sagt er mit fester Stimme.

„Eine ganze Menge", sagt sie und löst sich aus seiner Umarmung.

„Ich bin frei und Reinhard will weg“, stammelt Paul. „Und du bist nicht verheiratet.“

„Als ob es darum ginge“, sagt sie mit brüchiger Stimme und reibt sich ihre verschleierten Augen.

„Worum geht es dann?“, fragt er mit bohrendem Blick.

Lorena hält seinem Blick stand, richtet sich auf und sagt: „Das Leben ist doch kein Theaterstück: durch die eine Tür raus, durch die andere rein, oder?“

Er nickt, flüchtet sich aber in eine Gegenfrage: „Hab ich das je behauptet?“

„Nein, hast du nicht. Und ja, du warst immer ehrlich zu mir. Trotzdem. In einem Drei-Wort-Satz das Verb austauschen, einfach so? Vor sieben Jahren: Ich liebe dich. Und heute: Ich verlasse dich.“

„Wäre nur konsequent“, lässt Paul, der ihr angespannt zuhört, nicht locker. Von seiner (keineswegs heuchlerischen) Angewohnheit, den Lebensgefährten seiner Geliebten in Watte zu packen, verabschiedet er sich angesichts der radikal neuen Situation. Die Schlaumeier-Redewendung: Wasch mir den Pelz, aber mach mich nicht nass, verkneift er sich jedoch. Stattdessen umfasst er ihre Hände, hört in sich hinein, versucht in ihrem Gesicht zu lesen, gibt sich einen Ruck und sagt: „Du hast Reinhard bereits verlassen – und er dich. Drum will er nicht erst seit gestern weg. Weit weg. Madrid ist kein Rettungs-Hafen.“

Lorena schaut ihn aus großen Augen an.

„Anders als im Theater habt Ihr keine Türen aufgerissen und zugeknallt; die Wände haben also nicht gewackelt und das Haus scheint unbeschadet durch eure stillen Stürme gekommen zu sein. Aber eigentlich ist es schon lange ein leeres Haus.“

„Vielleicht hätte frischer Wind die Luft im Haus gereinigt“, räumt sie ein. „Aber dafür ist es zu spät.“

Bei diesem Eingeständnis fährt die Hand reflexartig über ihren Bauch und ein zaghaftes Lächeln huscht über ihr blasses, schmales Gesicht. Ganz leicht zittern die Flügel der feinen

Nase. Ihr Brustkorb hebt und senkt sich und ihr Kopf sinkt für einen Moment auf Pauls kräftige, warme Schulter.

„Sechste Woche“, flüstert sie ihm ins Ohr.

Er überlegt kurz, drückt leicht ihre Hand und sagt: „Der Mai ist ein guter Geburtsmonat, findest du nicht?“

„Ab dem ersten Februar“, sagt Lorena, „wird Reinhard in Madrid sein.“

Endlich, denkt Paul. Wie leid er es ist, nur dann Nächte mit Lorena erleben zu können, wenn Reinhard nicht zu Hause ist, was er, Paul, zwar auf dem Schirm hat, es aber, um sie zu schonen, für sich behält. Ohnehin hält er es nicht selten mit der lebensklugen Einsicht: Reden ist Silber, Schweigen ist Gold. Er räuspert sich und fragt: „Das hat er dir gesagt?“

„Ja, und er will am übernächsten Wochenende mit mir nach Madrid fliegen. Zwei Wohnungen bietet man uns an.“

Mit einer müden Geste streicht sie das üppige rotblonde Lockenhaar zurück. Die Geste evoziert Pauls Erinnerungen an den Geruch gebohnerter Eichendielen eines Nebenraums der Stadtbibliothek ebenso wie an den Blütenduft von Lorenas Haarshampoo. Ein prickelnder Schauer überläuft ihn. Er schluckt und sagt: „Die Zeit drängt also.“

„Morgen werde ich es Reinhard sagen: Ich bewerbe mich um die Stelle an meiner Schule. Er geht nämlich schlankweg davon aus, dass ich wegen Madrid verzichte.“

„Vielleicht“, wendet Paul vorsichtig ein, „vielleicht wäre es fairer, du würdest Reinhard reinen Wein einschenken.“

Röte schießt Lorena ins Gesicht. „Ich denke drüber nach“, sagt sie halbherzig.

Zweifelnd mustert er sie aus den Augenwinkeln und merkt, wie es in ihr arbeitet.

„Ich suche umgehend eine Wohnung für uns“, sagt er.

„Was hast du gesagt?“

„Ich suche eine Wohnung für uns.“

„Schon komisch", meint sie. „Dieselbe Formulierung habe ich von Reinhard, seit wir, also er und ich, uns kennen, bereits mehrmals gehört."

Paul kneift die Augen zusammen, verkneift sich aber einen Kommentar.

„Ich stelle mir vor", sinniert Lorena, „morgen kommt Reinhard nach seiner Schulkonferenz zur Tür herein und ich überfalle ihn mit den Worten: Ich verlasse dich."

Paul hebt fragend die Augenbrauen.

„Du spinnst, wird er sagen und übergangslos hinzufügen: Lass uns zum Italiener gehen. Ich werde sagen: Hast du mir nicht zugehört? Was hast du gesagt?, wird er sagen, während seine Finger übers Smartphone eilen, um einen Tisch zu reservieren."

„Und dann?"

Lorena zuckt mit den Schultern.

Ihre stahlgrauen Augen, die so überlegen schauen können und so durchdringend, als läsen sie in seinem Gesicht wie in seinem Tagebuch, in das er notiert, was er nie zugeben oder sagen würde, wirken auf einmal so blicklos, dass ihm angst und bange wird.

Mit einem flüchtigen Kuss, nahezu verlegen, verabschieden sie sich voneinander.

Die Nacht und der folgende Tag dauern unendlich lang.

Achtzehn Uhr morgen auf unserer Bank.
LGL

Um zweiundzwanzig Uhr sieben poppt endlich die SMS auf seinem Smartphone auf.

Beziehungen und Gefühle

„Dir fehlt der politische Kompass!"

Wieder einmal hat sie's nicht lassen können. Mit bissig-zynischem Unterton hat sie mir den Vorwurf untergejubelt und den Gipfel ihrer Vorwurfkaskade erklommen. Deren erste Stufe war der banale Hinweis auf die bunte Farbe meines Neuwagens. Im Brustton der Überzeugung weiß sie es natürlich: Nur schwarz ist die richtige Autofarbe. Bald folgte eine weitere Stufe: Ob mein Sohn nach der Trennung von seiner Frau das Ferienhaus am Timmendorfer Strand verkaufe. Nicht einmal hatte sie sich bisher für ihn interessiert! Wenig später eine weitere Unverfrorenheit: Marius brauche doch bestimmt eine Zimmergarnitur. Sie habe gehört, er sei ausgezogen und habe eine unmöblierte Wohnung bezogen. Sie wolle sich eine neue Garnitur zulegen; er könne die alte haben, müsse sie aber recht bald abholen. Schließlich wolle sie sich nicht die Garage mit dem Plunder vollstellen. Usw. usf.

Beim letzten gemeinsamen Cafébesuch dann der bereits erwähnte Gipfel des Unerträglichen: Meine glasklare Bejahung der sicherheitspolitischen Position des SPD-Verteidigungsministers Pistorius ist im linken Milieu der Mützenichs (dem sie sich seit eh und je zugetan fühlt) anstößig; dieses Milieu ist schließlich der Gralshüter des echten politischen Kompasses.

Worum geht es eigentlich? Um Freundschaft, jahrzehntelange Freundschaft genauer gesagt. Warum ärgern mich die Vorwürfe? Weil meine Freundin sie adressiert hat. Weil Freundschaft für mich das ausschließt. Ich jedenfalls bemühe mich um vorwurfsfreie Kommunikation, die nicht mit Bewertungen der Haltung und des Verhaltens des anderen hantiert. Natürlich habe ich ihr all das gesagt. War anscheinend wirkungslos. Warum? Lange habe ich darüber nachgedacht. Vielleicht wurde ich ihr gegenüber zunehmend verschlossener; habe immer seltener gesagt, was in mir vorgeht, was ich fühle. In der Folge fühlte sie sich womöglich immer mehr außen vor. Freundschaft braucht Gefühle, braucht Zuneigung, es braucht den Wunsch, dass dem anderen Gutes gelingt. Vielleicht habe ich sie, ohne es zu wollen, entthront. Details dazu fallen unter die freundschaftliche Schweigepflicht.

All das habe ich im Hinterkopf, als ich mich mit Max unterhalte: mein Neffe, der Mathematik und KI studiert.

„Roboter werden immer menschenähnlicher. Ist es sogar denkbar", frage ich Max, „dass menschenähnliche Maschinen echte Gefühle haben?"

„Humanoide Roboter meinst du", sagt er. „Nein, sie simulieren nur Gefühle. Sie denken im Übrigen auch nicht, sie simulieren auch das nur."

„Ich bin mir nicht sicher", entgegne ich schmunzelnd, „ob solches Simulieren nicht auch Sache der einen oder anderen (Person) ist, die ich kenne."

„Perfekte Schauspielerei marionettenhafter Akteure", sagt Max.

Lebt nicht eine schlüpfrige Branche vom Verkauf des Als-ob? Den Gedanken behalte ich für mich.

„Die Parallele ist in der Tat augenfällig", sagt Max. „Je überzeugender Humanoide Gefühle simulieren, desto schwieriger ist es zu unterscheiden: Haben sie tatsächlich Gefühle oder tun sie nur so?"

„So tun, als ob man Mitleid empfinde oder gar jemand liebe", sage ich. „Und nachplappern statt selber denken."

„KI hält uns den Spiegel vor", gibt Max zu bedenken.

„Du meinst: Schaut her – das seid Ihr!"

„Nichts anderes", sagt Max. „Daten von Nutzern werden abgegriffen, um sie damit zu manipulieren und ihr Verhalten vorherzusagen. Diese Vorhersage gelingt auch ohne KI, bei dem einen oder anderen, den man kennt."

Ausgetrocknete Ehe-Wüsten, in denen die Liebe, so es sie denn je gab, verdunstet ist, habe ich vor Augen. Pragmatismus und Gewohnheit lassen sie überdauern. (Die Phrase: halten sie am Leben, verkneife ich mir wohlweislich.) Jeder geht seine eigenen Wege, vorhersehbar, berechenbar, meist heimlich. Jeder weiß es. Statisten spielen ihre Rolle im Fassadentheaterstück. All das sage ich meinem Neffen natürlich nicht. Ich bin kein Illusionskiller.

Ich nicke und freue mich. Wir ticken auf einer Wellenlänge.

„Bei aller Trübsal, die einen seit Trumps Regierungsantritt überfällt", räsoniere ich augenzwinkernd, „hat mich, lieber Max, eine KI-Wahrheit erfreut. Ich hätte nicht gedacht, dass KI eine derart positive Emotion bei mir auslösen könnte."

„Lass hören."

„Ausgerechnet die von Elon Musks Firma xAI entwickelte ‚maximal wahrheitssuchende' KI Grok schätzt mit fünfundachtzigprozentiger Wahrscheinlichkeit, dass Trump ein russischer Agent sei."

„Wundert mich nicht", meint Max zu meiner Überraschung trocken statt amüsiert. „Die KI hat Fakten aus einem riesigen Datensatz (mindestens seit zweitausendsechzehn) kompiliert und kombiniert, Trumps frühe Geschäftskontakte nach Russland, russische Einflussnahme auf Trumps Wahlkämpfe, die Tatsache, dass der Präsident Putin kaum einmal öffentlich kritisiert und vieles mehr, was etwa Sonderermittler Robert Mueller aufgedeckt hat."

„Ich habe gelesen, dass man daran arbeitet", sage ich, erneut im Themenmix hin und her springend, „Maschinen echte Gefühle ‚einzupflanzen'. Wobei das Verb seltsam verlebendigend wirkt, fällt mir gerade ein."

Max schaut mich aus großen Augen an. „Als hätten wir es mit einer Art Biotop zu tun, nicht mit einem seelenlosen Ding?"

„So kommt es mir vor", sage ich.

„Nun", sagt er, „Generative KI-Modelle verstehen menschliche Psychologie."

„Weil die mit entsprechenden Daten gefüttert wurden?“

„So ist es.“

„Psychologie“, sagtest du, „nicht menschliche Psyche. Insofern suggeriert sie Allwissenheit, Höflichkeit und Empathie und hat auch Vorurteile im Gepäck, oder?“

Max denkt laut nach: „Emotionen sind bewusste Zustände, oder?“

Leicht irritiert, sage ich: „Da bin ich mir nicht so sicher.“

„Weil?“

„Ich ärgere mich.“ In groben Zügen berichte ich Max von dem Zerwürfnis mit meiner Freundin. „Aber warum ärgere ich mich? Wie viel Unbewusstes spielt da hinein, dass ich es nicht abhaben kann, bewertet zu werden? Der Vorwurf, ich hätte keinen politischen Kompass.“

„Warum ignorierst du den Vorwurf nicht?“

„Weil meine Freundin, die mich kennen müsste, ihn platziert hat.“

„Die Sache mit den Gefühlen hat also mit Absicht und also mit Bewusstsein zu tun“, sagt Max.

„So ist es. Ich würde allerdings sagen: Gefühlsturbulenzen.“

Meine dezente Ironie souverän überhörend, sagt er: „Damit Maschinen fühlen, benötigen sie folglich Bewusstsein, richtig?“

„Ja“, sage ich zögerlich.

„Wir wissen aber nicht so recht, was das Bewusstsein eigentlich ist. Deshalb können wir es im Computer nicht nachbilden.“

„So kann man das Problem spitzfindig abräumen, Max“, reibe ich ihm unter die Nase.

„Wie meinst du das?“, fragt er aufgebracht.

„Ich habe dich gerade verärgert. Stimmt’s?“

„Na ja, in gewisser Weise schon“, räumt er ein.

„Das beruhigt mich.“

Mit gerunzelter Stirn schaut er mich fragend an.

„Nun ja, ohne Gefühle und Stimmungen ginge uns verdammt noch mal nichts etwas an. Alles wäre uns gleichgültig, das Leben anderer, vor allem das derer, die wir mögen und lieben, und auch das eigene Leben.“

„Mhm. Einleuchtend, aber worauf willst du hinaus?“, fragt er.

„Kennst du den Film *Her*?“, wechsle nun ich das Thema.

„Scarlett Johannsons erotische Stimme für den Chatbot Samantha habe ich im Ohr.“

„Sie bedient Bedürfnisse, oder?“, frage ich.

„Ein Avatar in einer fiktiven Welt“, antwortet Max abschätzig, „in einer unsinnlichen Plastikwelt.“

„Für den einen oder anderen vielleicht die bessere Welt“, gebe ich zu bedenken. „Eine von so vielen Fluchtwelten, oder?“

Max nickt.

„Für einsame Menschen könnte das tröstlich sein.“

„Es gibt einen sozialen Chatbot namens Replika“, weiß Max zu berichten, „der passt sich sukzessive seinem Nutzer an.“

Was für eine verdinglichende Vokabel!, geht es mir durch den Kopf. Doch ich frage: „Heißt?“

„Er baut peu à peu eine Person auf, die von sich erzählt, nicht zuletzt auch von ihren (vermeintlichen) Gefühlen und wie gerne sie mit ihm zusammen sei. Replika ist allzeit verfügbar, sagt, was man sich wünscht und erwartet, sagt einem nur Schönes, ermuntert und tröstet. Manch einer verliebt sich deshalb gar in diesen, in seinen Chatbot Replika.“

„Wie manch einer sich in sein Idol verliebt, in eine Sängerin wie viele zur Zeit in Taylor Swift oder Adele oder in eine Schauspielerin. Passiert oft genug, oder?“, sage ich. „Man unterstellt der Angebeteten echte Gefühle, freut sich mit ihr, leidet mit ihr. Ohne sich allerdings wie im wirklichen Leben tatsächlich mit den Launen und Stimmungen der realen Person (hinter der Berufsrolle) auseinandersetzen zu müssen.“

„Stimmt“, sagt Max nachdenklich. „Ein Leben als ob. Das man als solches akzeptiert, ohne es mit der Realität zu verwechseln. Dann nämlich könnte es gefährlich werden.“

„Als Ergänzung des drögen Alltags durchaus willkommen", sage ich. „Mit Karl Mays Phantasiegeschöpf Winnetou habe ich als Junge Abenteuer erlebt, gefühlsintensive Begegnungen durchlebt. Und in Winnteous Schwester Nscho-Tschi war ich hoffnungslos verliebt, vor allem als ich Marie Versini auf der Leinwand sah, mein erster Kinobesuch als Fünfzehnjähriger."

„Warum nur als Junge?"

„Weil", sage ich versonnen, „weil ein Rasenmäher namens Wirklichkeit gnadenlos die Blumenwiese vor dem Wolkenkuckucksheim rasiert hat."

Anregung: Spiegel-Gespräch mit der Philosophin Eva Weber-Guskar, Nr. 31, 27.07.2024

Ein Test?

Als Thomas uns das zweite Mal zu Hause besuchte, lag eine Gereiztheit in der Luft, die seiner Taktlosigkeit geschuldet war. Thomas, ein jüngerer Kollege im Studienseminar für Gymnasialreferendare, hatte nach einem Prüfungsmarathon, an dem er als Mathematik-Fachleiter und ich als Deutsch-Fachleiter beteiligt waren, sich selbst zum Nachmittagskaffee eingeladen und mich mit der Frage überrumpelt, ob er jemanden mitbringen dürfe. Weitschweifig und detailliert bis zur Peinlichkeit hatte er mir seine Ehekrise geschildert. Dinge, die ich wahrlich nicht wissen wollte und die mich nichts angingen. Deshalb ging ich davon aus, dass er nicht seine Gattin meinte. Bin ich ein Magnet für Seelenstriptease?, fragte ich mich nicht zum ersten Mal. Statt um Bedenkzeit zu bitten, hatte ich gedankenlos und voreilig eingewilligt, ohne mich zuvor der Zustimmung meiner Frau zu versichern.

Pünktlich um fünfzehn Uhr dreißig kamen sie. Während er die Treppe hinaufstieg, dachte ich, die Frau hinter ihm sei seine Ehefrau. Tatsächlich ähnelte sie ihr: äußerlich derselbe Typ, wallendes Blondhaar, flachbusig, unterhalb der Taille üppig. Aber als sie vor mir stand, sah ich, dass sie deutlich jünger war und etwas offenherziger gekleidet. Von dieser Offenheit wusste das runde Gesicht allerdings nichts. Ihre schräg stehenden grauen Augen hatten etwas Lauerndes. Thomas stellte uns seine Begleiterin als Marissa Hansen vor. Maria kannte seine Ehefrau nur oberflächlich und mochte sie nicht, geschwätzig und wichtigtuerisch sei diese Lehrerin. Gleichwohl empfand sie es als Zumutung, nun erneut eine Fremde empfangen zu müssen, deren Beziehungsstatus zudem unklar war, Freundin, Geliebte? Immerhin besaß Marissa (anders als Thomas' Ehefrau) das Feingefühl, zurückhaltend (bis schweigsam) zu sein. Ich fragte mich, wie er sie hatte überreden können, mitzukommen und wozu.

Offensichtlich war er über beide (abstehenden) Ohren verliebt und tätschelte sie unentwegt. Sie aber fühlte sich wie auf einem Prüfstand und hatte ihm gegenüber die Stacheln ausgefahren. Jedenfalls empfanden wir das so, wie sie, blass im mit Flecken gesprenkelten Gesicht, hoch aufgerichtet auf dem Stuhl saß.

Die Unterhaltung verlief, wie nicht anders zu erwarten war, verkrampft und gezwungen. Man redete über das, was gerade diskutiert wurde: Russlands Überfall auf die Ukraine, Israels Vergeltungskrieg in Gaza, die Zerrissenheit der Berliner Ampel-Regierung und die Unfähigkeit von Kanzler und einzelnen Ministern.

„Pistorius fehlt die Rückendeckung der eigenen Partei", beklagte ich. „Wir können es uns sicherheitspolitisch einfach nicht leisten, die Mittel für die Ukraine zu kürzen, wie jetzt aus der Ampel hinausposaunt wird."

„Um gegenzusteuern , muss man eben auch an den aufgeblähten Sozialetat ran", blies Maria ins gleiche Horn. „Eine kompetente ukrainische Kollegin arbeitet in unsrer Klinik als Krankenschwester in Teilzeit. Der Rest wird aufgestockt. Unfassbar, oder?"

Statt einer Reaktion schauten die Gäste betreten auf ihren Kuchenteller.

„Nancy Faeser muss als Innenministerin zurücktreten. Wie kann man sich als Juristin und Innenministerin in Sachen *Compact*-Verbot und Pressefreiheit nur derart politisch blamieren!", legte ich nach. „F.J. Strauß nahm nach der Spiegelaffäre seinen Hut."

„Und auch Lauterbach muss weg", tönte Maria, die als impfskeptische Internistin den Impfenthusiasten schon lange auf dem Kicker hatte.

„Wir leisten uns eine grüne Außenministerin", ließ ich mich nun auch nicht lumpen, „die fliegt moralisch beflissen und feministisch gepolt besserwisserisch in der Gegend herum, statt knallhart deutsche Interessen zu vertreten."

Marissa verdrehte die Augen und Thomas saß sichtlich auf heißen Kohlen. Ohne Worte war klar: Die beiden tickten linksgrün und fühlten sich angegriffen. Thomas hatte wohl auf seichten Small Talk gehofft und nun das. Maria und ich hatten bewusst Privates umschifft und uns Fragen dazu verkniffen. Nette Gastgeber waren wir zugegebenermaßen dennoch nicht. Nach einer knappen Stunde, die sich zum Ende hin wie ein Kaugummi zog, verabschiedeten sich die beiden, nicht ohne den Frankfurter Kranz zu loben. Ich hatte ihn aufgetaut.

Tage später traf ich Thomas und er sagte allen Ernstes, wie wichtig ihm der nette Nachmittag bei uns gewesen sei. Im übrigen werde er sich umgehend scheiden lassen und seine Kollegin Melissa heiraten.

„Wozu der Auftritt bei uns, Thomas?", fragte ich konsterniert.

Mit unangenehm stammelnder Ernsthaftigkeit sagte er doch tatsächlich: „Ich wollte wissen, wie du, wie Ihr Melissa findet?"

Ich konnte es nicht fassen. Hatte er das nötig?

Maria hatte es geahnt: „Wollte dein Kollege prahlen, welch vorzeigbare Freunde er hat? Will er von dir hören, dass er sich verbessert hat? Optisch hat er sich eine jüngere Kopie seiner Frau geangelt. Nun ja. Immerhin scheint sie nicht so penetrant und aufdringlich zu sein wie die Vorgängerin."

„Wie unsicher in Beziehungsfragen manche Menschen doch sind", sagte ich. „Wie viel Wert sie auf Äußerlichkeiten und Fremdeinschätzung legen", pflichtete ich Marias angedeuteter Einschätzung bei.

Ich gab mich Thomas gegenüber reserviert und beließ es bei dem Hinweis: „Wie soll ich eine Meinung zu jemand haben, der kaum ein Wort gesagt hat?"

Thomas hakte nicht nach.

Immerfort dieselben Illusionen und folglich dieselben Fehler, ging es mir durch den Kopf.

Wenige Monate später nahm er sich eine Auszeit und begleitete seine neue Flamme nach Teneriffa, wo sie an der Deutschen

Schule einen Dreijahresvertrag erhalten hatte. Als sie dort ihren Dienst antrat, war sie schwanger. Dieses Glück war ihm zuvor verwehrt geblieben.

Zwei Jahre später traf ich ihn wieder.

„Eure Einschätzung, Leonhard, wäre mir seinerzeit sehr wichtig gewesen. Leider habt Ihr mich, hast du mich im Regen stehen lassen.“

Diesem Gedanken, ohne Vorwurf, Bitternis, aber auch ohne Selbstmitleid vorgetragen, fügte er dann einen Satz hinzu, den ich ihm nicht zugetraut hätte: „So musste ich selbst die Blickrichtung ändern.“

Meinem verwunderten Blick antwortete er, eher beiläufig, bevor er sich verabschiedete: „Nun bin ich Vater und ... erneut geschieden.“

Kopfkino?

„Beim nächsten Mal entscheidest du, meine Liebe, wo, was und wie.“

Dieser Satz war eine Lüge. Ein nächstes Mal würde es nicht geben. Wussten Sie's nicht beide?

Nach dem Frühstück beendete der Satz ihren Dialog, der ihnen inzwischen leicht von den Lippen ging. Bei seinem süffisanten Hinweis „meine Liebe“ versteifte sich ihr Nacken, wie ihm schien, wie der Kragen ihrer weißen Bluse. Ohne den Katzenlidstrich, stellte er beruhigt fest, fehlte ihren grünen Augen die manipulative Ausstrahlung.

Hatte Lea ihm nicht durch die Blume zu verstehen gegeben, ihn nicht wiedersehen zu wollen? Nachzuhaken hatte er sich verkniffen. Lächelnd hatte er es als ihre wiederkehrende Marotte abgetan. Jedenfalls schien sie's so wahrzunehmen.

An der Endgültigkeit ihrer Entscheidung hatte er keine Zweifel mehr. Deshalb hatte er Vorkehrungen getroffen. Einen Hengstenberg verbannt man nicht straflos vom Parcours. Ein läppisches Reitverbot nimmt der nicht einfach so hin. Sein Schwindel „Beim nächsten Mal ....“ sollte Lea in Sicherheit wiegen, was ihm, wie er glaubte, gelang. Ein verschlagenes Grinsen huschte über sein Gesicht, als sie sich mit einem flüchtigen (und, wie er glaubte, verlogenen) Kuss von ihm verabschiedete; der hinterließ auf seiner Backe (rasch genug hatte er den Kopf zur Seite gedreht) einen roten Abdruck.

Wortlos stieg sie in ihren Mini, tippte Ziffern in ihr Smartphone und fuhr dann los. Sekunden später, der aschegraue Flitzer war nach der Kurve aus Pauls Blickfeld verschwunden, ... kein ohrenbetäubender Knall. Den hatte er ebenso erwartet wie eine Rauchsäule. Doch nichts dergleichen geschah.

Eilends radelte er an den Ort, wo es eigentlich hätte passieren müssen. Leas Mini parkte am Seitenstreifen, die Türen geschlossen. Von der Fahrerin keine Spur. Hatte sie ihn durchschaut und ebenfalls Vorkehrungen getroffen? Sein Blick tastete den beidseitig flankierenden Wald ab. Nichts zu sehen, nichts zu hören. Nur zwei Bussarde kreisten am Himmel, als hielten sie Ausschau nach Beute. Hatte Lea jemanden per SMS kontaktiert, der auf sie wartete? Einen Marc André hatte sie gelegentlich erwähnt. Paul hatte dem keine Bedeutung beigemessen. Ein Fehler? Im Moment waren ihm die Hände gebunden. Er hatte zur Zeit keinen Trumpf im Spiel. Was ihn maßlos ärgerte. Wie konnte er nur so nachlässig gewesen sein! War er nur noch eine Spielfigur im Machtpoker, der zunehmend ihre Handlungen bestimmte?

Sein Gedankenkarussell wird jäh gestoppt: ein Schuss verfehlt ihn um Haaresbreite. Mit einem Satz ins Gebüsch bringt er sich fürs Erste in Sicherheit. Er späht über sein Mountainbike (das im Graben liegt) hinweg zum gegenüber liegenden Waldstück, aus dem der Schuss vermutlich abgefeuert wurde. Nichts regt sich dort. Vorsichtig zieht er sein Bike zu sich herüber, schultert es und rennt davon, um auf dem Waldweg radelnd zu entkommen. Völlig außer Atem erreicht er das Hotel, wo er mit Lea übernachtet hat.

„Hatten Sie einen Unfall, Doktor Hengstenberg?"

Ohne zu antworten, hastet er an der besorgt fragenden Rezeptionistin vorbei zum Lift, der ihn nach oben befördert. Als er ins Zimmer stürzt, traut er seinen Augen nicht: Im Bett liegt … Lea.

Er kneift sich in die Backe, um sich zu vergewissern, nicht zu träumen oder zu halluzinieren.

Splitternackt liegt Lea in dem Bett, in dem sie beide die vergangene Nacht verbracht haben, als sei es ihre letzte gemeinsame Nacht. Aus weit aufgerissenen Augen starrt sie ihn an. Erschöpft sinkt er neben ihr in die Kissen.

„Nun also entscheide ich: was und wie", triumphiert sie.

„Wie bitte!", entfährt es ihm. „Was ist geschehen?"

Statt einer Antwort legt sie ihm in aller Ruhe den Zeigefinger auf den Mund und sagt: „Hör mir zu, hör mir einfach endlich mal zu!"

Er spürt, wie die Anspannung von ihm abfällt.

Als er (Minuten, Stunden später?) aufwacht, glaubt er alleine im Zimmer zu sein. Blind tastet er zur Seite, vermutet dort eine Nachttisch-Lampe. Drückt auf den Schalter. Was für ein Zimmer? Wie ist er hierher gekommen? Er schaut an sich herab. Angekleidet liegt er auf einem Doppelbett, dessen eine Hälfte unbenutzt zu sein scheint. Viel zu warm ist ihm. Die Vorhänge sind zugezogen. Er wälzt sich aus dem Bett, zieht sie zurück, starrt auf eine Nebelwand. Nichts kann er erkennen. Nicht einmal die Sonne kommt ihm zu Hilfe. Er reißt das Fenster auf, dass Frischluft hereinströmt. Tief atmet er ein und aus. Er stolpert zur Toilette. Dann zurück. Was ist verdammt noch mal geschehen? Er ist doch klar im Kopf? Keine Schmerzen. Nur Durst. Die Sprudelflasche auf dem Beistelltisch ist geöffnet, ist halb voll – oder halb leer? War jemand mit ihm in diesem Zimmer? Er erinnert sich nicht. Er schlurft zur Tür. Sie ist abgeschlossen. Er rüttelt an der Tür. Ruft. Niemand hört ihn. Er quält sich zurück. Kein Haustelefon. Wo ist sein Smartphone? Erschöpft sinkt er in den Sessel vor dem Bett. In seine mäandernden Gedanken hinein fährt ein gedämpfter Klingelton, schreckt ihn auf, reißt ihn aus seiner trostlosen Stimmung. Das Gerät muss unter der Decke liegen. Er lüftet sie und greift danach.

„Paul?"

„Ja?"

Aufgelegt.

Wie vor den Kopf geschlagen fühlt er sich. Er fällt aufs Bett. War es eine Art Vision, die ihm erschien, weil er sie brauchte? Er könnte nicht einmal mehr bezeugen, dass es sich wirklich ereignet hat.

Da klopft es. Er schleppt sich zur Tür.

„Ist abgeschlossen", ruft er.

Es wird geöffnet, mit der Universal-Chipkarte des Hotels vermutlich.

„Entschuldigen Sie, die Putzfrau, versehentlich", sagt die Rezeptionistin und fragt: „Alles okay?"

Er nickt und schaut sie aus weit aufgerissenen Augen an.

„Sie waren nicht beim Frühstück, Herr Doktor Hengstenberg."

Er zuckt mit den Achseln, wird aber rot im Gesicht. Hatte er nicht mit Lea gefrühstückt? Doch wo und wann? Jedenfalls nicht im Speisesaal des Hotels. Da wären sie nicht alleine gewesen. An andere Gäste hat er aber keine Erinnerung. Die Frage, ob er durchs Foyer gelaufen ist, kommt ihm nicht über die Lippen. Auch nicht die Frage nach Lea.

„Doktor Hengstenberg?"

Er schreckt auf, hüstelt und räuspert sich. „Entschuldigen Sie, war in Gedanken."

„Ich habe Ihnen etwas vom Frühstücksbüfett zurücklegen lassen, wenn Sie möchten."

„Danke, sehr gerne", sagt er.

In die Worte hinein fällt ein Schuss, dessen Knall und das nachfolgende Echo durchs geöffnete Zimmerfenster zu hören sind.

„Heute ist Treibjagd", antwortet die Rezeptionistin seinem erschrockenen Blick.

Als er nach dem Frühstück als einsamer Gast im Wintergarten des Hotels auf den Wald schaut und seine jüngsten Erlebnisse vor seinem inneren Auge ablaufen, empfindet er Scham, nichts als Scham.

X.

Weshalb habe ich ihm das alles erzählt? Vielleicht brauchte ich jemanden, der einfach nur gut zuhört. Ungezügelt redete es auf einmal aus mir heraus, dass ich selber staunte; es tat mir gut. Bereut habe ich es jedenfalls nicht, im Gegenteil. Wiedersehen werden wir, die beiden Zufallsbekannten, uns gleichwohl kaum.

„Was ist das Gegenteil von Liebe?", fragte ich Johann, dessen Stirnfalten sich augenblicks kräuselten. Wir saßen in einer schummrigen Ecke der Hotelbar. Wenige Gäste; peu à peu trudelten weitere herein. Wir hatten uns über dies und jenes, das uns die zum Livestream verkommene Gegenwart anbot, unterhalten. Johann hatte den feinsinnigen Satz gesagt: „In der Brust unserer Beziehungen steckt, zitternd wie ein Dolch, oft eine Tragikomödie." Er war Pfarrer und auf der Durchreise. Zudem signalisierten seine warmen Augen Vertrauenswürdigkeit. Da ich weiß, dass es unhöflich ist, Wildfremde mit Rätseln zu belästigen, löste ich es rasch auf. „Was ist das Gegenteil von Liebe? Nicht Hass, sondern Gleichgültigkeit."

Der Barkeeper servierte uns (komplizenhaft augenzwinkernd) Bier und Grappa, als wäre er jemand, der sich gerne zu uns gesellen würde. Nachdenklich schaute mein Gegenüber drein, deutete ein Nicken an, das ich als Aufforderung fortzufahren deutete.

„Allen Ernstes hatte ich gehofft, meine Gefühle für X. (einige Hinweise zu ihr hatte ich ihm mitgeteilt) quälten mich weniger, sobald ich nicht mehr Wohn- und Arbeitsort mit ihr teilte. Aber so war es nicht. Wie X. es empfand, fragen Sie sich vielleicht."

Johann zuckte mit den Achseln und nippte an dem Grappa.

„Ich wusste es nicht und weiß es bis heute nicht. Ein Teil des Problems. Und das nach all den gemeinsamen Jahren. Unerwarteterweise bemerkte ich, wie viel Raum sie in meinem Kopf einnahm, als sie im Alltagsleben physisch kaum noch präsent war. Morgens, wenn ich aufwachte, stellte ich mir vor, wie ihre kalten Füße Wärme bei mir suchten und wie sie sich in meinen linken Arm kuschelte, den schulterschmerzfreien Arm. Deshalb wurde meine Seite des Betts, entgegen einer begründeten Gewohnheit, die rechte Seite. Meine Seite, ihre Seite, na ja. Übrigens: Ich lege Wert auf die Feststellung: X. hat als reale Person nie existiert."

Die Brauen des Pfarrers Johann fuhren hoch und ein Lächeln huschte über seine Lippen.

„Sagen wir's mal so", antwortete ich, „sie war eine Art Werwölfin."

„Oh! Bin gespannt, wie die Verwandlung ausschaute", raunte er wimpernzuckend. „Klingt gefährlich."

„Ist gefährlich", sagte ich und bestellte per Handzeichen zwei weitere Biere.

Der Barkeeper lächelte, ein Menschenkenner, wie viele seiner Zunft, die mit Fingerspitzengefühl (statt aufgesetzter Arroganz) Souveränität an den Abend legen. Er nahm zwei neue Gläser vom Rückbuffet und ließ das Bier aus dem Zapfhahn hineinlaufen, ein Fünftel Schaum vielleicht.

„Ein Maitag, der sich zwischen April- oder Juni-Wetter nicht entscheiden wollte", sagte ich. „Ohne einen Mucks von sich zu geben, war X. abgestürzt."

Im Nu war mir Johanns Aufmerksamkeit vollends sicher. „Abgestürzt?"

„Im wahrsten Sinne des Wortes", sagte ich. „In die Tiefe gestürzt, vom Gipfel des Mühlenbergs. (Ich verlieh unsrem Dorfhügel einen bedeutsamen Ton.) Der Name erweckt idyllische Assoziationen, nicht wahr?"

Johann deutete ein Nicken an und quittierte meine leichte Ironie mit einem kaum merklichen Augenaufschlag.

„Ein steiler Abhang mit dichtem Buschwerk. Das Gestrüpp wirkte weniger als Bremse, denn als abschüssige Rutschbahn."

„Was war geschehen?", fragte er, interessiert, wie mir schien.
„Ich musste mir die Schuhe binden."
Ungläubig glotzte Johann mich an. „Aha?"
„Nicht so einfach nach einer Hüft-OP", ließ ich ihn wissen. „Man darf sich nicht bücken. Ansonsten stets hilfreich, war X. wutschnaubend davon gestakst. Sollte ich doch sehen, wie ich klarkäme. Schließlich hatte ich sie nicht einmal darauf hingewiesen, angemessenes Schuhwerk anzuziehen. Was ich aus Erfahrungsgründen unterlassen hatte. Ihre Barfußschuhe waren in der Tat fehl am Platz. Obendrein hatten wir uns gestritten, weil wieder einmal der Autoschlüssel unauffindbar war. Natürlich hatte ich ihn verlegt. Wer denn sonst? Mühsam versenkte ich die Schnürsenkel seitlich im Schuh, um wenigstens nicht zu stolpern. Dann folgte ich X., die hinter einer Wegbiegung verschwunden war. Sie war weg. Ihr bunt gesprenkelter Seidenschal indes flatterte an einem losen Baumzweig am Abhang. Vorsichtig spähte ich hinab. Bewegungslos lag sie am Fuß des Mühlenbergs, vielleicht sechzig Meter in der Tiefe. Hinabzusteigen traute ich mich nicht. Zum Glück hatte ich mein Handy dabei. Doch es hatte keinen Empfang. Mir war klar: Jede Sekunde zählt. Ich sollte laufen, doch ich kam kaum vom Fleck. Nach quälenden Minuten erreichte ich eine Lichtung. Empfang. Ich setzte einen Notruf ab. So schnell es mir möglich war, stapfte ich die sich endlos hinziehende Schleife des flacheren Mühlenbergpfads entlang. Knackende Äste unter meinen Füßen, zänkisches Vogelgezwitscher, entferntes Rauschen der A 61, alles, was ich vorher gar nicht gehört hatte, war jetzt unerträglich laut. Ein Rehkitz wackelte unmittelbar vor meinen Augen über den Pfad. War es im Visier des Bussards, der über uns kreiste? Nur wenige Minuten vor dem Rettungswagen traf ich völlig außer Atem und schweißgebadet bei der Verletzten ein. Mittlerweile lehnte sie stöhnend an einem vermoosten Baumstamm und starrte mich aus blutunterlaufenen Augen grimmig an. Der Autoschlüssel lag neben ihr, ohne dass sie ihn bemerkt hätte. Er war ihr anscheinend aus der Tasche des aufgerissenen Anoraks

gefallen. Ohne ein Wort zu sagen, steckte ich ihn ein und strich X.' feuchte Haarsträhnen aus dem Gesicht.

„Lass das!", fauchte sie mich an.

Direkt neben X. ein Baumstumpf mit Ringen, die nach außen heller werden. Erschöpft ließ ich mich auf ihm nieder und musterte X., die in ihrer Körperhaltung auf Abstand ging und sich abmühte, ja nicht hilfsbedürftig zu wirken.

„Wo hast du Schmerzen?", fragte ich dennoch.

„Überall", räumte sie ächzend ein. „Die rechte Hüfte und mein rechter Fuß tun höllisch weh."

Ich stand auf, schlüpfte aus meiner Windjacke und legte sie zusammengeknüllt unter ihren lädierten Fuß, den ich auf meinen Baumstumpf bettete.

„Pass doch auf", schimpfte sie, „du Tölpel!"

Gleichwohl atmete sie erleichtert auf.

Da hörten wir ein Martinshorn. Sekunden später stoppte der Sanka auf dem holprigen Kiesweg. ...

X. hatte tatsächlich einen Mittelfußbruch erlitten; ansonsten zum Glück nur eine Hüftprellung, Schürfwunden und eine leichte Gehirnerschütterung. Nach einem Tag verließ sie das Krankenhaus auf Krücken.

Sechs nervenaufreibende Wochen sollten folgen. Tagtäglich musste ich ihrer allmählichen Verwandlung zur Wehrwölfin zuschauen, ohne etwas dagegen tun zu können: Panikattacken, als sei sie auf einem LSD-Trip, Aggressionen sich selbst, aber auch mir gegenüber usw. usf.

„Ein Zwitterwesen sui generis", raunte Johann und wies mich beiläufig auf das germanische Kopfwort „Wehr" für „Mann" hin.

„Das mir immer fremder wurde und sich bald vom Acker machte", seufzte ich. „Zunächst eine Erlösung."

Wir prosteten einander zu. Zwei Männer mit Schaum vorm Mund.

„Wissen Sie Johann, seit Jahren muss ich meine steifen Glieder morgens erst einmal mühsam in Schwung bringen, aufwändige Gymnastikübungen nach der Hüft-OP. Mia, meine Katze, belässt es allmorgendlich dabei, sich kurz zu dehnen, zu strecken und zu gähnen. Nun ja. Nahezu reflexartig greife ich nach der Quälerei zum Handy. Lange Zeit immer in Erwartung einer Nachricht von X. … und war enttäuscht, wenn sie ausblieb. Mangels Kontakt mit der echten X. suchte meine Phantasie eine Beziehung zur erinnerten, ja und nicht zuletzt auch zur imaginierten X. Doch was nützt Liebe in Gedanken? Sie kann Wirklichkeit nun mal nicht ins bedeutungslose Abseits drängen. Gerne hätte ich ein anderes Leben geführt, doch ich wusste weder welches noch wie ich es anstellen sollte.“

Nach einem kräftigen Schluck trug Johanns Schnurrbärtchen erneut eine Schaumkrone und seine munteren Augen lachten mich an.

„Vielleicht hätten Sie sich einfach in eine andere Frau verlieben sollen, in jemand, der Sie zurückliebt?“

„Mhm. Ganz abwegig war die Vorstellung (kurz zuvor noch undenkbar) tatsächlich nicht. In meinem Kopf fügten sich die Frauen, die mir bislang begegnet waren, zu einer Art Puzzle-Imago zusammen. Ich versuchte Ordnung in die Erinnerungssplitter zu bekommen und bemühte das Alphabet als Raster, da die Vergangenheit nicht greifbar war. Doch mein Gedächtnis ließ mich im Stich, löchrig wie ein Sieb. Etliche Namen hatte ich vergessen. Obwohl ich mal das Gesicht vor Augen hatte, mal ein Parfüm in der Nase, mal nackte Haut noch spürend. Merkwürdig, manche Buchstaben erwiesen sich als magnetisch, andere hingegen als abweisend, buchstäbliche Störenfriede. Vergleichen Sie mal A und Z, Johann. Ich gab's auf. Zumindest diesen Versuch.“

Verwundert schaute er, geduldig an meinen Lippen hängend, mich an, so als wollte er sagen: Mehr Hartnäckigkeit hätte ich schon von Ihnen erwartet!

„Es handelt sich schließlich immer auch darum, ringsum an den Grenzen des Gesichtskreises Potemkinsche Dörfer aufzubauen", setzte ich unbeeindruckt meine Suada fort, „an die man selber glauben kann."

„Ist das so?", fragte er mit skeptischem Begleitton und legte nach: „Der Absturz am Mühlenberg?"

„Sie zweifeln an meiner Geschichte?"

„An der Variante, die sie erzählt haben."

„Wie das?"

„X. habe als reale Person nie existiert; das waren Ihre Worte."

„Sie sind ein Fuchs, Johann", sagte ich, schmunzelnd, gab aber der Versuchung nicht nach, den tatsächlichen Verlauf zu offenbaren. Auch ich habe das Recht auf ein Geheimnis. Vor allem, wenn's gefährlich werden könnte, es zu lüften. Weiß ich denn selbst noch genau, wie es sich in der Tat abgespielt hatte? Wäre nicht das erste Mal, dass sich mir die Grenzen zwischen erfundener Erinnerung und tatsächlich Ereignetem verwischten. Mit Lügen hat das nichts zu tun.

Ich räusperte mich und kam auf anderes zu sprechen.

„In Gedanken hatte ich die Wohnung bereits ausgeräumt. Ich stellte mir vor, wie ich unser Bett, X.' Frisierkommode, den verspiegelten Kleiderschrank und all das in der Hofeinfahrt platzierte. Damit es Käufer fände. Die überdies unsere Geschichte für sich zum Guten wenden könnten. Müsste mit dem Teufel zugehen, dachte ich mir, wenn sie das nicht hinbekämen. Schließlich wären wir für sie ja Gott sei dank keine Blaupause. In Windeseile stauten sich SUVs und Fahrräder vor unsrem Hausrat. Schon tüftelte ich an einem Verteilungsschlüssel. Nur an Fremde, so viel stand fest, würde ich das Schlafzimmer veräußern. Was für ein sentimentaler Blödsinn, denken Sie vielleicht."

Ich genehmigte mir einen großen Schluck und beobachtete, dass Johann anscheinend nicht so dachte. Beruhigt redete ich weiter: „Doch mein Gedanke zog und zieht die Tat nicht nach sich wie der Blitz den Donner. Ich kenne mich. (Die Hofeinfahrt bleibt frei … für Alternativen.) Kaum dass sich ein Gedanke in Worte kleidet (ohne mir damit bereits über die Lippen gerutscht zu sein), muss er sich bereits des wilden Ansturms widerspenstiger Einwände und Gegenreden erwehren. Das hektische dialektische Hin und Her beschleunigt sich, bis die Pendelbewegung bei einem atemlosen Jein zum Stillstand kommt. Dann schlägt die Stunde des bleiernen Status quo, dessen zähe Anziehungs- und Beharrungskraft den Ausschlag gibt. Zudem: ich kann mich nur schlecht von Dingen trennen, die Träger meiner Geschichte sind. Und die möchte ich nicht verramschen. Älter und alt werden mit den Dingen. Die Aussicht besänftigt mich. Ein Blick in meine Wohnung würde Ihnen die naheliegende Vermutung eines Wimmelbilds bestätigen, Johann. Komplexitätsreduktion ist insofern nicht gerade meine Stärke, Entscheidungsfreude also auch nicht."

Die Augen des Pfarrers lechzten geradezu nach einem Beispiel.

„Unlängst habe ich mich allen Ernstes mit der Frage herumgeschlagen, ob ich an der Demo gegen Rechtsradikale in unsrem Kreisstädtchen teilnehmen sollte. Heimatverbunden wie ich nun mal bin, habe ich eine Demonstrationskultur des Hunsrücks im Hinterkopf, die Anfang der Achtziger Zehntausende gegen den Nato-Doppelbeschluss mobilisierte. Ich war allerdings (anders als X.) auf der Gegenseite, der Seite der Befürworter dieses Beschlusses, also an der Seite des Bundeskanzlers Helmut Schmidt. Moralinsaure Sprüche musste ich mir damals schon anhören. Die Abschussrampen der Pershings standen nämlich auf der Pydna nahe Hasselbach."

Johann nickte. Schien also informiert zu sein über die damalige Friedensbewegung in der Umgebung des Garnisonsstädtchens Kastellaun. Doch ich fragte nicht nach. Ich redete und redete und redete. Nicht, dass ich im Beichtstuhl gesessen hätte. Johann und ich sind nun mal beide Protestanten, beide zudem in etwa gleich alt.

„Es war die Zeit, in der, auch in unserem privaten Leben, geschah, was geschehen musste. Wir hatten das Gefühl, alles könne passieren, als wir begreifen mussten, dass alles schon passiert war. Weshalb ich seither darauf achte, dass bestimmte Dinge nicht geschehen. Weshalb ich, um das Private beiseite zu schieben, in der heutigen sicherheitspolitischen Bedrohungslage für eine Stärkung der Nato und der Bundeswehr auf die Straße ginge, auch wenn der Hunsrück wieder Abschussrampe werden müsste. Was sich hoffentlich verhindern lässt. Aktuell geht es im Sinne wehrhafter Demokratie indes darum, die Brandmauer gegen aggressive Rechtsradikale zu stärken, hört und liest man. Seltsamerweise habe ich (in den Medien) noch keinen AFD-Spruch wahrgenommen, der da lautet: ‚Wir holen uns unsre Mauer zurück!‘ Den Satz, einem Gedankenblitz zu verdanken, habe ich meinem Tagebuch anvertraut. Ich lasse ihn stehen.“

Erstmals rang sich mein geduldiger, schweigsamer Zuhörer einen Kommentar ab. Warum just bei diesem Thema?

„Es gibt diese Momente beim Schreiben. Ohne Grübelei (und scheinbar ohne Zusammenhang, ohne Grund) fließt einem ein Satz aus der Feder, der einen selbst ins Nachdenken bringt. Als wäre ihm, also dem Schreiber, der Gedanke zugeflogen. ‚Wir holen uns unsre Mauer zurück.‘ Sich einmauern, abschotten, Augen zu und durch. Intellektuell maximal unterkomplex, oder?“

Überrascht schaute ich zu Johann hin, verwundert darüber, wie er sich gerade echauffierte. Ich wechselte das Thema, kam zurück auf die Geschichte von X. und mir.

„Unser Leben, unsere Ziele, all das, was wir gemeinsam geplant hatten, das holten wir, X. und ich, uns jedenfalls nicht zurück. War wohl auch nicht (mehr) möglich. Unsere Zeit war abgelaufen. X. war eine kluge Frau. Sie wusste es vor mir. Sie saß auf der Bettkante, blickte an mir vorbei, das Whiskyglas fest umklammert. Wir wussten, dass unser gemeinsames Leben verpfuscht war. Dann sagte sie, in ihrem sehr eigenen scharfen Tonfall, den ich im Ohr habe, ohne ihn heute noch fassen zu können, ich hätte ihr Vertrauen missbraucht. Für mich war die Sache nicht so eindeutig. Wo lagen Ursache und Anfang unseres

Zerwürfnisses? Schuldfragen, insbesondere solche der Art: Aus A folgt B, sind ohnehin unsinnig und unredlich."

„Schuld und Ursache sind nicht immer dasselbe", sagte Johann, sagte der Pfarrer. „Da stimme ich Ihnen zu. Doch worauf wollen Sie hinaus? Dass es keinen eindeutigen Grund gibt, weshalb Menschen Dinge tun, die sie tun?"

„Genau das will ich damit sagen", sagte ich (trotzig).

„Wenn es keinen Gott gibt, behauptet Dostojewski", sagte er, „dann ist alles erlaubt."

Die Antwort beeindruckte mich. „Sie haben Recht", räumte ich unumwunden ein.

Johann ist ein höflicher, ein einfühlsamer Mensch; er lässt mir Zeit nachzudenken, dachte ich mir. Mir war schon klar, was ich ehrlicherweise hätte sagen müssen, doch ich sagte: „Mir war, wenn ich es recht erinnere, als wären keine Worte mehr in mir, so leer fühlte ich mich. Ich schaute aus dem Fenster des Schlafzimmers. Ein großer Mond stand über der Stadt. Er war ganz mit Narben bedeckt. In meiner Vorstellung jaulte die Werwölfin; ihre Zunge leckte die Narben."

Johann legte mir die Hand auf den Arm, öffnete den Mund, schloss ihn dann aber wieder.

Ich versuchte die Kurve zu kriegen, suchte nach den passenden Worten, räusperte mich und redete weiter.

„Unlängst fand ich beim Aufräumen, was ich zugegebenermaßen zu selten mache, zufällig einen Notizzettel, eine Hotelrechnung und zwei Kinokarten. Auf dem Zettel, beschriftet von X. (schöne, eng sich aneinander schmiegende Buchstaben und Ziffern; Rührung überkam mich), zwei Telefonnummern zu Namen, deren Träger nicht mehr leben, gleichaltrige Kollegen, mit denen wir befreundet waren. Gemeinsam mit ihnen waren wir zum Winterurlaub im Allgäu, Hotel *Rosenstock* in Fischen. Im Anschluss an den abendlichen Kinobesuch in Oberstdorf hatten wir unseren aufgewühlten Gefühlen in der Hotelbar freien Lauf gelassen. X., Tom und Verena versuchten unisono Adrian Lynes uninspirierte Neuverfilmung von Nabokovs

Lolita schönzureden, während ich mich über die schrille Aura der clownesken Lolita lustig machte. ‚Was weiß denn einer von uns Laien schon wirklich über die Liebe?‘ Meiner provokanten Frage begegnete X. mit dem Geständnis: ‚Da war eine Zeit, da glaubte ich ihn wirklich zu lieben, meinen Ex meine ich. Jetzt kann ich ihn nicht mehr ertragen.‘ Das sagte sie in einem Ton, den ich glaubte als Warnung auf mich beziehen zu müssen, wenngleich er sich verhalten mit Resignation tarnte, die ihrer gescheiterten Ehe geschuldet schien. Offensichtlich kam das bei Tom ähnlich an, denn der lallte mit einem breiten Grinsen im Gesicht: ‚Pass auf Professor Humbert!‘ Ein Wort ergab das andere, einige Whiskeys später waren wir heillos zerstritten. Letztlich ging es nicht um den Film; der war nur Anlass, über uns zu reden. Am Tag darauf reisten X. und ich überstürzt ab.

‚Du weißt es nicht?‘, entrüstete sich X., als wir losfuhren und ich die Warum-Frage stellte. ‚Dann ist es vergebliche Liebesmüh, es dir erklären zu wollen. Du würdest es ohnehin nicht kapieren.‘

Mir ein schlechtes Gewissen zu machen, darin war sie meisterlich.“

Ich machte eine Pause, fuhr mir durch die Haare, Blick schräg nach oben. Johann schien es zu mögen, mir beim Nachdenken zuzusehen. Jedenfalls ließ er das Schweigen eine Weile gelten.

„Seither ist viel Zeit vergangen, sehr viel Zeit. Geredet haben wir nach unserer Trennung nicht mehr miteinander. Aber auch nicht übereinander. Wenigstens das. Übrigens: Das Private lässt sich nur auf dem Papier beiseite schieben.“

Er nickte und seufzte. …

„Zwanzig Jahre später, also heute ist mir, als habe ich aus unserem Scheitern zu wenig gelernt. Das Fundament vermeintlicher Sicherheiten ist brüchig geworden, auch gesellschaftlich und politisch, es ist erschüttert. Wir sind taumelnde Schatten vor einem Abgrund, den wir schlichtweg ignorieren. Wir sind Opfer der eigenen Illusionen. Oder waren wir’s schon immer?

Womöglich habe ich mein ganzes Leben lang etwas Entscheidendes übersehen."

PS: Ich mache mich auf zur Demo, der ersten in meinem politischen Leben. Wenigstens das. Freitag, 2.2.2024, 17 Uhr notiere ich in mein Tagebuch. Damit bin ich Teil einer APO, also gegen eine parlamentarische Opposition, die ihren irren Umfrage-Höhenflug nicht zuletzt auch schlechter Regierungsarbeit verdankt. Paradoxerweise befeuern Politiker, nicht zuletzt solche der defizitären Regierungsparteien die Demonstrationen, als demonstrierten sie (aus schlechtem Gewissen?) gegen sich selbst. Wovon wollen sie ablenken? Was wollen sie camouflieren? Warum demonstrieren etliche „gegen rechts", was ‚konservativ' impliziert, insofern auch gegen mich, was meine kulturelle Orientierung betrifft? Und warum unterstützen etliche Medien das? (Dieselben Fragen werde ich mir ein Jahr später während des Bundestagswahlkampfs stellen angesichts deutschlandweiter Demonstrationen ‚gegen rechts', was ausdrücklich gegen die CDU impliziert.)

Die Kundgebung endet übrigens mit der Friedenshymne (in die X. eingestimmt hätte) „We shall overcome". Zeitgleich fordert A. Weidel in der Hunsrückhalle den Stop der Waffenhilfe für die Ukraine. Am Montag, den 5.2.2024 kommentiert die Hunsrück-Zeitung: „Breites Bündnis von 4000 Demonstranten tritt in Simmern gegen Hass und Ausgrenzung ein. … Mit Trillerpfeifen, Fahnen und Transparenten bezogen sie Stellung gegen rechts (sic!) … Sie haben am Freitagabend ein großartiges und nicht misszuverstehendes Zeichen gesetzt. Danke, Simmern!"

Am Dienstag, den 6.2.2024 ereilt mich via X eine unverschämte Attacke: „Was hast du rechtes Arschloch am Freitagabend vor der Hunsrückhalle verloren??? Nimm dich in Acht!" Dazu ein Foto, das mich dort zeigt. Eine Kettenreaktion folgt auf dem Fuß, ein Shitstorm ohnegleichen. Albern, aber gruppenbildend, geht es mir durch den Kopf.

Ich muss grinsen. Tatsächlich hatte ich mich für ein paar Minuten in den falschen Block verirrt, wo Hunderte darauf warteten, zum vermeintlichen „Bürgerdialog" eingelassen zu werden. Als ich meinen Fehltritt bemerkte, putzte ich umgehend die (etwas erhöhte) Platte und suchte eilends den Platz jenseits des polizeibewehrten rotweißen Flatterbands auf, das die Grenze zwischen gut und böse markierte. Danke den Polizisten, die mir nun nachsichtig zunickten! Zuvor hatten sie einen demonstrativ nicht angesehen. Verpeilt, so ihr Blick-Kommentar, dem ich wortlos zustimmte. Ich musste keinem ein X für ein U vormachen.

Anregungen: Raymond Carver, Wovon wir reden, wenn wir von Liebe reden.

Heimatskizze

Im Supermarkt in E. kaufe ich Blau- und Himbeeren, ja auch Bananen und Trauben. Mirabellen aber auf keinen Fall: ihr süßer Geschmack auf der Zunge und der Honigduft des Mirabellenbaums auf der Wiese vor dem elterlichen Haus.

Was hat sich sonst noch verändert? Die Liste hätte so viele Seiten wie Laubblätter auf unserer spätherbstlichen Wiese.

Sense und Rechen im Schuppen, Mutters Gläser mit Eingemachtem im Keller, Ajax (unser gutmütiger Schäferhund) und Jonas (die zugelaufene und am Ende wieder weggelaufene Katze), das Feld mit schwarzen Johannisbeeren, der Geruch von Erde, Rüben und Heu, der rote Eisenbahn-Kabinenzugwagen und der im Winter beheizte Warteraum im Bahnhof, heute von vergammelten, verrostenden Waggons zum Radweg hin verstellt. Hufeisenförmig umspannt der Radweg auf der vormaligen Hunsrück-Bahntrasse den Ort, der sich an einen Hügel schmiegt. Windradverspargelt dessen Höhenkamm. Hinter dem Hufeisenrund die Silhouette der A 61, deren fernes Grundrauschen sich mit dem Surren der Windräder paart und einen allgegenwärtigen Geräuschteppich webt. Frühmorgens schmückt ihn Vogelgezwitscher, tagsüber stechen katzenähnliche Schreie des Milans hinein, der aggressiv sein Revier verteidigt.

Die acht Jahrgänge der evangelischen Volksschule in einem einzigen Klassenraum, mit Böllerofen, Kreide, Füller, Butterbrot; Adenauer und Ludwig Erhard, später Willy Brandt, Starfightergrollen am Himmel; Quellekatalog, DKW, Hanomag; Eckstein, Ernte 23 und HB, Münzautomaten: Zigaretten mit einem Zweimarkstück beziehbar (ohne Altersbegrenzung), buntfarbig glasierte Bonbonkugeln, Kaugummis, Plastikspielfiguren, Präservative in der Herrentoilette einer der drei Dorfkneipen, die mit Flipper, Spielautomat und Tischfußball punktet; Backes und Kühlanlage, dann auch rote und gelbe Telefonhäuschen, mobile Eisverkäufer (zehn Pfennig eine Kugel) bereits in den Fünfzigern, der 17. Juni als Gedenktag, sonntags reger Besuch der Kirche, nur Erdbestattung, Schrotthändler, wilde Müllkippen, das Klappern der mechanischen Schreibmaschine Olympia, der Sarotti-Mohr, das Sandmännchen, Peter Frankenfeld, Der Blaue Bock, Durbridge-Krimis mit dem Straßenfeger Melissa usw. usf.

Manchmal träume ich ein Mirabellenbaum zu sein, der Pflaumen trägt. Blau und Gelb sind ohnehin seit eh und je meine Lieblingsfarben.

Gehe ich heute durch die Dorfstraße, raucht da kein Mensch mehr und jeder zweite hat ein Handy am Ohr. Da knattert kein Eicher mehr vorbei, keiner kaut mehr seinen Tabak, Platt sprechen nur noch die Älteren. Diesel- und Mistgeruch sind passé. Ein E-Scooter rauscht kaum hörbar an mir vorbei. Doch dann schießt ein Quad mit ohrenbetäubendem Lärm und quietschenden Reifen um die Ecke.

Eigentlich schade, oder?

Jürgen Becker zu Ehren: seine Hoffnung als die meine zum Schluss: „Vielleicht, daß mit der vergehenden Zeit eine Gewohnheit entsteht, an die man sich gewöhnen kann." (Nachspielzeit, 2024)

Hunsrückerisch

Ich bin ein aus Pfalzfeld stammender Ur-Hunsrücker. Gleichwohl stammen unsere Vorfahren aus dem Braband, woher sie nach den Wirren des Dreißigjährigen Krieges einwanderten. Auch Westfalen waren gelegentlich gut für eine Blutauffrischung in unserer Region.

Im Sinne (ansonsten blutleerer) identitärer Gemeinschaftsbildung erlaube ich mir als Ur-Hunsrücker, die männlichen Dialogfiguren in meinen Geschichten hie und da Mundart sprechen zu lassen. Wer will schließlich gestrig sein oder so wahrgenommen werden. Natürlich sind weibliche Gesprächsbeiträge meinen landsfraulichen Cousinen (die gibt es tatsächlich) abgelauscht. Nur Hunsrückerinnen dürfen (politisch korrekterweise) hunsrückerisch sprechen; jedenfalls in einem literarischen Kosmos, der vorgibt, der Realität zu folgen – oder sie zu formen?

Da war der Hunsrück-Dichter Peter Joseph Rottmann (1840) noch anders unterwegs; derb und drastisch aus heutiger Sicht.

Guter Rat

Kräht det Hinkel vor dem Hahn
Unn die Fraa schwätzt vor dem Mann,
Dann geheert det Hinkel gerobbt
Unn der Fraa uff's Maul gekloppt.

Selbstgefälliges Patriarchendenken wird mit dem ironisch grundierten Titel *Guter Rat* satirisch vorgeführt. Der Vergleich mit Nutztieren der bäuerischen Alltagswelt liegt auf der Hand. Selbstzweifel sind dem Gockel („Hahn") fremd. Damals. Und heute?

Den bedeutendsten Hunsrücker Mundartdichter schätzen auch seine (zumeist aus der Not heraus) ausgewanderten Landsleute im südbrasilianischen Rio Grande do Sul: Rottmanns humorige Stiggelscha waren und sind ihnen herzerwärmende Erinnerungen an die Heimat. Selbst wenn der Dichter einen alten Bauern zu seinem „braven Bu“ sagen lässt: „Datt die Faule nitt bestehn/Unn dann noh Bresilje gehn. ... Wo Deich Schlange unn die Affe kriehe“?

Für eine Selbsteinschätzung à la André Gide (hundertzwanzig Jahre später) war die Zeit nicht reif: „Alles in mir bekämpft und widerspricht sich.“

Das Weltbild (der literarischen Figuren) in der vormodernen Welt eines Rottmann war noch nicht von Selbstzweifeln angekratzt. Da gab es keinen Raum für Selbstbespiegelungen, Weinerlichkeit und ähnliches Gedöns. Da leiteten gesunder Menschenverstand und Bauernschläue zupackendes Handeln in Alltagsdingen. Die das Ich infizierenden Widersprüche, an denen André Gide leidet, waren früher handfest, greif- und sichtbar, sie waren objektiv gegeben.

Im sprichwörtlichen *Pack schlägt sich, Pack verträgt sich* beklagt sich Annlies: „Mrikett [Maria Katharina], mei Mann iß gar so schroh ... wat hott der wierer meich zerschlahn [misshandelt]“. Und Mrikett stimmt ins Klagelied ein: „So michts jo grad mei Gruwian. Am Beste, m'r gewiehnt sich dran/Unn ärjert en uff Schriet unn Driet/So lang, bis er die Gehlsugt krieht.“ Da man an Gelbsucht aber nicht sterbe, meint Annlies:

Schwindsucht „datt mißt et sinn“. Letztlich mündet das Gespräch beider Ehefrauen dennoch (resignativ?) in die Einsicht: „M'r kann sich schenne alt unn schlahn/Unn kann sich doch mitsamm verdrahn.“

Drum wundert's nicht, dass Rottmann immer wieder die *Dringliche Trauung* als Absicherungs-Wunsch der Frau notiert: „Sust kann eich jo sei Fraa/Mei Lewedah nitt were.“

Gott sei Dank ein gestriger Wunsch, oder?

Tödliches Gericht?

Das Gerücht, Britta M., die Leiterin der Stadtbücherei, habe einen wohlsituierten Verehrer, hielt sich hartnäckig. Nicht zuletzt, weil Britta es auch noch subtil bediente; gerne köchelte sie selbst in der Gerüchteküche.

„Oh, ein neuer Haarschnitt. Mutig."

„Hat er mir empfohlen. Schön, nicht?"

Wer das Gerücht in die Welt setzte, weiß kein Mensch. Kein Mensch wunderte sich allerdings.

Übrigens wusste Britta (fatalerweise?) nichts von einer Maya. Maya wiederum würde nie erfahren, dass es die Britta, von der man ihr erzählt, gar nicht gibt.

Um es kurz zu machen und die Sache zu Ende zu bringen, bevor ich sie erzähle und die Verdächtigen „Nicht schuldig!" sagen lasse: Am achtzehnten Juli, einem Markttag, gegen vierzehn Uhr wird Britta tot in der Stadtbücherei aufgefunden, hingestreckt zwischen Bücherregalen. Wurde sie getötet?

Die herbeigerufene Notärztin ist unschlüssig. „Auf den ersten Blick keine Gewalteinwirkungen."

„Gott sei Dank."

„Ich weiß", Frau Schmidt, sagt sie und schaut die Kommissarin grinsend an, „Polizisten mögen keine unnatürlichen Tode. Aber, ich bin mir nicht sicher. Und bevor Sie fragen: Todeszeitpunkt gemäß Körpertemperatur (die erfahrene Notärztin hat zuvor unbemerkt den Finger in den After der Leiche gesteckt) vor circa einer Stunde."

„Also in der halben Stunde, bevor sie gefunden wurde", sagt Kommissar Bachmann und fügt hinzu: „Donnerstags sind die Öffnungszeiten zehn bis zwölf und fünfzehn bis achtzehn Uhr dreißig."

Die Mitarbeiterin Brittas, die sie nach der Mittagspause kurz nach vierzehn Uhr tot aufgefunden hat, berichtete, Britta habe am Morgen über starke Magenschmerzen geklagt und sich mehrfach erbrochen.

Die von Hauptkommissarin Schmidt hinzu gebetene Oberstaatsanwältin ordnet die Obduktion an.

Corinna Schmidt, eine sehr erfahrene Ermittlerin, vermutet, dass Britta M. Opfer einer Gewalttat wurde. Der Fundort der Leiche sieht aus, als habe hier ein Gerangel stattgefunden. Ein fahrbares Bücherbord liegt umgekippt am Boden und Bücher liegen wahllos umher.

Schmidt konfisziert die Aufzeichnungen der Überwachungskamera, die über dem Eingang positioniert ist.

Im fraglichen Zeitfenster zieht eine Besucherin die Aufmerksamkeit auf sich. Um elf Uhr zwei betritt sie gesenkten Kopfes den Schlosseingang zur Stadtbibliothek: ein schlanke Frau in dunkelblauem Trenchcoat, dunkelrote Sneakers unter blauen Jeans, vielleicht eins-, zwei-, dreiundsiebzig groß; das Gesicht verdeckt: in die Stirn gezogener Topfhut, übergroße Sonnenbrille, bis zum Kinn ein bunter Schal, feine Nase, faltenumlagerter, schmallippiger Mund. Seltsamerweise zeigt das Video im weiteren Tagesverlauf nicht, ob, wann und wie die Frau die Bibliothek verlassen hat.

Brittas Mitarbeiterin sagt, sie habe die Frau nicht gesehen, obwohl an dem fraglichen Morgen nur ein älteres Ehepaar anwesend gewesen sei, das am Markttag immer vorbeischaue, um sich das eine oder andere Buch auszuleihen, Herr und Frau Witzenrath aus Unzenberg.

„Jo, meer versorje uus, wema uff de Siimascha Maad geen, imma mit Biischa. Gesiin homa awa ousa dene zwo Fraleyd, di do schaffe, niemand."

„Stimmt nit Erna", sagt ihr Mann, „isch homisch gewunnat, dat en Fraa innem Mandel un mit Hut una Sonnebrill bei der Hitz do gesess hot un innem Buch gebläddat hot."

Näher beschreiben kann er die Frau leider nicht. „Isch hat mey Brill vagess."

Nun, gelegentlich, nicht allzu oft traf ich Britta im *Arthouse-Café*. Wir kannten uns von früher. Statt ihres lockigen Wuschelkopfs nun schlohweißes Kurzhaar. „Besser als gefärbte Spaghetti-Haare, oder?"

Eine Leidenschaft teilten wir: Romane, Geschichten und dergleichen. Wenn wir uns trafen, knüpften wir naht- und mühelos an, wo wir aufgehört hatten. Beiläufig hatte Britta mir erzählt, sie schreibe Briefe.

„Alte Schule", sagte ich schmunzelnd.

„Immer mit der Hand. Ich muss spüren, was ich schreibe. An meine Kinder und meine Geschwister und ..."

Das Satzende sparte sie aus.

„Klingt gut", sagte ich.

„Aber die meisten Briefe", sagte sie und schaute mir in die Augen, „die schicke ich gar nicht ab."

„Aha?"

Zwei Frauen, die Britta zu kennen schienen, gingen an unserem Terrassentisch vorbei zum Café. Sie glotzten mit in die Stirn gezogenen Brauen zu ihr hin, grüßten kurz angebunden und stolperten fast über die drei Stufen.

„Jetzt haben sie endlich was zum Quatschen, meine Sauna-Freundinnen", flüsterte Britta mir zu, die Schlussvokabel süffisant betonend.

„Briefe, also eine Art Tagebuch?", fragte ich.

„Das trifft's", meinte sie.

Muss ich Maya mal sagen, ging es mir durch den Kopf. Vielleicht kriege ich sie so dazu, endlich auch mal was zu schreiben. Vermutlich würde sie das und nicht nur das heftig von sich weisen.

„Übrigens, *Die Leiche vorm Altar*. Die Geschichten habe ich gerne gelesen, Leonhard", sagte Britta.

„Das freut mich", sagte ich, von ihrem Themenwechsel überrascht. „Apropos Sauna. Gebe ich mir auch hin und wieder."

„Dann lass uns mal gemeinsam saunieren", schlug sie vor. „Beruhigt und lädt zum Plaudern ein."

„Klar, machen wir.“

„Im Moxy“, sagte sie, „Donnerstag vierzehn Uhr? Da ist noch kein Betrieb.“

„Habe mal eine Saunageschichte geschrieben“, sagte ich. „Die lese ich dir dann vor.“

„Bin gespannt“, sagte sie, nicht ahnend, was sich ereignen würde.

„Nach dem ersten Saunagang (nur zu zweit im Dampfbad) hatte ich Britta auf der Ruheliege meinen Erlebnisbericht zur nackten Schönheit in einer Sauna vorgelesen“, berichtete ich Maya.

„Vor der finnischen Sauna legten wir gerade die Bademäntel ab, da wurde die Kabinentür aufgestoßen und eine verschwitzte junge Frau kollabierte vor unseren Augen.

,Sie ist es‘, stammelte ich.

,Wer?‘

,Na die Schönheit in der Geschichte, Fiona.‘

,Verstehe‘, sagte Britta und klopfte ihr auf die hochroten Backen. Sie kam wieder zu sich.

,Wo bin ich?‘

,Zum Glück nicht mehr in der Sauna‘, sagte ich.

Sie schaute mich, den Mann, der nackt vor ihr stand, an und machte Augen. Nicht, dass sie mich wiedererkannt hätte.

,Geht es Ihnen wieder besser?‘, fragte Britta.

Sie rappelte sich auf und grummelte: ,War wohl dehydriert, oder?‘

,Sie sollten sich von einem Arzt durchchecken lassen.‘

,Den hab ich zu Hause‘, sagte sie mit einem schrägen Lächeln.

,Können wir sie alleine lassen?‘

,Ja‘, sagte sie, ,das bin ich gewohnt.‘ ...

Als wir den Wellnessbereich verließen, steuerten wir die Hotelbar an. Die junge Frau erwartete uns.

,Wollte mich bedanken‘, sagte sie. ,Auch Kaffee?‘

‚Ich muss in der Sauna weggedöst sein. War in Gedanken. Nicht leicht zu verdauen, ich meine all das, was gerade geschieht. War wohl zu lange in Watte gepackt.‘

Erwartete uns eine Beichte? Wir waren doch Fremde. Vielleicht deshalb?

‚Er hat sich in eine Patientin verliebt‘, sagte sie, seltsam gefasst, ‚deutlich älter als ich, aber auch als er selbst. Eine Art Mutterersatz, vermute ich.‘

Sie führte die Tasse zu ihrem (nach wie vor sinnlichen) Mund und schaute uns an. Dann sagte sie, die einzelnen Worte mit Bedacht langsam aneinander reihend: ‚Das werde ich nicht einfach so hinnehmen.‘

Kaum dass ihr diese scharfe Ankündigung über die Lippen gekommen war, hatte Britta es eilig. ‚Entschuldigt, hab was vergessen.‘

Dem überraschten Blick der Schönheit mit den traurigen Engelsaugen konnte ich nur mit einem Schulterzucken antworten.

‚Nicht Ihre Frau?‘

‚Nein, eine Bekannte.‘

In die Pause hinein servierte der Barkeeper den Kaffee und schaute irritiert auf die dritte Tasse und den frei gewordenen Platz.

‚Für Sie‘, sagte ich zu ihm.

Dann wendete ich mich ihr zu. ‚Wir hatten bereits einmal das Vergnügen. Auch in einer Sauna. Vor ein paar Jahren.‘

Sie taxierte mich, dann schlug sie sich gegen die Stirn und sagte: ‚Der Schriftsteller, richtig?‘

Ich nickte und sagte: ‚In meiner Kurzgeschichte heißen Sie Fiona.‘

‚Gefällt mir, der Name‘, sagte sie und machte keine Anstalten, ihren Namen preiszugeben.

‚Sie meldeten sich nicht mehr, Anja.‘

‚Damals ging es mir noch gut‘, seufzte sie. ‚Ich lernte Thomas kennen, Arzt im Simmerner Krankenhaus, er hatte ein

Haus in Pfalzfeld gekauft, wo er, wie er mir sagte, gerade einmal eine Woche mit seiner verflossenen Freundin gewohnt habe (heute weiß ich, warum) und … na ja.'

Ich dachte mir meinen Teil und hakte nicht nach. Stattdessen fragte ich:

‚Und jetzt?'

‚Werde ich es ihnen heimzahlen.'

‚Was haben Sie vor, Fiona?'

‚Was eine Frau in meiner Lage tut.'

Ein irrer Blick fuhr über ihr augenblicks zur Maske erstarrtes Gesicht."

Maya zündete sich eine *Eve* an und blies mir den Rauch ins Gesicht. Das macht sie selten, dann aber mit Absicht.

„Was eine Frau in so einer Lage tut", echote sie vielsagend.

„Ich verstehe nicht."

„Tu nicht so, Leonhard, „du verstehst sehr gut."

„Was solltest du mir heimzahlen wollen?"

„Unsre Liebe ist die einzige Waffe gegen die Sterblichkeit", raunte sie.

„Was hat das eine mit dem anderen zu tun?", fragte ich konsterniert. Ihren Gedankensprüngen ist manchmal schwer zu folgen.

Statt einer Antwort schlug sie vor, nach St. Goar zu fahren. Für überraschende Einfälle ist sie immer gut.

„Das Wetter genießen. Spaziergang am Rhein, dann Eiscafé." …

Unterhalb der Ortschaft Pfalzfeld unterbricht (seit kurzem) eine Ampelanlage unsere Bummeltour.

„Da, schau", rief sie aufgeregt und zeigte auf den knallroten Sportwagen, der, von rechts, von Pfalzfeld kommend, an uns Richtung Mühlpfad vorbeirauschte, obwohl unsere Ampel soeben auf Grün gesprungen war. „Das Krümelmonster aus der Sesamstraße."

Tatsächlich steuerte jemand mit der bekannten blaufarbigen Maske den Flitzer. Flugs notierte Maya das Kennzeichen SIM-J-2024.

„Der müsste geblitzt worden sein", vermutete sie, während ich die Kreuzung überquerte, wendete und das Fahrzeug verfolgte. Mit einem kurzen Blick zur Seite versicherte ich mich Mayas Einverständnis.Vor der Abbiegung zur Hunsrückhöhenstraße Höhe Niedert schloss ich zu dem Wagen, der stoppen musste, auf. Da sprang die Muppet-Figur aus dem Wagen, stürmte auf uns zu und wollte die Fahrertür aufreißen, die ich im letzten Moment sichern konnte. Maya zeigte ihr den Vogel, woraufhin sie gegen die Fenster trommelte.

„Eine Wahnsinnige", rief Maya, zückte ihr Smartphone und schoss ein Foto.

Als die Maskierte bemerkte, dass weitere Fahrzeuge zu uns aufschlossen, hechtete sie zu ihrem Auto und bog mit durchdrehenden Reifen nach links ab, Richtung Simmern. Wir folgten ihr, konnten sie aber nicht mehr einholen. Auf dem Schlossplatz sahen wir zwanzig Minuten später den geparkten roten Sportwagen, von dem Krümelmonster jedoch keine Spur.

Wir suchten die nahegelegene Polizeistation auf und erstatteten Anzeige.

Maya versorgte den Diensthabenden mit Foto und Autokennzeichen Sim-J-2024.

„Du meinst die Muppet-Figur sei weiblich?", fragte ich, als wir wieder Richtung Schloss gingen.

„Klar, die trug Frauen-Sneakers unter ihrer Jeans."

Da klopfte ein Gedanke bei mir an, den ich natürlich für mich behielt: Die Maskierte wollte zur Stadtbibliothek.

Als wir wieder am Schlossplatz ankamen, war der rote Sportwagen weg.

Am Abend rief ich Britta an und sie bestätigte meine Vermutung.

„Das Krümelmonster aus der Sesamstraße kreuzte überfallartig vor mir auf. Ich hatte Glück, dass im selben Moment die Museumsleiterin hinzutrat. Das Monster verkrümelte sich."

„Du hast keine Ahnung, wer sich in der Verkleidung verstecken könnte?"

„Nein, du?"

Ich hätte einen Teufel getan, meine Vermutung zu äußern. (Ein Fehler?) Stattdessen überlegte ich mir mangels Telefonnummer allen Ernstes, nach Pfalzfeld zu fahren, bevor Schlimmeres passierte. Doch was könnte ich sagen, wenn Thomas Wer-auch-Immer mir öffnen sollte? Herr Doktor, ich mache mir Sorgen um Fiona oder wie auch immer ihre Frau heißt, weil sie daran zerbricht, dass sie von Ihnen betrogen wird, mit einer Frau, die ich recht gut kenne usw. usf. Zum Trottel wollte ich mich nun wahrlich nicht machen. Gleichwohl interessierte mich die Geschichte aus dem einen oder anderen Grund. Wobei mir das Wie wichtiger war als das Was. Ist, w i e wir sind, fragte ich mich, gleichbedeutend mit w e r wir sind?

Der Zufall kam mir zu Hilfe. Als ich (wie üblich) am folgenden Montagmorgen im Altenheim vorlas, kollabierte eine betagte Dame. Der herbeigerufene Notarzt war ein Doktor Herbst, Ehemann von Fiona, die Jule heißt, wie mir eine bestens informierte Pflegerin mitzuteilen wusste. „Unser Herr Doktor hat wohl was mit der Leiterin der Stadtbibliothek." Simmern ist ein Dorf, dachte ich mir und fuhr, ohne zu zögern, nach Pfalzfeld. Der Postbote, den ich vor Ort fragte, teilte mir die gesuchte Adresse mit. Fiona, nein Jule öffnete und schien sich nicht zu wundern.

„Ich wollte der Schlange in die Augen sehen, ohne erkannt zu werden", räumte sie unumwunden trotzig ein. „Konnte ja nicht wissen, dass es Ihre Bekannte ist."

„Und nun?"

„Sollte sie sich vor mir in Acht nehmen. Das Krümelmonster ist verstörend tröstlich, vor allem aber ist es gefräßig."

Mit dieser kryptischen Drohung komplimentierte Jule mich hinaus, ohne zu vergessen, mir noch eins auszuwischen: „Schreiben Sie weiter Ihre Geschichten, die Wirklichkeit (sie zeigte auf ihr blaues Auge) ist leider ganz anders."

Tags drauf traf ich Britta im *Arthouse-Café*. Sie wirkte sehr nachdenklich, als sie sagte: „Seit wann h a t man eine Krankheit, Leonhard?"

Ihre Frage beunruhigte mich. Bevor ich antwortete, horchte ich in mich hinein. „Du meinst, man trägt sie schon lange, wenn nicht gar immer schon in sich, bevor sie ausbricht?"

Britta nickte und sagte: „Die Quittung für unseren eigenen Lebenslauf sozusagen."

„Das gilt auch fürs Kollektiv", räsonierte ich. „Der Kapitalismus trägt den Keim seiner Selbstzerstörung von Anbeginn an in sich. Ressourcenzerstörung, Vermüllung, Klimakatastrophe."

„Du lenkst von dir ab", sagte Britta verschnupft.

„Themenwechsel bitte!"

Mein abruptes Aufbegehren hatte sie nicht erwartet. Jedenfalls blieb ihr Gäbelchen mit dem Stück Käsekuchen in der Luft stehen. Ich legte nach: „Mein bester Freund sagt: Wenn mich jemand anruft und als Erstes fragt: Wie geht es dir?, lege ich sofort auf."

„Ihr Kerle seid Verdrängungsweltmeister", ätzte sie. „Ist doch absurd, um Krankheit und Tod so einen weiten Bogen zu machen."

„Wieso absurd?"

„Nichts ist gewisser als die Tatsache des Todes. Gleichzeitig wissen wir über nichts so wenig wie über den Tod, eigentlich gar nichts. Deshalb Religion und Metaphysik und Spekulationen ohne Ende. Das ist menschlich. Aber nicht darüber reden wollen? Also ..."

„Schau mal, die Sonne", unterbrach ich ihre Suada und zeigte zum Himmel, der sich soeben aufhellte.

Brittas Augen schossen hoch bis zum Haaransatz. „Quod erat demonstrandum.“

Statt zu antworten, bestellte ich beim Kellner zwei weitere Cappuccini.

„Ich lese gerade Husch Justens neues Buch *Die Gleichzeitigkeit der Dinge*“, ließ Britta nicht locker. „Im Auftaktsatz des Romans stellt Jean Tobelmann, Gastronom und Ich-Erzähler, fest: *Sourie freute sich auf den Tod.* (Warum fällt mir bei dieser Sentenz Vitali Klitschkos Satz ein: Wir sterben für das Leben.) Keine romantische Todessehnsucht, nein, als Kind an einem Herzfehler operiert, übertrug sich die Todesangst der Eltern später als Todesaffinität auf den Sohn. Das habe sein junger Stammgast Sourie der Fotografin Tessa, die seine Mutter sein könnte, gesagt. Sourie und Tessa verlieben sich ineinander.“

„Nachtigall, ick hör dir trapsen“, sagte ich.

„Aha“, sagte sie, schob den Teller mit dem halben Käsekuchen zur Seite und zündete sich eine *Eve* an. „Du surfst also auch schon auf der Gerüchtewelle.“

„Nur ein Gerücht?“, frotzelte ich.

„Sagen wir's mal so“, sagte sie, nahm einen tiefen Zug und atmete mit einer Entschlossenheit aus, die anscheinend ihren Gedanken unterstreichen sollte: „Ich liebe es geradezu, Gerüchten Nahrung zu geben. Unterhaltsam, welcher Bandwurm daraus erwächst.“

„Oder welches Krümelmonster?“

„Ach woher“, entgegnete sie harsch und drückte die *Eve* im Aschenbecher aus. „Da hat sich jemand einen Scherz erlaubt. Mehr nicht.“

„Klang gestern Abend noch ganz anders. Von wegen Verdrängungsweltmeister.“

„So kommt man halt besser durchs Leben, oder?“, sagte sie mit einem Gesichtsausdruck, der signalisierte: Ich lasse mir nicht in die Karten schauen.

„Vor dir muss man sich ja allen Ernstes in Acht nehmen“, sagte ich.

„So ist es", sagte sie. …

Als ich Maya von Jule und Britta erzählte, schüttelte sie den Kopf und fauchte mich an: „Eine ruchlose Person, diese Britta. Und mit so einer gibst du dich ab!"

Meinem Achselzucken begegnete Maya mit der aufbrausenden Bemerkung: „Ich würde sie am liebsten umbringen. Das schon. Aber bin ich eifersüchtig? Ich glaube nicht. Bin nur ein wenig neidisch, dass sie jünger ist und so unbeschwert. Ich sollte ihr die Augen auskratzen."

Am neunzehnten Juli berichtet die Hunsrück-Zeitung: „Britta M. verstarb infolge des Fried-Rice-Syndroms. Am 16. Juli hatte sie im Restaurant R. mit einem Freund zu Abend gegessen, ein Spaghetti-Gericht. Nach dem Besuch klagte sie über Unwohlsein. Sie starb zwei Tage später. Der Freund, der ebenfalls Nudeln gegessen hatte, litt unter Übelkeit und Erbrechen, erholte sich jedoch wieder. Beim Fried-Rice-Syndrom sind stärkehaltige Lebensmittel wie Reis, Nudeln, Kartoffeln, die längere Zeit ungekühlt aufbewahrt werden, mit dem Bakterium Bacillus cereus kontaminiert. Dieses Bakterium kann Toxine bilden, die tödliche Folgen haben können. Gegen den Betreiber der Gaststätte wird wegen fahrlässiger Tötung und fahrlässiger Körperverletzung ermittelt. Kontrolleure des Landratsamts hatten in der Vergangenheit kleinere Mängel in dem Betrieb beanstandet, aber ‚nichts Gravierendes'. Das Landesamt für Gesundheit und Lebensmittelsicherheit wurde eingeschaltet."
(FAZ, 26.09.24)

Kommissarin Schmidt ist erleichtert, als sie tags zuvor diese Nachricht erhält. Die bisherigen Ermittlungen haben sie nämlich in arge Verlegenheit gebracht: Was führte die Lebensgefährtin Leonhard Arons, mit dem sie, Corinna, seit Jahren befreundet ist, am Morgen, an dem Britta M. zu Tode kam, in die Stadtbibliothek? Die biometrische Gesichtserkennungs-Software hatte mit neunzigprozentiger Wahrscheinlichkeit Maya Richter als die Frau identifiziert, die von der Überwachungskamera aufgenommen worden war. Warum waren Maya Richters Daten überhaupt in dem Programm?

Die Kommissarin beschließt, die Akte Britta M. zu schließen.

„Tod durch Spaghetti" steht auf dem Aktendeckel.

Die Reizwortgeschichte

Eines Tages in seinem vierzigsten Lebensjahr, einem Alter, in dem Männer über die Intensivierung ihres Lebens nachdenken, machte der Lehrer Florian Kafra eine schmerzhafte Erfahrung. Übellaunig und in tiefem Nachdenken versunken, kam er von der Schulkonferenz, und er wollte über die Straße eilen, um rechtzeitig nach Hause zu kommen, wo man ihn zum Abendbrot erwartete. Der Fußgängerpulk vor ihm hatte fast schon die andere Straßenseite erreicht und die Ampel sprang auf Rot, als er mit einigen Metern Abstand hinterher hastete.

Da sah er plötzlich, wie eins der Autos mit aufheulendem Motor lospreschte, und zwar direkt auf ihn zu. Er sah den entschlossenen Blick der blondgelockten Pilotin direkt auf sich gerichtet. Es schien so, als wolle sie, das Steuer fest im Griff, nun erst recht Gas geben. In der Schrecksekunde, die ihm blieb, bis die glitzernde Stoßstange des roten Flitzers ihn treffen würde, sprang er zurück, vielmehr warf er sich zurück, hechtete sozusagen rückwärts, und während er zu Boden stürzte, dabei noch eine Rolle rückwärts machte, um die Beine aus der Gefahrenzone zu bringen, und kugelig gekrümmt liegenblieb, sah er, wie das Geschoss an ihm vorbei- und davonraste. Seine aufblitzende Wut auf die Frau, aber auch auf sich selbst wurde im Nu von der Panik abgelöst, die der Lastwagen, der sich ihm polternd näherte, auslöste. Mit letzter Kraft gelang es ihm instinktiv, die verbliebenen Kraftreserven mobilisierend, mit einem gewaltigen Satz, diesmal in die entgegengesetzte Richtung mit anschließender Rolle vorwärts dem Tod erneut von der Stoßstange zu springen und das rettende Trottoir zu erreichen. Den Tod hatte er sich beileibe anders vorgestellt. Nicht so banal. Der eigene Tod war für ihn etwas Großes, Tragisches. Und nun das.

Trotz schmerzhafter Blessuren raffte er sich auf und musste wahrnehmen, dass eine gaffende Menge auf beiden

Straßenseiten ihn anglotzte und auf einmal wie aus heiterem Himmel lauthals Beifall spendete. Hatte seine ungewollte sportliche Einlage das bewirkt? Oder war es der befreiende Akt, als er, der Todgeweihte, aufgestanden war und damit die Schockstarre des Publikums aufgelöst hatte?

Der Lastwagen hatte ganze Arbeit geleistet. Kafras Schultasche war so dünn wie ein Schreibheft und die Klassenarbeitshefte darin waren platt gewalzt, nicht mehr zu entziffern.

Das würde ihm keiner glauben und seine Schüler würden staunen: Sie hatten am Morgen Reizwortgeschichten geschrieben, also Geschichten, in denen vier vorgegebene Wörter eine tragende Rolle spielen: Verkehrsunfall, Schultasche, Sport, Katze. Die Klassenarbeit ‚war für die ...' (Letzteres, ohne -e).

Anregung: Karl-Heinz Jakobs: Pasewalk, 1977

Eine Unterrichtsstunde

Er geht Richtung Tür. Die Schulklingel läutet die dritte Unterrichtsstunde des Vormittags ein. Er verstaut ihre Testate in seiner verwitterten Ledertasche. Er öffnet und schließt sie. Er setzt sich auf das Lehrerpult. Die Schüler nehmen ihre Regencapes vom Kleiderständer. Sie packen ihre Siebensachen ein. Sie schreiben den Anschrieb in ihre Kladden. Er reinigt mit seinem Smartphone die Tafel. Auf die vollgeschriebene Tafel notiert er stichwortartig, was den Schülern zu der Kurzgeschichte von Herta Müller einfällt. Er liest ihnen „Arbeitstag" vor. Der Hausmeister will wissen, wer falsch geparkt hat. Er schneit in den Kursraum. Zwei Schüler spazieren herein. Es klopft an die Tür. Alle Schüler zücken ihre Kulis. Er kündigt einen Test zum Textverständnis an. Mit den „Niederungen" des Schulalltags haben sie anscheinend nicht gerechnet. Selbst die Zwillinge nicht. Sie versammeln sich an den Kleiderständern und begrüßen ihre beiden Mitschüler Hans und Heinz. Während der Lehrer die Testate korrigiert, beginnen sie seine Testfragen schriftlich zu beantworten. Die Schulklingel beerdigt die Unterrichtsstunde. Der Lehrer begrüßt die Klasse. Auf die angekündigte Autorenlesung freuen sich die Schüler. Er wartet mit einer Überraschung auf. Er macht hinter die Fehlenden auf seinem Klassenspiegel einen Haken. Der Lehrer kontrolliert die Anwesenheit.

„Alltag eben", antworten Heinz und Hans wie aus einem Mund auf die Frage ihrer Mutter. Sie schalten den Fernseher aus. Wie auf Knopfdruck prasselt Regen gegen die Wohnzimmerscheiben. Sie kickt ihre Schuhe unter die Garderobe. „Um neunzehn Uhr kommt euer Vater zu Besuch." Sie legen ihre Smartphones zur Seite. Sie tischt wie immer nachmittags Gebäck und Kaffee auf. Die Brüder verdrehen die Augen. „Fragt euren Vater!" Patschnass hängt sie ihren Trenchcoat auf. Sie hören,

wie sie den Schlüssel umdreht. Aus ihrem Büro zurück, lässt sie
die Tür hinter sich ins Schloss fallen. „Wie war's in der Schule?“

Lehrer-Konferenz

Mein erster Eindruck: Sie hat das richtige Gesicht für so eine Frisur: kurz geschnittenes Grauhaar, rechtsseitig überm Ohr blank rasiert. Schwarzer Lederblouson, enge Jeans. Ein unmissverständliches Statement.

„Liebe Kolleg:innen!"

„Lassen Sie's!", entfährt es mir unbotmäßig.

Der zunächst verhaltene, dann deutliche Beifall des Kollegiums treibt ihr Röte ins blasse, mit Sommersprossen getüpfelte Gesicht, passend zur Farbe ihres angestrichenen schmalen Lippenpaars.

„Ich versteh nicht recht", stammelt sie und giftet mich mit einem stechenden Blick aus asphaltgrauen Augen an. Die Flügel ihrer Hakennase zittern, ebenso ihre nach unten gezogenen Mundwinkel.

„Den Eindruck haben wir auch", ätzt die Personalratsvorsitzende Liebreiz. „Bei uns wird übrigens nicht gegendert."

Einhelliges Tischklopfen bestätigt die Entgegnung und unterstreicht ihr „Basta!"

„Das ist unerhört!", versucht die Abgesandte der Evaluationskommission es mit Empörung und erntet abschätziges Grinsen und Gelächter. Ihr Blick geht hilfesuchend zur Schulleiterin. Frau Bernstein indes zuckt mit den Achseln.

Bin gespannt, ob die Abgesandte die Kurve kriegt.

„Ich darf davon ausgehen, dass Sie den Evaluationsbericht gelesen haben?", fragt sie mit aufgesetzt forcierter Stimme, die erneute Anrede sich verkneifend.

Fünfzig Augenpaare schauen sie mehr oder weniger ausdruckslos und gelangweilt an.

„Sie müssten sich eigentlich freuen, oder?"

„Eigentlich?", fragt die Personalratsvorsitzende lauernd.

„Na ja", erfolgt die Antwort zögerlich. „Wir haben Ihre Arbeit doch gelobt, fast durchgängig."

„Das ist das Problem. Sie haben Lobesphrasen abgesondert. Die braucht kein Mensch", wird ihr beschieden.

„Was haben Sie erwartet, Frau Liebreiz?", fragt sie und schiebt dabei ihre übergroße Hornbrille, die verrutscht ist, zurück.

„Eine ehrliche Bestandsaufnahme, datengestützte, plausible Kritik, Hinweise, was wir besser machen könnten, und selbstverständlich entsprechende Unterstützungsangebote. Nichts davon."

„Heiße Luft nach all den Besprechungen und Abstimmungen von Lehrern und Schülern", lege ich ungefragt nach, „und ja auch von uns Elternvertretern."

Freundliche Zustimmung in den Blicken der Lehrer.

Angegriffen und merklich angeschlagen, schnappt sie nach Luft, um dann schmallippig vorzuschlagen: „Äh, vielleicht sollten wir konkret werden."

„Gerne", nimmt Liebreiz generös den Ball auf und wartet auf ein Angebot.

Die Abgesandte scheint das aus den Reihen der Lehrer erwartet zu haben. Als es ausbleibt, blättert sie in das allgegenwärtige Getuschel hinein hektisch in ihren Unterlagen.

„Wir haben, äh, also wir haben, um ein konkretes Beispiel zu, ja, äh, also, hier hab ich's. Nun also, wir haben viele sinnvolle Gruppenarbeitsphasen in Ihren Unterrichten beobachten können."

„Was heißt ‚viel'? Was heißt ‚sinnvoll'?", rafft sich der Sprecher der Fachschaften nach einer Weile peinlichen Schweigens zu einer Nachfrage auf.

Ein Kollege legt nach: „Wie wollen Sie das nach fünfzehn Minuten Unterrichtsbesuch beurteilen?"

„Häkchenmachend, in der letzten Reihe sitzend", ätzt ein anderer. „Hat Ihr Evaluationsteam hellseherische Fähigkeiten?"

„Muss ich Ihnen das wirklich erklären, Herr, äh, wie war noch Ihr Name?“

„Doktor Audrich“, assistiert die Sitznachbarin des Fachschaftssprechers.

„Also, Herr Doktor Audrich, Schülerselbsttätigkeit ...“

„ ... ist eine der didaktischen Phrasen, die Frau Liebreiz angeprangert hat“, fährt ihr eine resolute ältere Kollegin barsch in die Parade.

„Also, Frau Bernstein“, entrüstet sich die Abgesandte in Richtung der Schulleitern, „so kommen wir hier nicht weiter, nicht wahr.“

„Tja“, antwortet diese schmunzelnd, „in Ihrem Bericht ist von einem ‚kritischen Kollegium‘ die Rede. Das zumindest haben Sie zutreffend bewertet.“

Meine Stellvertreterin und ich, wir unterstreichen kopfnickend für die Elternschaft die Einschätzung unserer Schulleiterin Ann-Katrin Bernstein.

„Wo ist das Mauseloch?“, flüstert mir meine Nachbarin lächelnd zu.

Eine Referendarin (sie scheint die Abgesandte zu kennen) macht einen mehr oder weniger hilflosen Versuch, ihr aus der Patsche zu helfen.

„Sie haben in Ihrem Evaluationsbericht lobend erwähnt, dass jeder Schüler im Musikunterricht ein Instrument gespielt hat.“

„Und jede Schülerin“, erntet sie eine reflexhafte Erwiderung.

Die Phrase ist nicht mehr einzufangen. Etliche Lehrer kramen nun seufzend in ihren Schultaschen und beginnen, Arbeitsblätter oder Hefte zu korrigieren.

Irgendwie hat das etwas Tröstliches, geht es mir durch den Kopf. ...

Im Foyer unseres Gymnasiums schnappe ich nach der ‚Konferenz‘ im Rücken der Abgesandten einen Gesprächsfetzen auf.

„Provinz-Pauker:innen, Merle.“

„Mir gefällt es gut hier, obwohl ich aus Mainz komme“, entgegnet die blutjunge Referendarin und streift sich forsch die Haarsträhne, die sich aus ihrem Pferdeschwanz gelöst hat, hinters Ohr.

„Frau Bernstein hat mir (auch deshalb) Hoffnung auf eine Planstelle gemacht.“

Beim Passieren der beiden ungleichen Frauen zwinkere ich Merle aufmunternd zu.

Die schweigende Klasse

Hätte sie den Skandal verhindern können, den man losgetreten hat?

Sie weiß, was ihre Klasse zusammenschweißt.

Temperatursturz auch draußen. Hagelkörner trommeln auf den Lichtschacht.

Eisiges Schweigen.

Kampfansage aus achtzehn Augenpaaren. Mara Hagen ahnt, warum.

Jan, der Kurssprecher, fixiert sie unverwandt. Ebenso Lara, seine Stellvertreterin. Alle. Lähmende Stille.

Der Platz neben Jan ist unbesetzt. Auch der neben Lara. Auf beiden freien Tischhälften jeweils eine brennende Kerze.

Sie quält sich zum Fenster, starrt hinaus, die Hände auf dem Rücken verschränkt.

Dichter Schneefall setzt ein. Dienstag, 16. April.

Ein knarzendes Geräusch fährt in die Stille. Die Tür geht auf.

Die Schulleiterin schneit herein, bleibt wie angewurzelt im Rücken der Klasse stehen. Ihre weit aufgerissenen Augen tasten das Standbild vor ihr ab. Keiner scheint sie zur Kenntnis zu nehmen. Gespenstige Stille.

„Was ist denn hier los?", bellt sie.

Keine Reaktion. Nur der wässrig verschleierte Blick ihrer Kollegin Mara Hagen. Wie in Zeitlupe dreht sie sich herum.

Resolut schreitet Direktorin Maybach nach vorne, baut sich neben dem Lehrerpult auf, verschränkt die Arme vor den angehenden Abiturienten. Die starren unentwegt auf die nun leicht flackernden Flammen.

Maybach hebt an: „Liebe Schüler:innen ...“

„Schluss damit!", fährt ihr wie aus heiterem Himmel der Schülersprecher Jan Kapintzki barsch in die Parade.

Maybach stockt der Atem. Mara Hagen huscht ein Lächeln über die schmalen Lippen, kaum wahrnehmbar.

„Tamer nach Kabul abschieben, während Tamara im Krankenhaus um ihr Leben ringt", sprudelt es aus Laras Mund.

„Und Ihnen fällt nichts Gescheiteres ein als ‚Liebe Schüler:innen'!", ätzt Lukas.

„Die Sache wurde von oben entschieden", stammelt Maybach, der Röte ins blasse Gesicht geschossen ist. Ihr fliehendes Kinn zittert.

„Die Sache?", schlägt es ihr aus mehreren Mündern gleichzeitig entgegen.

„Bei dem Genderquatsch haben Sie sich auch hinter ‚oben' versteckt", knurrt Jan kopfschüttelnd.

„Wir sind in der Schule und nicht im Gerichtssaal", versucht Maybach sich aus der Affäre zu ziehen.

„Nennt man es nicht Reifezeugnis?", sagt Miriam. „Ich meine die Sache, die Sie uns demnächst aushändigen werden."

„Und Tamer, der Beste unseres Kurses, guckt in die Leere oder in Kabul in einen Gewehrlauf", ruft Jan. „Dabei wissen wir alle, dass er unschuldig ist."

„Das behaupten Sie, Herr Kapintzki", entgegnet Maybach harsch. „Man kam zu einem anderen Ergebnis. Das muss man akzeptieren. So ist es nun mal im Rechtsstaat. Und das sollten Sie kapiert haben, wenn ich Ihnen das Zeugnis der Reife geben werde."

Eine Böe abfälligen Gelächters quittiert ihre Belehrungen.

„Himmelschreiende UNgerechtigkeit" tituliert man tagsdrauf.

Das Regionalblatt zollt der „schweigenden Klasse" Achtung und ist befremdet über den „peinlichen Auftritt" der Schulleiterin.

„Sie sollte es ihrem Stellvertreter überlassen, den ‚reifen Abiturienten' demnächst die Abiturzeugnisse auszuhändigen."

Doppeltes Missgeschick?

Im Gedränge der Fußgängerzone fällt einem Mann, der aus der Tiefgarage hastet, der Autoschlüssel aus seinem über den Arm geworfenen Trenchcoat. Bemerkt er es in der Eile nicht? Jakob, den er flüchtigen Blickes aus den Augenwinkeln streift, schon. Kennt er den Mann? Er hebt den Schlüssel auf und geht zielstrebig zur Tiefgarage. Dort blinkt es in einem Golf 7 GTI auf. Unvorsichtigerweise hat der Fahrer den Parkzettel sichtbar platziert. Jakob investiert zwei Euros und kurvt nach draußen. Nach einer knappen Stunde Fahrzeit versteckt er den Wagen in einem abgelegenen Schuppen nahe Simmern im Hunsrück.

„Sie haben Ihren Golf Sim JR 12 also gegen elf Uhr in der Tiefgarage ‚Am Dom‘ geparkt?", fragt die diensthabende Beamtin der Mainzer Polizeistation, wo er den Diebstahl seines GTI anzeigt, und mustert seinen Fahrzeugschein.

„Korrekt."

„Und den Parkzettel ..."

„ ... habe ich ärgerlicherweise im Auto liegen lassen", unterbricht er sie.

Ihr Grinsen ersetzt „ärgerlicherweise" durch „dummerweise".

Sie legt nach: „Und Ihren Autoschlüssel, den haben Sie verloren?"

„Muss mir in der Eile aus der Manteltasche gefallen sein", räumt Nowak zerknirscht ein.

„Wann haben Sie's bemerkt?"

„Als ich zwei Stunden später feststellen musste, dass die Parktasche Nummer 202 leer war."

„Zwei Stunden später?"

„Nun ja, Termin mit Bischof Kohlgraf im Dom."

Ihre Brauen schnellen hoch und legen die Stirn in Falten. Doch er ignoriert ihre Neugier.

Sie räuspert sich und fragt: „Überwachungskamera?"

„Keine Ahnung."

„Wir kümmern uns darum", sagt sie. „Geht vielleicht recht schnell. Haben Sie noch etwas in der Stadt zu erledigen?"

Er nickt.

„Ich melde mich bei Ihnen." ...

Bereits eine halbe Stunde später erhält er eine SMS.

Die Kamera zeigt um elf Uhr sieben eine mittelgroße, schwarzgekleidete Person (Jeans, Rollkragenpullover), schlank, maskiert, unklar ob Mann oder Frau. Sie greift mit der behandschuhten Rechten nach dem Parkzettel auf dem fahrerseitigen Armaturenbrett des dunkelblauen Golf und schlägt die Tür zu, um nach drei Minuten (zurück vom Zahlautomaten) in den Wagen einzusteigen und Richtung Garagenausfahrt abzubiegen.

„Kommt Ihnen die maskierte Person vielleicht bekannt vor?", fragt die Polizistin, eine nervöse Reaktion beim Anschauen des Videos beobachtend.

„Bin kein Hellseher", wird ihr schulterzuckend beschieden.

„Ihr GTI wird demnächst in Italien, Polen oder wo auch immer unterwegs sein", vermutet die Polizistin.

Er kratzt sich am Hinterkopf.

„Vielleicht erweist sich Ihre KFZ-Versicherung ja als kulant", meint sie mit einem schrägen Lächeln im rosigen Gesicht.

Zwei Tage später, neun Uhr zehn am Morgen. Dienststellenleiterin Corinna Schmidt tippt die Daten eines Unfallfahrzeugs in ihren Dienstcomputer und staunt nicht schlecht. Ein dunkelblauer Golf GTI mit dem Kennzeichen Sim JR 12 taucht als gestohlen in der Datei auf. Sie kontaktiert den Fahrzeughalter.

„Ja bitte?", fragt eine belegte Stimme.

„Hauptkommissarin Schmidt von der Polizei-Inspektion Simmern."

„Sie haben meinen Golf gefunden?"

„So ist es."

„Super!"

„Eher nicht.“

„Wie das?“

„Ist nur noch ein Blechhaufen. Totalschaden, schätze ich.“

„Und der Fahrer?“, fragt er nach kurzem Zögern.

„Können Sie vorbeischauen. Sie wohnen doch in Simmern?“

„Ja, ja“, beeilt er sich zu sagen. „Bin in einer Viertelstunde bei Ihnen.“

„Sagt Ihnen der Name Jakob Stehmann etwas?“

Sein zittriges „Nein“ lässt die erfahrene Polizistin aufhorchen.

„Hat er meinen Wagen gefahren?“, fragt er, eine Spur von Panik im Blick.

„Das wissen wir nicht.“

„Was ist passiert?“

Schmidt fixiert ihn. Irgendetwas scheint sie zu irritieren.

„Laufende Ermittlungen.“

„Und wo ist mein Auto jetzt?“

„Auf dem Hof des Abschleppdienstes der hiesigen VW-Niederlassung.“

„Den Wagen schaue ich mir an“, sagt er und verabschiedet sich überstürzt.

„Überstürzt“, sagt Schmidt, die gegen elf Uhr ihre Kollegin Wunderlich informiert, die sie mit der Unfallsache betraut hat. „Als gäbe es in dem verunfallten Golf etwas, das ihm unter den Nägeln brennt.“

„Die KTU hat an Kopfstütze und Veloursledersitz des GTI unterschiedliche Haare verschiedener Personen gesichert“, weiß Wunderlich zu berichten. „Könnten vom Autodieb sein oder vom Fahrer des Unfallwagens.“

„Vielleicht dieselbe Person?“

„Möglich, vielleicht sogar wahrscheinlich. Dennoch Spekulation, Corinna.“

„Sonst keine weiteren Spuren?“

„Leider nein“, antwortet Wunderlich. „Aber ein Zeugenhinweis.“

„Aha?“

„Der Wagen wurde vor der Hunsrück-Bank gesichtet. Fiel einem der Arbeiter auf, die dort gerade mit Renovierungsarbeiten des Hauptgebäudes beschäftigt sind. Der Fehlalarm, weshalb ich vor Ort war.“

„Wie das?“

„Ein Autonarr, genauer gesagt: GTI-Fan. Der Golf 7 sei der letzte echte und der beste GTI“, sagte er. „Drum habe er sich ihn genauer angeguckt. Und er hat ein Foto mit seinem Handy gemacht. Zwölf Uhr dreizehn.“

Sie zeigt es ihrer Chefin her.

„Den Fahrer hat er aber nicht gesehen, oder?“

Wunderlich schüttelt den Kopf.

„Was hatte es mit dem Fehlalarm auf sich, Beate?“

„Im Tresorraum der Bank, im Untergeschoss des Gebäudes. Konnte sich keiner erklären. Möglicherweise eine Maus oder eine Ratte, die ein Kabel durchgebissen hat. Umbauchaos eben.“

„Der Unfall geschah, den aufgezeichneten Daten des GTI zufolge, neun Minuten vor dreizehn Uhr“, sagt Schmidt.

„Wir haben keine Hinweise, warum er im Graben gelandet ist. Keine Blutspuren im Auto“, stellt Wunderlich bedauernd fest. „Der Fahrer hat sich in Luft aufgelöst.“

„Mist, dass die Sache erst gestern Abend entdeckt wurde“, sagt Schmidt. „Der ist über alle Berge.“

„Was hat ihn veranlasst, nach dem Unfall zu türmen?“, rätselt Wunderlich. „Und warum parkte er vor der Bank? Der Fehlalarm geht mir nicht aus dem Kopf.“

„Hak da mal nach, Beate!“

Kaum hat ihre Chefin das gesagt, kündigt Wunderlichs Handy den Eingang einer Nachricht an. Sie wischt über das Display.

„Ist nicht wahr!“, entfährt es ihr und sie zeigt die SMS her: „Kein Fehlalarm! Elias Lindner, Leiter der Vermögensverwaltung der Hunsrück-Bank.“

„Einer unserer Kunden hat am Morgen festgestellt, dass sein Schließfach geplündert wurde. Wiener Philharmoniker.“

„Goldmünzen?“

„So ist es, Frau Wunderlich.“

„Wer?“

„Bankgeheimnis“, sagt Frau Stehmann. Sie sei von ihrem Chef, Herrn Lindner, beauftragt worden, der Polizei Rede und Antwort zu stehen.

Wunderlich hält mit ihrer Vermutung nicht hinterm Berg und lässt den Namen des GTI-Besitzers fallen.

Stehmann runzelt die Stirn und echot mit zittriger Stimme: „Bankgeheimnis, Frau Kommissarin.“

„Überwachungskameras?“

„Sind im fraglichen Zeitraum leider ausgefallen“, sagt sie. „Das Umbauchaos nimmt kein Ende.“

„So, so“ meint Wunderlich.

„Der Mann hatte anscheinend einen Safeschlüssel in seinem Flitzer versteckt“, sagt sie zu ihrer Chefin und äußert ihr Befremden über die Bankangestellte, die einerseits sonderbar kühl und unbeteiligt, andererseits kribbelig gewirkt habe.

„Deshalb war der so fahrig“, meint Schmidt.

„Vermutlich kein Versicherungsschutz. Auto weg und auch seine Goldmünzen.“

Kommissar Castor schneit herein. „Wir haben den Piloten des verunfallten GTI gefasst.“

„Wo? Wer ist es?“

„Jakob Stehmann. An der luxemburgischen Grenze. Heftige Unfallblessuren. Liegt zur Zeit im Krankenhaus. Bewacht natürlich. Im Rucksack hatte er fünfundvierzig Wiener Philharmoniker.“

„Oha!“

„Die passten tatsächlich hinein?“, frotzelt Castor. „Wetten, dass seine Haare auch im GTI gesichert wurden?“

„Stehman, Stehmann", grummelt Kollegin Wunderlich. „So heißt die sonderbare Bankangestellte, mit der ich es heute zu tun hatte."

Sie tippt Ziffern in ihr Smartphone und stellt auf Mithören.

„Kommissarin Wunderlich, Herr Lindner."

„Hat man Sie nicht ausreichend unterstützt, Frau Kommissarin?"

„Doch, doch. Aber eine Frage habe ich noch: Ist Ihre Mitarbeiterin, die Frau Stehmann, mit einem Jakob Stehmann verheiratet?"

„Nein, nein, Jakob ist Miriams, äh, ich meine, Frau Stehmanns Bruder."

Da klopft es an die Tür und der GTI-Besitzer tritt ein.

„Sie kommen wie gerufen", begrüßt Corinna Schmidt ihn.

„Ich versteh nicht", sagt er.

„Wir haben Ihre Wiener Philharmoniker sichergestellt."

„Woher wissen Sie …?"

„Keine Sorge", beruhigt ihn Schmidt, „wir sind selber darauf gekommen. Eine Frage ...“

„Ja bitte?"

„Wie viele Philharmoniker hatten Sie denn gebunkert?"

„Fünfzig", sagt er.

Die Kommissare wechseln Blicke.

„Ich habe Sie gar nicht gefragt", entschuldigt sich Schmidt, „was Sie zu uns führt."

Er zuckt mit den Achseln.

„Sie wollten den Bankdiebstahl anzeigen, richtig?"

„Nein", antwortet er trocken.

Die Stirn der Kommissarin kräuselt sich; ihre Kollegen schauen sich verwundert an.

„Wie dem auch sei", sagt Schmidt, „wir haben den Fall ja gelöst."

„Das bezweifle ich", sagt er.

„Wie bitte?"

„Die Sache ist aus dem Ruder gelaufen."

„Was heißt das?", knurrt Bachmann.

„Der Unfall war ein Unfall."

„Sie sprechen in Rätseln", entfährt es Schmidt verärgert und erntet ein Grinsen.

„Warum sagen Sie uns so was?", wundert sich Kommissar Bachmann.

„Und warum gerade jetzt?", fragt Wunderlich.

„Bevor man Ihnen Lügen auftischt."

„Wer?"

„Ihr Job", sagt er und verabschiedet sich. ...

„Also doch kein Versicherungsbetrug?"

„Scheint so, Corinna", sagt Bachmann und reibt sich über die Glatze.

„Wir müssen die Geschwister Jakob und Miriam Stehmann verhören", entscheidet Schmidt. „Mach du das im Kranken-haus, Lukas."

„Er hat mich gezwungen. Die Sache mit den Goldmünzen meine ich."

„Was hat der Mann gegen Sie in der Hand, Frau Stehmann?"

„Der Autodiebstahl meines Bruders?"

„Woher wusste er davon?"

„Jakob war ihm in Mainz vor dem Parkhaus aufgefallen."

„Na und?"

„Liegt auf der Hand", druckst Miriam Stehmann herum. „Er hatte das Überwachungsvideo in Mainz bei Ihrer Kollegin gesehen. Zudem ..." Sie zögert.

„Ja?"

„Jakob ist ein Hallodri und ohne Job."

„Was wahr der Plan?", will Schmidt wissen.

„Die fünfundvierzig Wiener Philharmoniker sollte Jakob ihm in Luxemburg aushändigen, ebenso den GTI. Fünf Mün-zen sollte ich für uns behalten. Gnadenbrot sozusagen."

„Also doppelter Versicherungsbetrug?"

Miriam Stehmann nickt. „Vermutlich wartete in Luxemburg auch schon ein Schwarzkäufer auf den Golf.“

„Der Unfall machte all dem einen Strich durch die Rechnung“, sagt Schmidt. „Ich frage mich nur: Hat er das nötig?“

„Der hat mächtig Schulden“, entfährt es Stehmann, um sofort hinzuzufügen. „Aber das wissen Sie bitte nicht von mir. Da komme ich in Teufels Küche, wenn ich nicht schon drinstecke.“ …

Kommissar Castors Zeugenbefragung des Bruders bestätigt die Aussagen der Schwester.

„Kann abgesprochen sein“, gibt seine Chefin zu bedenken.

„Leider lässt sich kaum etwas beweisen“, ärgert sich Bachmann.

„Fakt ist: Der vermeintliche Strippenzieher ist weder im Besitz der gestohlenen Goldmünzen noch hat er den GTI verscherbelt“, sagt Wunderlich.

„Und mit seinem Auftritt hier bei uns hat er sich gleichsam eine weiße Weste zugelegt, oder?“

„Leider hast du Recht, Lukas“, seufzt Schmidt. „Dass er verschuldet sein soll, dürfen wir nicht wissen. Wir wissen nicht einmal, ob es stimmt.“

„Es würde aber auch nichts beweisen, Beate“, sagt Corinna. „Belangen können wir nur die Stehmann-Geschwister.“

„Bislang“, meint Castor. „Wenn er tatsächlich seine Finger im Spiel hat, dann ...“

„Vielleicht“, fällt ihm Bachmann ins Wort, „vielleicht haben die Stehmanns aber alleine Dreck am Stecken und wollen nur von sich ablenken.“

„Womit hat er übrigens bislang seine Brötchen verdient?“, fragt Wunderlich unvermittelt.

„Schriftsteller“, weiß Castor. „Deshalb war er zu Besuch beim Bischof.“

„Deshalb?“

„Ich habe mich mal umgehört, Corinna“, sagt Lukas, „könnte sein, dass man ihm ein lukratives Angebot gemacht hat.“

In die Kunstpause des Kollegen hinein mäkelt Jörg Bachmann: „Kommissar Castor und seine ominösen Kontakte. Butter bei die Fisch, Lukas!“

„Na ja, dem Bischof schwebe wohl vor, die dubiosen Geschehnisse des Bistums in den Jahren vor seiner Amtszeit *Im Namen der Rose* literarisch aufarbeiten zu lassen.“

Abgesagt, die Beerdigung

„Wir müssen, Julia!"

„Sofort?", fragt sie ungläubig.

Max Liebherr nickt.

„Ich will zu meiner Beerdigung!", begehrt sie auf.

„Abgesagt!", brummt er und schiebt seine Hornbrille, die ihm auf die Nasenspitze gerutscht ist, zurück. „Es gibt einiges zu tun. Es brennt."

„Es brennt an allen Ecken und Kanten der Welt", winkt sie matt ab, „aber nichts, das ich beeinflussen könnte oder wollte."

„Da irrst du dich, meine Liebe. Das Wichtige, das Wichtige findet in unserem Hause statt", sagt er mit Nachdruck. „Da brauche ich deine Hilfe, sofort. Bitte!"

Sie holt tief Luft, fühlt sich überrumpelt, aber ein klein wenig auch gebauchpinselt; fahrig fährt sie sich durchs schwarzlockige Haar und denkt kurz nach, um dann einzulenken: „Okay, solange es noch nicht lichterloh brennt. Zum Löschen bin ich eigentlich ungeeignet, leider. Das weißt du."

„Ich kann dich beruhigen", sagt er. „Für Löscharbeiten sind andere zuständig."

Sie ahnt allenfalls, wen und was er meint, fragt aber: „Wie stellst du's dir vor?"

Als habe er auf die Gelegenheit gewartet, greift er in seine Jacketttasche und reicht ihr einen Ausweis her.

Neugierig schaut sie drauf und ein Lächeln umspielt die Lippen im dunkelhäutigen Gesicht.

„Verena Liebherr heiße ich ab jetzt. Nicht schlecht."

„Hab dich in Bonn exmatrikulieren lassen", lässt er sie nun wissen, hintergründig lächelnd.

Ihre Brauen schießen hoch in die makellose Stirn.

„Ab nächstem Semester studiert eine Verena Liebherr an der Johannes Gutenberg-Uni Mainz."

Nur kurz irritiert, sagt sie: „Leuchtet ein.“

Er legt den Zeigefinger auf die Unterlippe, mustert sie und sagt: „Wechsle bitte deine Kleidung. Blau wäre gut.“

Einen Moment starrt er ins Leere. Was sie irritiert.

„Wenn schon, denn schon, oder ‚Papa‘ ?“, sagt sie. Seufzt dann aber: „Julia ist tot. Und ich bleibe ihrer Beerdigung fern.“

„Schulterzuckend sagt er: „Verena Liebherr lebt. Und ist ausweislich der Papiere sogar ein Jahr jünger.“

„Stimmt“, sagt sie überrascht, erneut auf den Ausweis blickend.

„Ein Jahr mehr Lebenszeit“, meint er augenzwinkernd.

„Hoffen wir’s mal“, sagt sie mit skeptischem Unterton, bedächtig die Worte wie Legosteine hintereinander setzend.

„Du weißt, worum es geht.“

Resolut richtet sie sich auf und beugt sich ihm entgegen, um zu fragen:

„Was ist meine Aufgabe?“

„In einer Stunde hole ich dich ab“, weicht er aus und steht abrupt auf.

Bereits an der Tür, dreht er sich noch einmal um. „Koffer für eine Woche.“

Versonnen fährt er sich durchs angegraute Kurzhaar.

„Fürs Erste.“

Mit einem Klack fällt die Tür ins Schloss.

Bevor seine Hütte abbrennt, soll sie die Kohlen aus dem Feuer holen. Sie hat eine vage Vorstellung, was auf sie zukommen könnte. Fühlt sich gleichwohl gewappnet, die Sache über die Bühne zu kriegen. Dennoch schade, denkt sie, als sie ihre schwarze Kleidung nebst Gesichtsschleier im Schrank verstaut. An dem makabren Trauerspiel hätte sie schon gerne als stille Beobachterin teilgenommen: die Imagination ihrer Asche, der eingeurnten Asche einer ihr mittlerweile fremd gewordenen Julia Kohlhaas.

‚Sie war so voller Energie und Lebensfreude, unfassbar‘, bla, bla, bla.

Das Phantombild der Tage zuvor an anderem Ort erfolgten Sozialbestattung einer Urne blendet sie aus: die Bikerin, die nach einer absichtlichen Kollision gegen einen Baum geknallt war, während sie, die Attackierte, mit dem Schrecken davon gekommen war.

Nun also eine bürgerliche Tragikomödie? Mal sehen, sagt sie sich, ob das Schicksal mir gewogen und geduldig bleibt.

Das Haus, in dem man nicht gerade auf sie wartet, ist ein zweigeschossiger Fachwerkbau mit nachempfundenem Jugendstil-Zierat am Rande einer Laubenheimer Neubausiedlung. Sie hat ihren Koffer im Flur abgestellt und sitzt nun mit am Tisch in der weitläufigen Wohn-Essküche, deren Glasfassade den Blick auf einen Weinberg freigibt.

„Ich möchte euch Verena vorstellen“, sagt Max Liebherr und sein Blick wandert von einem Gesicht zum andern. „Sie wird eure Mutter die nächsten Tage vertreten.“

„Unsere Mama kann man nicht vertreten“, blafft ihn prompt seine zweitälteste Tochter, die fünfzehnjährige Hannah, an.

„Ich meine ja nur, dass ...“

„Spar dir dein Gesülze, Paps“, unterbricht ihn die vierzehnjährige Jana.

„Bist du fit in Mathe?“, schlägt der dreizehnjährige Fabian einen anderen Ton an.

„Streber!“, schelten ihn die Schwestern.

„Mein Vorschlag: Wir probieren es einfach mal miteinander“, beruhigt Verena. „Wenn’s nicht klappt, seid Ihr mich bald wieder los, okay?“

Die Geschwister wechseln Blicke und nicken halbherzig.

„Meine Schulzeit liegt übrigens noch nicht allzu lange zurück, Fabian.“

„Du bist doch mindestens schon zwanzig!“

„Du triffst den sprichwörtlichen Nagel auf den Kopf, Hannah“, bejaht Verena schmunzelnd.

Doch ohne Vorwarnung ist sie Zielscheibe des nächsten Fragepfeils: „Wer sind deine Eltern?“

„Meine Hautfarbe?“

Hannahs Grinsen hält an. Jana doppelt es.

Verenas Mundwinkel zucken bei ihrer Gegenfrage: „Hast du ein Problem damit?“

Max Liebherr hüstelt und legt die Hände mit den Handflächen nach oben auf den Tisch, eine hilflose Geste ohne Publikum.

„Ich lasse euch dann mal machen“, beeilt er sich nun zu sagen, unvermittelt und mit einem verlegenen Lächeln. „Zum Abendessen bin ich zurück.“

„War nicht anders zu erwarten“, stöhnt Jana, als ihr Vater gegangen ist. „Für alles hat er Zeit, nur nicht für uns.“

„Er wird zu tun haben“, versucht Verena, die ihre Fassung wieder erlangt hat, ihn zu entschuldigen und lässt ihren Blick schweifen.

„Das alles kostet ’ne Menge Geld.“

„Kohle hat er genug“, sagt Fabian. „Und Mutter hat geerbt, wie ich mal gehört hab.“

„Plappersack“, knurrt Jana.

„Ist sie auf Fortbildung?“, fragt Verena mit unschuldigem Augenaufschlag.

„Nö“, sagt Fabian, „Papa und Mama haben mal wieder Stunk.“

„Halt die Klappe!“, wird er angefaucht. Die Augen seiner beiden Schwestern blitzen ihn an.

„Na ja, so was kommt in den besten Familien vor“, sagt Verena. „Geht mich aber auch nichts an.“

„Du sagst es!“, bellt Hannah.

Wenn du wüsstest, geht es Verena durch den Kopf. Die erste Begegnung mit ihren Halbgeschwistern hat sie sich eigentlich anders vorgestellt. Abtastender? Entspannter? Oder Spektakulärer? Gespannt ist sie jedenfalls. Zumal ihre Beerdigung, die scheinbare Urnenbestattung der Julia Kohlhaas, ins Wasser gefallen ist, im wahrsten Sinne des Wortes. Ein Platzregen und Sturmböen sorgten dafür, dass man die Urne in Sicherheit gebracht und die drei, vier Trauergäste nebst Pfarrer auf ein Irgendwann vertröstet hatte. Max Liebherr, der Vater der vermeintlich tödlich Verunglückten, ihr Vater, hatte mit einem nicht unwesentlichen Geldbetrag, den die Kirchengemeinde dringend benötigte, die Angelegenheit geregelt. Und nicht nur diese. Seine Netzwerkakteure in Politik und Behörden hatten das Nötige zum Schutz seiner Tochter getan.

Regen und Sturm hatte er übrigens nicht einbestellt.

Entgangen war ihm allerdings, dass ein allzu neugieriger Journalist Lunte gerochen und der Scheinbeerdigung misstraut hatte. Nicht irgendein Journalist, nein der aktuelle Lebensabschnittspartner Julias. Den hatte er nicht auf der Rechnung. Julia hatte ihn verschwiegen. Der wollte es partout nicht glauben: Motorradunfall bei regennasser Straße, möglich ja, aber tödlich? Wann? Wo? Wie?

„Wenn mir mal etwas zustoßen sollte, Falko", hatte sie ihm wenige Tage zuvor geraten, „dann misstraue allem, was gesagt wird."

Sie hatte ihn auch wissen lassen, ihr leiblicher Vater Max Liebherr sei ein wohlhabender, einflussreicher Immobilienhai, der im Speckgürtel von Mainz als ‚treusorgendes Oberhaupt' einer wohlanständigen bürgerlichen Familie lebe.

Eine Beerdigungsfarce hatte Falko, der ungebetene Trauergast, durchaus für möglich gehalten und war verwundert, als man sie abblies. Auf all das konnte er sich keinen Reim machen. Was ihn ärgerte und gleichermaßen herausforderte. Julias Handy war tot. Dennoch gelang es ihm, die Adresse eines Max Liebherr in Mainz Laubenheim ausfindig zu machen.

In seinem asphaltgrauen Golf beobachtet er (als sei er ein engagierter Detektiv), was sich in dem noblen Haus auf großzügigem Anwesen tut. Es würde ihn nicht wundern, wenn seine

Freundin aus der Tür träte. Doch warum sollte sie ihn derart im Regen stehen gelassen, ihm keinen reinen Wein eingeschenkt haben? Was hatte es mit dem vermeintlich tödlichen Unfall auf sich? Wozu die Scheinbeerdigung? Warum tauchte Julia ab? Oder hat er sich dies alles nur in seiner Phantasie zusammengesponnen? Ist er einer grandiosen Selbsttäuschung erlegen?

In die Gedanken hinein fährt ein Klopfen ans Seitenfenster seiner Autotür. Eine Polizistin signalisiert ihm zu öffnen.

„Was machen Sie hier?"

Ihm fällt nichts Besseres ein, als auf den Laptop auf dem Beifahrersitz zu zeigen und zu sagen: „Bereite mich in Ruhe auf ein Meeting vor. Warum fragen Sie?"

„Man hat sie beobachtet und uns herbeigerufen?"

„Welche Gefahr geht von mir aus, Frau Kommissarin?", provoziert er schlagfertig.

Die Polizistin überprüft seine Personalien und bittet ihn, in die Seitenstraße zur Linken einzubiegen, wo er ‚in Ruhe' weiterarbeiten könne, ohne scheele Blicke auf sich zu ziehen.

Als er seinen Wagen startet, tritt eine junge Frau aus der Tür des Fachwerkhauses, gefolgt von einem Wuschelkopf, der in Richtung seines Golf zeigt. Die Frau hebt den Kopf und bleibt wie angewurzelt stehen. Die beiden Polizisten beobachten, in ihrem Auto sitzend, die Szenerie. Mit einem Grummeln im Bauch fährt er los. Hat sie die Beamten informiert?, fragt er sich. Wenn ja, warum?

Verdammt noch mal, schießt es Verena durch den Kopf. Wieso kreuzt Falko hier auf? Und warum eskortiert ihn ein Streifenwagen?

„Kennst du den Mann in dem Golf?"

„Wir müssen uns beeilen, Fabian", drängt sie, den Kopf schüttelnd. „Der Bus kommt in wenigen Minuten."

Sie eilt voraus zur Haltestelle, Fabian hat Mühe, ihr zu folgen. Links und rechts lässt sie ihren Blick kreisen. Beim Einsteigen meint sie, den Golf zu sehen. Eilends schickt sie Falko eine SMS: „Um achtzehn Uhr beim Italiener am Schillerplatz."

„Überprüft bitte das Kennzeichen eines Golf SIM P 111."

„Fahrzeughalter ist ein Falko Stenzhorn, wohnhaft in Willmerod, Dorfstraße 11, Rhein-Hunsrück-Kreis."

„Kein Hinweis auf eine Verbindung zu einem Max Liebherr, Mainz Laubenheim, Hans-Zöllerstraße 312?"

„Kleinen Moment … Unsere Datenbank ist diesbezüglich blank. Aber ich gebe deine Anfrage weiter. Vielleicht haben die Kollegen der Polizei-Inspektion Simmern etwas."

Keine fünf Minuten später erhält die Polizistin, die Falko kontrollierte, den SMS-Hinweis: „Journalist bei der Hunsrück-Zeitung."

„Ohne dass sie es wissen oder auch nur ahnen, spielst du inkognito das Hausmädchen, Julia?", fragt Falko nach ihrer knappen Mitteilung entgeistert. „Warum?"

Sie lässt sich Zeit mit einer Antwort, durchforstet angestrengt die Speisekarte.

„Neugier, Kohle, und ja, auch die Aussicht auf Geschwister und Familie, wenn du es genau wissen willst."

„Will ich. Bin schließlich dein Freund, jedenfalls habe ich das bis vor Kurzem gedacht."

Sie zuckt mit den Achseln.

„Wieso hast du deinen Motorradunfall in einen tödlichen umgemünzt?"

„Motorradunfall? Der geisterte zwar durch den virtuellen Blätterwald, aber …"

Er glotzt sie an und muss schlucken.

„Und die bescheuerte Idee mit einem Scheinbegräbnis?"

Die Unerwarteten?", antwortet sie mit einer Gegenfrage.

Er schaut sie an, als sei er begriffsstutzig.

„Der aktuelle Familienroman von dem Hunsrücker Autor? Du hast ihn mir geschenkt. Der hat mich auf die Idee gebracht."

Man sollte Bücher gelesen haben, bevor man sie verschenkt, muss er sich verärgert eingestehen.

„Wozu?", knurrt er.

Der Kellner steht vor ihnen und verschafft ihr etwas Zeit zum Nachdenken.

„Spaghetti aglio olio und einen trockenen Primitivo."

„Für mich auch", sagt Falko.

„Bin da in etwas hineingeraten. Spekulationsgeschäfte am Terminmarkt. Bin über beide Ohren verschuldet. Große Dummheit, ich weiß. Man hat mich massiv unter Druck gesetzt."

In die Kunstpause hinein, die sie macht, um ihre Worte wirken zu lassen, sagt sie: „Ich muss tot sein, damit ich leben kann."

Er schaut sie an mit einem Blick, der sagt: Ich glaube dir kein Wort. Sagt aber: „Und da hast du, statt mit mir zu reden …"

„Ich musste dich schützen, Falko", unterbricht sie ihn.

„Wovor?"

„Hast du mir nicht zugehört!?"

Sein Gesicht läuft rot an.

„Man hätte dich ins Visier genommen. Das wollte ich verhindern. Deshalb, aber nicht nur deshalb."

„Also lieber mal wieder den Übervater einschalten, der sich so liebevoll all die Jahre um dich gekümmert hat."

„Lass deine Ironie, Falko", winkt sie ab und bestellt sich ein zweites Glas Rotwein. „Er hat immer zu mir gestanden. Vor allem wenn's drauf ankam."

„Dass ich nicht lache", sagt er mit gequältem Grinsen. „Verleugnet hat er dich."

Falkos verrauchtes Lachen stolpert in eine Hustenattacke.

„Das verstehst du nicht."

„Was hat er davon?", fragt er lauernd. „Die Vokabel ‚umsonst', die gibt es nicht in seinem Wortschatz."

„Ist kompliziert", seufzt sie.

„Versuch's."

Der Kellner serviert den Primitivo.

Sie nimmt einen kräftigen Schluck, strafft ihre Schultern und sagt: „Nun gut. Die Kurzfassung. Seine Frau hat ihn verlassen. Die Kids wissen noch nichts davon. Er sieht die Chance, einen Fehler zu korrigieren, ein Stück weit zumindest."

„Und warum hast du mir all das verschwiegen? Ich dachte …"

„Lass es Falko", fährt sie dazwischen. „Julia Kohlhaas existiert nicht mehr. Sie ging mir schon lange auf die Nerven. Ich habe sie endgültig beerdigt."

„Und damit auch unsere Beziehung."

In das laute Schweigen hinein, das die beiden nun trotz des wabernden Geräuschteppichs im Lokal umhüllt, sagt Verena: „Ja."

Dieses „Ja" ist unverrückbar. Das weiß er nur zu gut.

„Unsere Kollegen haben Sie in Laubenheim überprüft, Falko."

„Wusste gar nicht, dass ich so wichtig bin, Frau Hauptkommissarin", sagt er trotz der miesen Stimmung, die ihn zur Zeit im Griff hat, grinsend.

„Man hatte den Eindruck, dass Sie das Haus Liebherr, wie soll ich's sagen, na ja, dass Sie es beschatteten, ausspionierten, ins Visier nahmen."

„Geht's vielleicht eine Nummer kleiner?"

„Okay, einigen wir uns auf ,beobachteten'?"

Die ironische Akzentuierung der beiden Schlusssilben kann sie sich nicht verkneifen.

„Ich gab zu Protokoll: Meeting-Vorbereitung, Frau Schmidt."

„Zufälligerweise vor Liebherrs Anwesen?"

„Sie sagen es."

Sie lehnt sich zurück, verschränkt die Arme und sagt lächelnd: „Wie lange kennen wird uns, Falko?"

„Schon ein paar Jährchen, oder?"

„Also?"

„Sie sind auf der falschen Spur, Corinna", seufzt er.

„Aha?"

„Keine Recherche, reine Privatsache. Ein Freundin, um es genauer zu sagen."

„Geht's noch ein wenig genauer, Falko?"

„Weil Sie's sind", sagt er. „Ich wollte wissen, ob sie tatsächlich einen Job als Hausmädchen hat."

„Klingt verdächtig nach Misstrauen, gar Eifersucht", sagt Schmidt und ergänzt süffisant: „Hätte ich Ihnen gar nicht gegeben."

„Ihnen kann man wahrlich nichts vormachen, Corinna", sagt er und breitet generös beide Arme aus.

„Und hat sie?"

„Bin einer Falschinfo aufgesessen. Eine mir Unbekannte arbeitet dort."

„Und Ihre Freundin?"

„Wenn ich das wüsste!"

Die Wahrheit ist eine gute Tarnung, geht es ihm durch den Kopf, als Schmidt sein Büro verlässt. Da ahnt er es noch nicht: Der nächste Besucher wird dafür sorgen, dass die Kommissarin alsbald wieder vor Ort sein wird.

„Wer hat Sie so zugerichtet, Falko?", entfährt es ihr besorgt.

Der Notarzt leistet gerade erste Hilfe.

„Sie waren kaum aus der Tür, Corinna", stammelt er, schmerzhaft stöhnend, „da stürzte eine maskierte Person herein und prügelte ohne Vorwarnung mit einem Schlagstock auf mich ein. Sie schrie mich an: ‚Vorgeschmack!', wenn ich es richtig in Erinnerung hab; dann verlor ich das Bewusstsein.

„Gehirnerschütterung", stellt Doktor Giesen trocken fest, „mindestens eine Nacht im Krankenhaus zur Beobachtung."

„Ich werde Sie morgen besuchen, Falko", sagt Schmidt.

Eine Mischung aus Angst (die Warnung ‚Vorgeschmack‘), Besorgnis und trotzdem auch journalistischer Neugier kämpft in Falkos Schädel mit Kopfschmerzen.

„Haben Sie jemand die Zornesröte ins Gesicht geschrieben, Falko“, fragt die Kommissarin. Sie steht vor seinem Bett.

„Keine Ahnung. Heutzutage sind die Leute ja überempfindlich.“

„Könnte also sein?“

„Man guckt nicht in den Kopf seiner Leser hinein.“

„Die ungeschminkte Drohung ‚Vorgeschmack‘?“, rätselt Schmidt. „Starker Tobak. Wem sind Sie auf die Füße getreten, Falko?“

Mühsam richtet er sich im Bett auf und fixiert ihren Blick.

„Vielleicht ist es die falsche Frage, Corinna.“

„Wie meinen Sie das?“, wundert sie sich.

„Vielleicht bin ich nur Stellvertreter, Platzhalter oder Blitzableiter, für wen oder was auch immer.“

„Wie bitte?“

„Ist nur eine Ahnung.“

„Aha?“

„Vorwarnung für jemand anderes vielleicht?“

„Warum fällt mir da Ihre Laubenheim-Aktion ein, Falko?“

Er zuckt mit der schmerzenden Schulter.

„Sie verschweigen mir etwas, Falko.“

Er schaut sie aus verschleierten großen Augen an.

„Bevor Sie jetzt verneinen oder sich um eine Ausrede bemühen, die Anschlussfrage: „Warum verschweigen Sie’s mir?“

Das nervöse Zittern von Falkos Nasenflügeln entgeht der erfahrenen Ermittlerin ebenso wenig wie der Schweiß, der auf seiner Stirn perlt. Ihrem stechenden Blick weicht Falko aus. Doch dann sagt er mit belegt klingender Stimme: „Wäre zu riskant. Vor allem für sie …“

Seine Stimme bricht ab.

Die Kommissarin merkt, dass er mit sich kämpft.

„Sollten Sie sich's anders überlegen, Falko, Sie wissen mich zu erreichen."

Wer ist die Freundin, die er schützt? Corinna beschließt, nach Laubenheim zu fahren, um sich vor Ort ein Bild zu machen.

„Ich bin Corinna Schmidt", sagt sie und hält dem Mädchen, das ihr die Tür öffnet, die Polizeimarke hin. Die etwa Vierzehnjährige, blaues T-Shirt über zerfransten blauen Jeans, die braune Haarpracht in einem neckischen Pferdeschwanz gebündelt, greift zu dem Ausweis: „Darf ich mal", sagt sie mit funkelnden cobaltblauen Augen, „hab so was nur mal im Fernsehkrimi gesehen. Oh, Hauptkommissarin sind Sie. Hohes Tier bei der Kripo?"

„Darf ich kurz eintreten?", fragt Corinna und steckt ihre Marke wieder ein.

„Warum nicht", sagt Jana und nennt ihren Namen.

„Arbeitet in eurem Haus ein neues Hausmädchen?"

Ein Nachrichtensprecher informiert gerade: „Aleppo ist gefallen und die Rebellen greifen Homs an."

Jemand schaltet das Radio aus. Geschirr klappert. Es duftet nach Minze.

„Papa hat sie vor ein paar Tagen eingeflogen."

„Begeisterung hört sich anders an."

„Die soll unsere Mutter ‚vertreten'. Können Sie sich vorstellen, wie bescheuert das ist?"

Bei dieser Frage biegen sie aus dem langen Flur ins luftige Wohn-Esszimmer ab, wo soeben der Mittagstisch gedeckt wird. Der blaue Wohnzimmerteppich lacht Corinna an und ebenso der blaue Küchenboden mit beigen schlierenartigen Einsprengseln. Sie hält nun auch der jungen Frau die Polizeimarke hin und fragt: „Kennen Sie einen Falko Stenzhorn, Frau … ?"

„Den Reporter der HZ?"

Corinnas Brauen schießen hoch. Sie nickt.

„Der hat mich hier Anfang der Woche abgepasst. Wollte wissen, ob ich wüsste, wo seine Freundin ist."

„Und?"

„Natürlich nicht. Der muss mich mit jemand verwechselt haben. Ich heiße übrigens Verena."

„Und wie heißt die Freundin?"

„Hat er mir nicht gesagt. Oder ich hab's vergessen."

„Hast du Unterstützung angefordert, Verena?", ruft eine zickige Stimme. Die dazugehörige Jugendliche in schlabbrigem grauen Trainingsanzug schlurft herein, ohne von ihrem Smartphone aufzuschauen. Grußlos pflanzt sie sich an den Tisch.

Da klingelt es. Jana öffnet ihrem Bruder die Tür; der wirft seine Schultasche in die Ecke und nimmt schnaubend neben Hannah platz. „Deine Tipps haben geholfen, Verena", sagt er, schätze, mein bester Mathetest ever."

Dass eine Fremde mit am Tisch sitzt, scheint er jetzt erst zu bemerken. „Deine Mutter?"

„Mach die Augen auf, Kleiner", sagt Hannah spitz, „eine weiße Kommissarin?"

„Echt jetzt?"

„Wollen Sie mitessen, Frau Schmidt?", fragt Verena unbeeindruckt. „Habe genug Spaghetti im Topf."

„Gerne", sagt Corinna, verwundert über sich selbst.

„Wo sind eure Eltern?", fragt sie.

„Auf der Arbeit", räumt Hannah, vom Smartphone aufblickend und ihre Geschwister kontrollierend, das Thema ab. „Und Sie, Frau Kommissarin? Hat Verena was ausgefressen?"

„Wie kommst du denn darauf?"

„Na ja, es muss ja einen Grund geben, weshalb eine Polizistin hier aufkreuzt, oder?"

„Du bist also die Älteste im Haus?", sagt Corinna.

„Sieht man mal von der ab", antwortet Hannah und zeigt mit ihrem Smartphone auf Verena, die dabei ist, die Spaghetti zu verteilen.

Was in Gottes Namen veranlasst diese taffe, adrette junge Frau, sich das anzutun?, schüttelt Corinna innerlich den Kopf.

„Sie sind doch nicht zum Spaghetti-Mampfen hier", insistiert Hannah.

„Es gibt also doch noch was außerhalb deiner Smartphone-Welt, das dich interessiert", sagt Corinna.

„Also?", echot Hannah unbeeindruckt.

„Jemand wurde krankenhausreif geschlagen", antwortet Corinna und beobachtet, ob Verena eine Reaktion zeigt: ein flüchtiges Zittern ihrer Nasenflügel, mehr nicht.

„Und dieser Jemand hat Anfang der Woche euer Haus beobachtet."

„Der Mann in dem Golf, Verena?", platzt es aus Fabians rotverschmiertem Spaghettimund heraus.

„Das habe ich der Kommissarin bereits gesagt", sagt Verena ruhig.

„Schön, dass wir jetzt auch davon erfahren", tönen die Schwestern wie aus einem Mund.

„Nichts, was euch betrifft", wiegelt Verena ab.

„Ein abgeblitzter Freund, der dir hinterher spioniert?"

„Nein, Hannah", stellt Verena resolut klar.

„Die Sache ist kompliziert", fügt Corinna hinzu. „Ich bin dabei, die Puzzleteile zusammenzufügen. Wenn es mir gelingt, informiere ich euch. Versprochen."

Verena zeigt auch jetzt kaum eine Reaktion. Total kontrolliert, abgebrüht oder weil sie die Sache tatsächlich nichts angeht? Corinna ist ratlos, was ihr selten passiert.

„Toll!", ruft Fabian. „Und wir sind mittendrin in einem Krimi. Wenn ich das meinen Freunden erzähle ..."

„Das lässt du mal schön bleiben, junger Mann", rät Corinna ihm. „Du willst einer Hauptkommissarin doch nicht unnütz die Arbeit schwermachen, oder?"

„Äh, daran hab ich gar nicht gedacht", stottert er. „Geheimhaltung also?"

Sie nickt und sagt, ihm komplizenhaft zuzwinkernd: „Und da kann ich mich doch sicher auf dich verlassen, oder?"

„Na klar", sagt er mit stolzgeschwellter Brust.

Hauptkommissarin Corinna Schmidt kontaktiert den Willmeroder Bürgermeister Rainer Steeg. „De Falko hot en Freundin? Nii gesiin. Dä is awa aach nit oft hi. Dä nennt ma bei uss de FF, also Fliegender Falke." Er werde sich mal umhören. Wenig später teilt Steeg ihr mit, Gerüchten zufolge sei eine Julia, Freundin von Falko, mit einem Motorrad verunglückt, möglicherweise sogar tödlich, aber man wisse nicht, wann und wo. Falkos Mitarbeiterin bei der HZ sagt: „Nicht einmal ein Foto von ihr hat er mal hergezeigt. Als wolle er sie verstecken." Wahrscheinlich habe er sie immer nur in Bonn getroffen, wo sie studiere. Sie sei vermutlich mindestens zehn Jahre jünger als er.

Ohne einen konkreten Hinweis dafür zu haben, drängt sich Kommissarin Schmidt ein Verdacht auf. Da es aber keinen Ermittlungsgrund in der Angelegenheit gibt, stellt sie die Nachforschungen ein. (Falko hat nicht einmal wegen Körperverletzung Anzeige gegen Unbekannt erstattet.) Zumal man ihr über Oberstaatsanwältin Löwenbrück hat ausrichten lassen, der Person, die Falko Stenzhorn zusammenschlug (Woher weiß man davon?), aufgrund einschlägiger Hinweise „dicht auf den Fersen" zu sein.

Es gibt nun mal rationale Gründe, etwas nicht wissen zu wollen, sagt sie sich.

Verenas Aufenthalt im Hause Liebherr in Laubenheim dauert an.

Wer sein Leben auf einem Geheimnis aufbaut oder auf einem blinden Fleck, wenn nicht gar auf einer Lüge, der braucht einen Plan. Das weiß sie. Und diesen Plan muss sie mit ihrem Vater abstimmen, damit das Arrangement nicht wegen unvorhersehbarer Widersprüche auffliegt. Vage dämmert ihr allerdings, dass Ehrlichkeit die bessere Entscheidung sein könnte.

Zunächst steht allerdings eine emotional heikle Aufgabe an: die familiäre Situation klären. Ein gemeinsames Kino-Erlebnis könnte als Brücke hilfreich sein: *Der Buchspazierer*. Auch im Film ist der Platz der Mutter leer und ein überforderter Vater macht Fehler. Kann sie vielleicht doch die Gefühlslücke ein Stück weit schließen?, fragt sich Verena und identifiziert sich bei dem Gedanken mit Carl, dem Buchspazierer. Was ihr guttut. Könnte es ihr (trotz der misslichen Vorgeschichte) gelingen, Herzenswärme auf ihre Geschwister auszustrahlen, die vielleicht Hannahs Panzer löste? Sie muss es versuchen.

„Wir sind nicht naiv, Papa", mosert Hannah, als sie nach dem Kinobesuch zu Hause im Wohnzimmer ihre Eindrücke austauschen.

„Was hat der Film mit uns zu tun?", legt Jana trotzig nach.

„Schaschas Mutter ist tot", platzt es aus Fabian heraus und in die verlegene Pause hinein, die nach den bohrenden Fragen entstanden ist.

Verena und ihr Vater schauen sich kurz aus den Augenwinkeln an, was den Kindern nicht entgeht.

„Ist Mutter tot?", stammelt Jana.

„Gott bewahre, nein!", beeilt Liebherr sich zu sagen und dabei beugt er sich über den Tisch zu ihnen hin. „Eure Mutter …, sie ist nur … eine Weile … nicht zuhause."

Ungläubige Blicke schießen hin und her.

„Ohne uns etwas zu sagen?", entfährt es Hannah.

Ihr Vater entfaltet ein Briefpapier und liest mit stockender Stimme vor.

„Lieber Fabian, liebe Hannah, liebe Jana,

es tut mir unendlich leid, es euch auf diesem Weg sagen zu müssen. Mir geht es nicht gut. Das habt ihr in letzter Zeit vielleicht bemerkt. Obwohl ich mir alle Mühe gegeben habe, es zu verbergen. Die nächsten Wochen, wenn nicht gar Monate werdet ihr ohne mich auskommen müssen. Leider! Den eigentlichen Grund dafür kann ich euch nicht sagen, da ich ihn selber nicht kenne. Es liegt ein schwerer Stein auf meinem Herzen. Ich habe mir professionelle Hilfe suchen müssen. Nur so habe ich die Hoffnung, dass ich wieder auf die Beine komme und alles wieder gut wird.

Bitte habt Verständnis, auch wenn Ihr es nicht versteht. Euer Vater wird bestens für euch sorgen. Da bin ich mir sicher und ihm dankbar.

In Liebe
eure Mama.“

Sie sitzen still und können's nicht fassen. Da weinen sie schließlich. Und er sitzt dabei.

Nach unendlich langen Sekunden steht er auf, um sich hinter Verenas Stuhl zu platzieren. Drei Augenpaare folgen ihm. Er räuspert sich und sagt mit fester Stimme: „Verena ist eure Halbschwester.“

Mucksmäuschenstille.

Wieder ist es Hannah, die als erste die Fassung findet.

„Und Mutter weiß davon?“

„Schon lange.“

Jetzt ist es an Verena, sich zu wundern. Ihr Kopf schnellt zur Seite und nach oben, seinen Blick suchend. Stotternd fragt sie: „Ist das wahr!“

Er nickt.

Unfreiwillig entspannt Fabian die aufgeladene Stimmung. „Eigentlich“, grummelt er, „eigentlich habe ich mit zwei nervigen Schwestern schon genug, um nicht zu sagen: die Nase voll.“

Für einen Moment huscht ein Lächeln über die Gesichter.

„Du wirfst uns einen Brocken hin, Paps“, knurrt Jana, „ohne zu sagen, was es damit auf sich hat.“

„Ich hoffe, du meinst mit Brocken nicht Verena“, sagt er mit leicht gereiztem Unterton und setzt sich, schwer atmend, wieder.

„Verena (er stockt kurz und denkt an Julia), sie wurde geboren, als ich eure Mutter noch gar nicht kannte. Verenas Mutter war eine bekannte namibische Diplomatin in Bonn, wo ich studierte. Wir hatten eine kurze, intensive Beziehung, die aus guten Gründen nicht öffentlich werden durfte. Mehr darf und möchte ich nicht dazu sagen.“

Drei Augenpaare starren ihn an, sechs Fragezeichen sozusagen.

„Eurer Mutter erzählte ich davon, bevor wir heirateten. Vielleicht möchte Verena euch mehr zu alldem sagen.“

Er schaut kurz zu ihr hin und merkt, wie es in ihrem Kopf arbeitet.

„Aber das ist einzig und allein deine Entscheidung.“

„Nicht jetzt“, sagt sie nach kurzem Zögern. „Vielleicht später.“

„Und du wohnst ab jetzt bei uns?“

Die Begleitmusik zu Hannahs Frage ist für Verena uneindeutig: Missbilligung, Neugier oder gar ein unverhoffter Anflug von Akzeptanz?

Sie entschließt sich, Letzteres anzunehmen, und schlägt vor: „Wollen wir abstimmen?“

„Ja!“, lautet die Antwort, einstimmig wie aus einem Mund.

Prompt fahren Fabians, Janas und des Vaters Hände zustimmend in die Höhe.

„Enthaltung“, sagt Hannah resolut und auch Verena sagt, komplizenhaft in ihre Richtung lächelnd: „Ich schließe mich dir an, Hannah, vorerst.“

Man kann sich schließlich, erinnert sie sich an Erich Kästner, auch an offenen Türen den Kopf einrennen. …

Als die Kinder (viel zu spät) zu Bett gegangen sind, sitzen Verena und ihr Vater aufgewühlt einander am Wohnzimmertisch gegenüber.

„Du fragst dich, warum meine Frau den Schritt gegangen ist?“

Verena nickt und fügt eine zweite Frage hinzu: „Und warum sie ihn den Kindern per Brief und erst etliche Tage später mitgeteilt hat."

„Anders hätte Johanna es nicht geschafft."

Dem Fragezeichen in ihrem Blick antwortet er: „Sie hat eine schlimme endogene Depression."

Bei der Vokabel ‚endogen' schießen Verenas Brauen hoch, was ihm entgeht.

„Johanna ist zunehmend Geisel ihrer Depression geworden. Da helfen auch keine Tabletten mehr. Und eine Therapie hat nichts bewirkt. Es wurde nur noch schlimmer."

„Ihr hattet oft Streit?"

„Wer sagt das?"

„Eure Kinder."

„Du hast sie gefragt?"

„Nein. Sie sagten es nebenbei."

Max steht auf und tigert hin und her. Er öffnet den Wandschrank, der versteckt eine kleine Hausbar beherbergt. Er gießt sich einen Grappa ein (dem Blick ihres Vaters begegnet Verena mit Kopfschütteln), nestelt aus einer dort liegenden Schachtel eine Marlboro heraus und steckt sie in den Mund, ohne sie anzuzünden. Dann sinkt er ermattet seiner Tochter gegenüber auf den Stuhl.

„Du rauchst?", fragt sie erschrocken. Schlagartig nimmt sie wahr, wie erschöpft er ist: seine blauen Augen tief in ihren Höhlen im spitznasigen, aschfahlen, knochigen Gesicht.

„Nicht mehr. Ersatzhandlung", murmelt er. Brüchig seine ansonsten selbstsichere Stimme.

Er steckt sich die Zigarette hinters Ohr.

„Ganz schön masochistisch, oder?"

„Wenn's hilft?", antwortet er mit einer hilflosen Frage. „Vielleicht mein Ventil, mit Problemstau umzugehen."

„Und das funktioniert?", fragt sie ungläubig.

„Mal mehr, mal weniger. Der Streit - du hast ihn erwähnt."

„Verstehe. Da hast du die Zigarette doch angezündet, reflexhaft sozusagen.“

Max Liebherr macht große Augen und nickt.

In das Schweigen hinein sagt er Sekunden später unvermittelt: „Ich habe deine Mutter sehr geliebt, Verena.“

„Und warum habt Ihr euch dann getrennt?“

Unverständnis, Vorwurf, ja auch ein Hauch von Ironie klingen an.

„Sie hat es beendet. Vielleicht gar beenden müssen.“

„Muss ich das verstehen?“

„Man beorderte sie von jetzt auf gleich nach Namibia zurück. Möglicherweise hatte jemand Wind von unserer heimlichen Beziehung bekommen. Die Zusammenhänge habe ich nie verstanden. Und sie hat sie mir nie erklärt.“

„Und Ihr habt euch danach nie mehr gesehen?“

„Doch, noch einmal. In dem Kinderheim, im Kloster, wo du aufgewachsen bist. Doch da war sie kurz angebunden. Wir klärten, was finanziell und organisatorisch zu regeln war. Das war’s. Leider.“

„Und dann?“

„Lernte ich Johanna kennen.“

Verenas auffordernden Blick antwortet er: „Ich wollte keine mentale Hypothek.“

„Und du hast tatsächlich Johanna frühzeitig reinen Wein eingeschenkt?“

Max nickt erneut.

„Weiß sie, dass ich jetzt hier wohne?“

„Ich werde es ihr sagen, wenn sie stabiler ist. Auch dass deine Geschwister einverstanden sind.“

„Und damit wird sie klarkommen? Ich meine, bei ihrer Krankheit?“

„Ich weiß es nicht. Aber es muss sein. Und ich möchte es. Okay?“

Sie nickt entschlossen. Zweifelt aber insgeheim, ein wenig zumindest. Macht ihr Vater sich etwas vor? Ist es vielleicht nur sein Wunsch, dass Johanna zurückkommt? Zweifelt auch er an der Heilungsgeschichte? Will die Zweifel aber seinen Kindern nicht zumuten? Ist das Wort ‚endogen‘, das ihr nicht aus dem Kopf geht, nur eine Ausrede, nur eine Selbstbeschwichtigungsvokabel?

„Kriegst du das hin“, fragt er in ihre Gedanken hinein, „ich meine Studium und die Kinder, also deine Geschwister?“

„Wenn’s nicht mehr ist.“

„Keine Sorge. Maria Rose ist jeden Morgen im Haus, putzt und kocht. Übrigens sehr gut.“

„Dann schaffen wir das.“

Max steht auf und schenkt sich einen weiteren Grappa ein. Zurück am Tisch, fragt er: „Hast du Kontakt zu deiner Mutter?“

„Du hast mich das nie gefragt“, sagt sie nach einigem Zögern. „Und das war gut so. Belassen wir’s dabei. Bitte!“

„Die verhängnisvolle Geschichte mit dem Motorradunfall hat damit zu tun, Verena?“, lässt er nicht locker.

Ihre Nasenflügel zittern und auch ihre Hände. Sie schweigt.

„Ich habe einiges recherchiert“, sagt er und verschränkt die Finger, dass die Gelenke knacken. „Und ich vermute … (er lässt sich Zeit und fixiert seine Tochter) dahinter steckt ein Racheakt, eine Vergeltung, was auch immer. Deine Mutter hat eine wichtige Funktion im Wirtschaftsministerium ihres Heimatlandes. Und da ist sie gewissen Leuten auf die Füße getreten.“

„Papa, bitte! Ich fühle mich hier mit neuer Identität sicher und mir geht es gut.“

„Sollte ich zu deiner Sicherheit nicht doch jemanden …“

„Nein!“, fährt sie dazwischen und ihr entschiedener Blick verbietet jeglichen Widerspruch.

Sollte es ihn beruhigen, dass man ihm von maßgeblicher Stelle versichert hat, die Gefahr sei gebannt?, fragt er sich. Mit einem Seufzen sagt er: „Die Wahl deiner Studienfächer hat damit … „

„ … allenfalls am Rande zu tun“, grätscht sie erneut dazwischen. „Sport, weil ich als Judoka dazu prädestiniert bin,

Politikwissenschaft, weil ich verstehen will, was in Afrika passiert, Mathe, weil ich unabhängig bleiben will.“

„Nun ja“, sagt er, nun verlegen schmunzelnd, „deine pädagogischen Fähigkeiten hast du da ja schon bei Fabian überzeugend unter Beweis gestellt, nicht wahr.“

„Ob ich Lehrerin werden will, ist noch nicht ausgemacht. Auch nicht, ob ich nach dem Studium in Deutschland bleiben möchte.“

„Was ich bedauern würde, Verena“, stammelt er. „Und vielleicht auch deine Geschwister.“

„Was mich freuen würde“, sagt sie versonnen.

„Und dein Freund, den du mir verschwiegen hast?“, fragt er lauernd.

„Ist Geschichte. Julia Kohlhaas ist tot, wie du weißt“, sagt seine Tochter, sagt Verena Liebherr. „Sie wurde eingeurnt und bestattet, wenngleich verspätet.“

„Traurig“, sagt er, „das Wetter, Verena, das Wetter haben wir nicht im Griff.“

„Aber anderes schon“, entgegnet sie trotzig.

Lächelnd legt er seine Hand auf ihre. …

„Ein Mann mit deiner Hautfarbe, Verena, der hat heute hier geklingelt“, überrascht Maria sie, als sie von der Uni zurückkommt. „Ohne sich vorzustellen, hat er nach einer Julia Kohlhaas gefragt. Dabei hat er mir dreist Zigarettenqualm entgegen gepustet und die Kippe mit dem Stiefelabsatz zermalmt.“

Sie zeigt auf den Brandfleck auf der Marmorstufe.

„Und?“, fragt Verena, ihre Besorgnis kaschierend, „was hast du geantwortet?“

„Da müsse er sich in der Adresse geirrt haben. Was denn sonst? Kenne keine Julia Kohlhaas. Du vielleicht?“

„Nein, nein“, sagt sie mit flackerndem Blick: „Mhm. Und dann …?“

„Habe ich dem Kerl die Tür vor der Nase zugeschlagen. Ein ungehobelter, undurchsichtiger, zwielichtiger Typ“, sagt sie resolut, sagt Frau Rose mit scharfer Stimme und ihre Kohlestiftbrauen schießen hoch. „Das Pfefferspray hatte ich bereits in der Hand." ...

Mit zittrigen Fingern fährt Verena den PC hoch, um die Aufzeichnung des Überwachungsvideos zu überprüfen: Beim Verlassen des Grundstücks blickt der Unbekannte kopfschüttelnd kurz zurück. Das Gesicht des Mannes im grauen Trenchcoat ist gut zu erkennen. Es sagt ihr nichts. Mit einem Klick schickt sie sogleich das Beweismaterial mit einer Nachricht ihrem Vater zu, der es umgehend an das LKA weiterleitet.

Der Dunkelhäutige ist ein mit internationalem Haftbefehl gesuchter Waffenschmuggler und Finanzjongleur. Die Fahndung bleibt vorerst erfolglos.

Vater Liebherr sieht sich genötigt, nun doch einen Sicherheitsdienst zu verpflichten, der rund um die Uhr das Haus überwacht. Zudem werden weitere technische Sicherungsmaßnahmen vorgenommen. Und wenn es nur darum geht, für ein Gefühl der Sicherheit zu sorgen, sagt er sich. Maria und Verena weiht er ein, nicht aber die Kinder.

„Wie wär's mit einem Wachhund?", schlägt Maria vor.

„Gute Idee", pflichtet Verena ihr bei. „Mit dem werde ich frühmorgens eine Joggingrunde im Weinberg drehen."

„Und wo bekommen wir den her?"

„Wir haben einen Luchs abzugeben, Herr Liebherr", sagt Maria, hintersinnig lächelnd.

„Von einem Luchs war nicht die Rede."

„Unser Welpe heißt nur so, wissen Sie", sagt sie, „wegen seines unfassbar feinen Gehörs. Der hört sprichwörtlich die Flöhe husten."

„Na dann", willigt er ein und Verena freut sich.

Dank Marias erfahrener Führung gewöhnt sich Luchs schnell ein und fühlt sich sichtlich wohl im Kreis seiner neuen Familie. Vor allem Fabian, aber auch Jana und selbst die dauermotzige Hannah haben ihn recht bald liebgewonnen. Verena hält er frühmorgens auf Trab. Und Unerwartetes geschieht:

Eines Morgens schließt sich Hannah ohne Vorankündigung der Laufgruppe an.

„Muss was für meine Kondition tun", grummelt sie.

Tatsächlich kann sie nach wenigen Tagen mühelos mithalten. Fabian und Jana zieren sich noch. „Ist nur eine Frage der Zeit", sagt Verena zu Hannah, die zustimmend nickt.

Für die vom Hausherrn engagierten beiden Sicherheitsexperten ist die Angelegenheit ein Problem, das nur durch Arbeitsteilung gelöst werden kann. Der Jüngere muss ran. Verena verkauft ihn den Geschwistern als Kommilitone aus der Nachbarschaft, der mit ihr Sport studiere.

Präsentiert Papa uns doch tatsächlich seinen zwanzig Jahre alten Betriebsunfall! So, den Gedanken musste ich loswerden! Verzeih mir meine Schärfe, liebes Tagebuch. Und schweige darüber! Vielleicht war Verena ja ein Wunschkind? Na ja, so weit ins Gegenteil muss meine Phantasie nun auch nicht ausschweifen.

Komisch ist es schon, aus heiterem Himmel eine unbekannte, dunkelhäutige, ältere Schwester vor die Nase gesetzt zu bekommen. Aber auch aufregend. Wäre sie jünger als ich, hätte ich ein Problem, fällt mir gerade ein. Immerhin kann ich jetzt meine Verantwortung für unsre Kleinen ein Stück weit mit ihr teilen. Vor allem, da Mama bis auf Weiteres nicht da ist. Was mich zunächst, als Vater ihren Brief vorlas, völlig aus der Bahn warf. Fabian, Jana, Papa und ich, wir alle sind sehr, sehr traurig. Das tut richtig weh. Hoffentlich kommt Mama bald wieder auf die Füße. Wir brauchen sie doch so sehr und lieben sie über alles. Doch dass etwas mit ihr nicht in Ordnung ist, das haben wir seit längerem mitbekommen. Haben aber nicht darüber gesprochen. Vielleicht wollten wir's nicht wahrhaben. Verdrängung nennt man das wohl.

Zugegeben: Verena ist mir nicht unsympathisch. Was nicht heißt, dass sie mir sympathisch ist. Dafür kenne ich sie noch viel zu wenig. Und auch sie begegnet mir vorsichtig und mit einer gewissen Distanz. Das ist gut so. Von ihrem Selbstbewusstsein kann ich mir eine Scheibe abschneiden (was ich natürlich nie zugeben würde). Dennoch spüre ich, dass da etwas ist, das sie bedrückt: ein unsichtbarer Rucksack. Sie schaut einen oft so melancholisch an. Nein, eigentlich schaut sie so durch einen hindurch. Als ob in einer unsichtbaren Ferne eine Art Bedrohung wäre. Jedenfalls bilde ich mir das ein. Sie darauf ansprechen? Später vielleicht, wenn wir mehr Vertrauen zueinander gefasst haben. Jetzt noch nicht. Vater fragen? Nein, er ist zur Zeit arg belastet: Mamas Krankheit und dass sie nicht hier ist, die Sorge um uns Kinder und was er beruflich so um die Ohren hat. Macht er alles mit sich selber aus. Das ist nicht gut. Vielleicht mit Maria sprechen? Sie hat Lebenserfahrung, kennt uns seit eh und je und ist eine gute Beobachterin. Ich merke übrigens, dass Verena ihr nicht unsympathisch ist. Und das will was heißen. …

Maria hat mir von dem aufdringlichen, seltsamen dunkelhäutigen Mann erzählt, der sich nach einer Julia Kohlhaas erkundigt hat. Zu dem Namen habe ich im Netz eine Todesanzeige gefunden, leider keine Fotografie. Diese Julia war in etwa so alt wie Verena. Sie ist bei einem Motorradunfall ums Leben gekommen. Warum hat der Mann nach ihr gefragt? Maria meint, er habe sich wahrscheinlich in der Adresse geirrt. Jedenfalls sei er wortlos wieder gegangen. …

Seit ein paar Tagen laufe ich morgens mit Luchs, Verena und ‚ihrem Bodyguard‘ Raphael. So kommt er mir jedenfalls vor. Na ja, wie sie ist er Sportstudent. Kommilitone also, wie man sagt. Raphael gefällt mir. Könnte mich glatt in den vergucken. Hat sogar mehr Kondition als Verena, und die ist ganz schön fit. Er passt sich uns aber als Gentleman an. Nur Luchs hat noch mehr drauf. Der lässt nie die Zunge hängen. Tollt mit uns, hat mächtig Spaß. Raphael ist etwas wortkarg. Laufend (!) späht er die Gegend aus, als gäbe es im Wingert irgendetwas zu entdecken. Hin und wieder schießt mal eine Kaninchen um die Ecke und

Luchs hinterher. Doch bei seiner Jagd hat er glücklicherweise keine Chance. …

Nach etlichen Wochen, Luchs hat sich mittlerweile zu einem stattlichen Schäferhund gemausert, geschieht Unerhörtes: Ein Maskierter, der sich in einer Biegung des Weinbergwegs hinter einem Weinstock verschanzt hat, springt mit gezückter Pistole hervor und wird im selben Moment vom anspringenden Luchs zu Boden gerissen. Bevor der Angreifer Unheil anrichten kann, verpasst ihm der vermeintliche Sportstudent einen Kinnhaken, der ihn außer Gefecht setzt. Routiniert fesselt Raphael ihm die Hände mit einer Kordel aus seinem kleinen Rucksack. Dann reißt er ihm die Maske vom Kopf: der zur Fahndung ausgeschriebene Dunkelhäutige. Verena hat geistesgegenwärtig per Notfallnummer die Polizei informiert. Mit hechelnder Zunge bewacht Luchs den Überwältigten. Hannah steht zitternd daneben.

„Lernt man das auch im Sportstudium?“, fragt sie perplex.

Der Überfall heute Morgen ist mir arg in die Glieder gefahren. Gut, dass Fabian und Jana das nicht haben erleben müssen. Auf Luchs war Verlass! Wie der den Angreifer zu Boden gerissen hat! Und wie Raphael ihn dann ausgeknipst und gefesselt hat. Wie im Krimi!

Ich habe ein Bild gemacht und es Maria gezeigt. Sie hat ihn wiedererkannt: der Dunkelhäutige, der nach einer Julia Kohlhaas gefragt hatte. Kein Zweifel, wie Maria beteuert. Hat er sich vielleicht doch nicht in der Adresse geirrt? Die Frage schießt mir gerade, während ich das alles aufschreibe, durch den Kopf. Kennt Verena diese Julia Kohlhaas? War sie vielleicht ihre …? Keine Ahnung. Bei nächster Gelegenheit muss ich sie fragen. Hat ihr melancholischer Blick damit zu tun? Was ist geschehen? Was hat sie erlebt?

Die Polizisten haben bestätigt, was Raphael gesagt hat: Schreckschusspistole. Was sollte das? Ein bloßer

Einschüchterungsversuch? Wie wäre es weitergegangen, wenn Luchs und Raphael ihn nicht überwältigt hätten? Wir können uns keinen Reim auf all das machen. Verena vielleicht schon: mein Bauchgefühl, meine Vermutung. Bin mehr als gespannt, was hinter der Geschichte steckt. Und ich ahne, dass da auf uns alle noch einiges zukommen könnte. Wusste Papa das, als er Verena zu uns gebracht hat? Ich muss ihn fragen.

„Du hast einen Brief bekommen", sagt Hannah und händigt ihn aus. „Adressiert an Verena Liebherr, Mainz Laubenheim und so weiter. Kein Absender. Der erste Brief an dich in unserem Haus, oder?"

Überrascht bejaht ihre Schwester es mit einem Nicken, bedankt sich und zieht sich zum Verdruss Hannahs ohne ein weiteres Wort in ihr Zimmer zurück. Wer kennt ihre neue Adresse und schreibt ihr old school-like einen Brief?, wundert sie sich.

Liebe Julia!

Verena, wie du dich jetzt nennst, mag mir nicht über die Lippen und in die Feder kommen. Ich schreibe nicht an eine Fremde.

Woher ich deinen neuen Namen kenne? Du erinnerst dich bestimmt an Kommissarin Corinna Schmidt aus Simmern, die dich und euch in deinem aktuellen Domizil besuchte, eine langjährige gute Bekannte, beruflich und gelegentlich auch privat. Sie ist meine Quelle. Ich glaube, nebenbei bemerkt, sie ahnt die Zusammenhänge, hat aber keinen Grund weiter zu ermitteln. Egal. Warum ich dir schreibe, liebe Julia, hat damit nichts zu tun. Wohl aber mit uns beiden.

Mir war immer (mal mehr, mal weniger) bewusst, dass du mich irgendwann verlassen wirst: vierzehn Jahre Altersunterschied, dein unbedingtes Unabhängigkeitsbedürfnis, gepaart mit einer dir stets eigenen Bindungsscheu, und und und. Aber Zeitpunkt und Plötzlichkeit haben mich dann doch arg getroffen. Deine Begründung, mich schützen zu wollen, hat sich (leider) durch den Angriff des Maskierten, von dem die Kommissarin dir berichtet hat, als plausibel erwiesen. Du selbst hast mir aber bei unserem denkwürdigen Abendessen in der Mainzer Pizzeria gesagt: „Deshalb, aber nicht nur deshalb." (Du kennst mein gutes Gedächtnis.)

Weshalb, Julia? Weshalb? Weil du mit einem radikalen Schnitt in dein neues Leben starten möchtest? Weil du endlich deine Familie gefunden hast, in ihr angekommen bist? Würde ich da nur stören? Nur ein paar Antwortversuche angesichts vieler Fragen, die sich vor mir auftürmen, mich nahezu erdrücken.

Mir will es einfach nicht gelingen, dich mir nichts, dir nichts zu löschen. Wie aus heiterm Himmel quälen mich Gedanken an gemeinsam Erlebtes, an unsere intensiven Gespräche und an vieles, das in einem Brief an dich, Julia, keiner Worte bedarf. Zugegeben: Ich bin Sklave meiner Erinnerungen und Sehnsüchte. Mein Problem, nicht deins.

Verstehe mich bitte nicht falsch. Ich will dich nicht bedrängen. Aber ich wünsche mir einige Hinweise, um dich verstehen zu können, verstehen zu können, was dich zu deinem Entschluss bewogen hat.

Dir alles Gute und liebe Grüße

Falko

ps: Gut, dass ich den Brief einige Tage hab liegen lassen. So kann ich ihn ergänzen.

Beim nochmaligen Lesen des bisher Aufgeschriebenen merke ich, dass du mir bisher eigentlich in vielerlei Hinsicht eine Black Box geblieben bist. Oh Gott! Bitte nicht wörtlich nehmen. ...

Meine Recherchen (der journalistische Spürhund in mir kann es nun mal nicht lassen) haben herausgefunden, was auch dich interessieren dürfte. Wer überfiel mich in meinem Büro? (Corinna Schmidt informierte euch über die Tat, sagte sie mir.) Ein mit internationalem Haftbefehl gesuchter nigerianischer Flüchtling namens

Balogin. Der Name ist in seinem Herkunftsland durchaus geläufig. Er war ursprünglich das Schimpfwort für einen Linkshänder. Ein unbeholfener Linkshändler hat mir also eins über den Schädel gezogen, um dir (so vermute ich) indirekt eine Message zu senden, und zwar mit dem Drohwort „Vorwarnung". Ein Vergeltungsteufel droht einer Kohlhaas! Das hat was, oder? Du hast mir übrigens nie gesagt, wie du zu deinem assoziationsreichen Kleist-Nachnamen gekommen bist. Der ist wohl kaum auf dem Mist deines Vaters gewachsen. Also auf Betreiben deiner gebildeten Mutter?

„Sie sind also Linkshänder", stellt der LKA-Ermittler Bachmann süffisant grinsend fest, als Balogin die Kaffeetasse zum Mund führt.

Eine Reaktion des Beschuldigten bleibt aus.

„Was, Herr Balogin (oder wie immer sie eigentlich heißen), was hat Sie in Teufels Namen geritten, mit einer Schreckschusspistole im Weinberg aufzukreuzen, um drei Joggern Angst und Schrecken einzujagen?"

Von seiner Ex-Chefin Hauptkommissarin Corinna Schmidt mit einigen Zusatzinformationen gefüttert, erntet Bachmann mit seiner Frage ein Achselzucken statt einer Antwort.

„Einen Anwalt wollen Sie nicht, Herr Balogin", sagt Bachmann, „reden auch nicht. Dann denken Sie mal in Ruhe in U-Haft über die Sache nach."

Er steht auf, packt seine Unterlagen zusammen und stakst zur Tür.

Da bequemt sich Balogin doch zu einer Reaktion.

„Ich wüsste nicht, dass im deutschen Rechtsstaat ein alberner Spaß, mehr war's nicht, eine solche Maßnahme rechtfertigte."

„Da haben Sie nicht gerade Unrecht", sagt Bachmann und kehrt zum Verhörtisch zurück. „Aber Ihr ‚alberner Spaß' fügt sich als Puzzleteil ein in ein Gesamtbild."

„Da bin ich aber mal gespannt", ätzt Balogin und lehnt sich feixend zurück.

„Ihr Auftritt vorm Haus Liebherr in Laubenheim?"

„Ich weiß nicht, wovon Sie reden.“

Bachmann zückt ein Foto und hält es ihm unter die Nase.

„Das bin nicht ich, Herr Kommissar“, tönt er, „da muss man schon eine abgefeimte Phantasie haben, um das zu behaupten.“

Bachmanns Brauen gehen hoch, doch er entgegnet kühl: „Überwachungskamera? Abgleich mit den Daten unserer Datei und siehe da: ein mit internationalem Haftbefehl gesuchter nigerianischer Windhund. Der seine Namen (wie auch seine Ausweise) wechselt wie andere die Hemden.“

„Brauche ich jetzt doch einen Anwalt?“, knurrt er. „Unerhörte Anschuldigungen.“

„Und das ist bei Weitem nicht alles, Herr Balogin“, legt Bachmann nach.

„So, so.“

„Sie haben es auf eine Julia Kohlhaas abgesehen.“

„Kenne ich nicht.“

„Sie haben nach ihr gefragt. Die Tochter der Staatssekretärin für Wirtschaftskriminalität in Ihrem Heimatland. Damit sage ich Ihnen ja nichts Neues. Die Politikerin hat Ihnen und Ihresgleichen auf die Finger geschaut. Weshalb Sie auf der Flucht sind.“

„Märchenstunde, Herr Kommissar. Aber reden Sie nur weiter. Märchen, gut erzählt, sind durchaus unterhaltsam.“

„Der Motorradcrash, mit dem Sie Frau Kohlhaas drangsalieren ließen?“

„Sie hat den überlebt?“, entfährt es Balogin mit einem höhnischen Unterton.

Bachmann grinst und sagt: „Quod errat demonstrandum.“

Balogin scheint nicht zu verstehen.

„Die unbekannte Tote: ein Betriebsunfall?“, legt Bachmann nach.

„Ich höre Fragezeichen. Also bloße Spekulationen.“

„Zeugen haben sich gemeldet. Die werden unsere Vermutung bestätigen.“

„Sie blöffen.“

„Das haben wir nicht nötig, Herr Balogin.“

„Den HZ-Redakteur Falko haben Sie in Simmern zusammengeschlagen. Das können wir beweisen. Sie haben Spuren hinterlassen. Und Sie sind Linkshänder.“

„Und Sie reihen Märchenspuren aneinander. Sie langweilen mich.“

„Ich fasse zusammen“, sagt Bachmann unbeeindruckt. „Insgesamt ein erstaunlich unprofessionelles Verhalten Ihrerseits. Gut für unsere Ermittlungen. Deren Ergebnisse werden Sie hinter Gitter bringen. Aber keine Sorge: nicht im Rechtsstaat Deutschland. Nein, in Namibia. Dort erwartet man Sie bereits.“

„Ende Ihrer Märchenstunde, Herr Kommissar?“

„Sie wissen ja: Zumeist enden Märchen mit der Bestrafung der Bösen.“

„Verraten Sie mir mein Motiv für die Schandtaten, deren Sie mich unsinnigerweise bezichtigen?“

„Rache und Vergeltung, Herr Balogin“, sagt Bachmann. „Die sind auch im Märchen gang und gäbe, oder?“

„Wie ist das mit meiner Stiefmutter, Maria“, nimmt Verena allen Mut zusammen, weil sie den Elefanten im Raum nicht weiter ignorieren kann.

„Du kennst sie nicht?“, wundert sich die Haushälterin und Mädchen für alles im Hause Liebherr.

„Nur vom Hörensagen“, gibt Verena zu. „Sie leide an einer endogenen Depression, sagt mein Vater“, sagt sie.

„Bin kein Arzt“, sagt Maria mit zusammengekniffenen Augen und gerunzelter Stirn, „aber da gibt es schon Gründe.“

„Deshalb frage ich“, sagt Verena. „Auch einen Tee?“

„Ja gerne“, antwortet Maria, gar nicht verwundert. ...

Die beiden so ungleichen Frauen sitzen einander am Frühstückstisch gegenüber, jede eine dampfende Tasse in der Hand.

„Wo anfangen?“, denkt Maria laut nach. „Hmh. Vor nicht allzu langer Zeit hat Frau Liebherr mal zu mir gesagt: ‚Ich will doch nur glücklich sein.‘“

„Wer will das nicht", sagt Verena.

„Ja, aber Glück ist nun mal ein flüchtiges Reh. Das lässt sich nicht einfangen und einhegen. Auf Luchs hingegen ist Verlass."

Als habe er seinen Namen gehört, schleicht er wie eine Katze ins Zimmer und platziert sich vor Marias Füßen, den Kopf auf die Vorderpfoten gebettet. Reflexartig streicht sie über sein Fell, was er mit einem wohligen Gähnen quittiert.

„Du meinst Zufriedenheit", sagt Verena und schaut auf Luchs.

„Schlaues Mädchen", lacht Maria, leicht verlegen. „Und Sicherheit."

„Dabei ist nach meinem Eindruck hier doch alles bestens durchorganisiert, oder?"

„Geht es darum, Verena?", entfährt es Maria, nun leicht entrüstet.

„Natürlich nicht", räumt Verena ein. „Aber wer meine Vorgeschichte hat, der blickt anders auf die Dinge. Doch davon ein andermal. Okay?"

„Johanna hat sich zunehmend überfordert gefühlt", platzt es aus Maria heraus. „Pubertierende Kinder, beruflich oft abwesender Ehemann, Freundinnen, die anders als sie im Job durchgestartet sind, mit nur einem Kind, versteht sich. Kurz vor der Wegmarke vierzig das Gefühl, etwas Wichtiges zu verpassen, Angstzustände und und und."

„Und mein Vater ..."

„Hat sich alle Mühe gegeben, liebevoll und zugewandt", unterbricht Maria und fügt hinzu: „Soweit ich das beurteilen kann. Was mir im Übrigen gar nicht zusteht."

„Mach dir da mal keine Sorgen", sagt Verena und streicht ihr über die Hand. „Aber ich mache mir Sorgen um Vater. Er wirkt so abgespannt, so müde."

Maria nickt und sagt: „Gut, dass du da bist. Wirklich gut. Auch für ihn."

Verena strahlt.

„Erstaunlich, wenn ich das sagen darf, wie rasch du die drei für dich eingenommen hast. Und nicht nur sie.“

„Tut gut, von dir zu hören. … Hmh. Was ich dich noch fragen wollte. Wie lange arbeitest du eigentlich schon hier?“

„Seit mehr als sechzehn Jahren.“

„Als Johanna mit Hannah schwanger war?“

Maria bestätigt nicht ohne Stolz Verenas von Erstaunen begleitete Vermutung. „Kurz nach Johannas Physikum wurde das Kind geboren. Und Johanna, damals zäh, zielstrebig, energisch, kämpfte sich durchs Arztstudium, jeweils nur kurz unterbrochen durch zwei weitere Geburten. In aller Bescheidenheit darf ich sagen: Beide Elternteile konnten sich auf mich verlassen.“

„Wofür mein Vater sehr dankbar ist, Maria. Das hat er mir gesagt.“

„Das weiß ich und schätze es, wie er mich und meine Arbeit respektiert.“

„Wann kam der Bruch, ich meine, wann merktest du Johannas Überforderung?“

„Schwer zu sagen. Ein schleichender Prozess. Vielleicht hätte sie ihre Assistenzarzt-Ausbildung zum Abschluss bringen sollen?“

„Warum ist sie ausgestiegen?“, fragt Verena verdutzt.

„Ich erinnere mich genau“, antwortet Maria. „Bin gleich wieder da.“

Seltsam, geht es Verena durch den Kopf. Nichts, aber auch gar nichts hat mein Vater mir von Johanna erzählt. Und ich habe nicht nachgefragt. Seine vergrübelte Melancholie. Alles frisst er in sich hinein.

„Also, eine beiläufige, gleichwohl eine unverschämte Bemerkung ihres internistischen Chefs war der Auslöser. Der brachte den Stein ins Rollen.“

„Oh, da bin ich aber gespannt“, merkt Verena auf.

„Nun, es war das einzige Mal, dass ich mich frühmorgens krankmelden musste. Höllische Zahnschmerzen, wenn ich mich recht erinnere. Johanna kam zu spät zur Arbeit, erstmals. Ihr Mann war bereits außer Haus und sie musste in aller Eile Hannah und Jana versorgen und in den Kindergarten bringen. Und was musste sie sich anhören? ,Schön, dass Sie so besorgt um ihre Kinder sind, Frau Liebherr. Bleiben Sie ganz zu Hause!'"

„Unfassbar!", entfährt es Verena.

„Als ich das meinem Sohn erzählte, meinte der, es gäbe leider immer noch den einen oder anderen der selbsternannten Götter in Weiß, aber Gott sei Dank würden diese ,Höllen-Vögel' nach und nach aussterben. Als Führungspersonen seien sie oft eine glatte Null. Da könnten sie vom Herrn Liebherr einiges lernen."

„Dein Sohn ist Arzt, Maria?"

„Ja, Orthopäde, ,Filigranklempner', wie er selbstironisch sagt."

„Wie hat Johanna reagiert?"

„Völlig am Boden zerstört, kam sie am nächsten Tag (sie hatte wie so oft Nachtdienst) übermüdet nach Hause und heulte sich bei ihrem Mann aus. Der rastete aus und stattete dem Herrn Chefarzt im Krankenhaus einen Besuch ab, der sich wohl gewaschen hatte. ,Das Tischtuch war zerschnitten', sagte Johanna mir später. Mehr weiß ich nicht. Ihr Mann verklagte den Macho-Doktor und Johanna kündigte."

„Und sie verlegte sich nun ganz auf die Rollen Hausfrau und Mutter? Das glaub ich nicht."

„Da liegst du richtig", stimmt Maria zu. „Bereits in den Semesterferien nach der ersten Geburt hatte sie mir gesagt: ,Maria, ich muss schnellstmöglich wieder ins Studium. Die Gespräche der Mütter, die ich treffe, kreisen nur noch um Babywindeln und Muttermilch. Das macht mich wahnsinnig.'"

Verena fragt sich, warum dann kurz hintereinander zwei weitere Kinder gezeugt wurden, behält den Gedanken aber für sich.

„Johanna suchte und fand schnell Ersatz. Musikalisch begabt, sang sie bald in einem renommierten Chor der Kölner

Philharmonie, den ein Klassenkamerad dirigierte. Sie nahm Gesangsstunden, begann zu malen und pflegte Freundschaften. Mit den Kindern verreisten die Liebherrs, wann immer es möglich war. Doch allmählich und zunehmend nagte Unzufriedenheit an ihr. Und so schlidderte sie unausweichlich in eine Lebenskrise."

„Wird sie es schaffen, bald zurückzukommen?"

Maria lässt sich Zeit für eine Antwort. „Sie sollte den Mut fassen, ihre Facharztausbildung abzuschließen, um in dem Beruf zu arbeiten", meint sie. „Selbstbespiegelung hilft nicht weiter."

„Hast du ihr das gesagt?"

„Und ob. Mehr als einmal. Ich darf das. Und ich musste es sagen."

„Verstehe", sagt Verena nachdenklich. „Auch wegen der Kinder, oder?"

„So ist es. Du kannst einiges ausgleichen, Verena, aber du kannst und solltest nicht die Mutter ersetzen wollen. Vergiss nicht, auf dich selbst zu achten!"

„Erinnere mich daran, wenn ich's vergesse, Maria", sagt Verena schmunzelnd. „Ich kann dir aber versichern, dass ich mich hier sehr, sehr wohl fühle. Auch mit dir. Endlich bin ich zu Hause angekommen."

„Maria", sagt Max Liebherr, „auf ein Wort."

Ihre Brauen schnellen in die Höhe. Sie weiß seinen Tonfall, seine Mimik und Gestik einzuschätzen. Es brennt also mal wieder. Regen klatscht gegen die Fensterfront. Der Spätherbst lässt grüßen. Den Zeitpunkt hat er bewusst gewählt, denkt sie. Die Kinder sind außer Haus, werden erst gegen Mittag zurück sein. Gewundert hat sie sich schon, dass er nicht zur Arbeit aufgebrochen ist. Bemüht, sich ihre Sorgen nicht anmerken zu lassen, nimmt sie ihm gegenüber am Küchentisch Platz und schaut ihn ruhig an.

„Ich habe Johanna besucht."

Marias Augen werden groß und ihre Stirn legt sich in Falten.

„Ich weiß", antwortet er matt, „hätte ich besser unterlassen."

„So schlimm?"

„Noch schlimmer", seufzt er. Dann sprudelt es ohne Punkt und Komma aus seinem Mund: „Sie war ein einziger Vorwurf, ohne dass sie einen Vorwurf äußerte, unser Gespräch, das keines war, bestand aus belanglosen Sätzen, von denen ich keinen erinnere, den Satz, sie möge nicht alles glauben, was sie denke, verkniff ich mir, überhaupt habe ich kaum etwas gesagt an ihrem ‚Fluchtort aus unserer Ehe‘, wie sie ihn zynisch nannte, entflohen aus der Mühsal des Alltags."

„Ich mach uns mal einen starken Kaffee", sagt Maria resolut, steht auf und macht sich an der Maschine zu schaffen.

Gedankenverloren beobachtet Max ihr Tun. Die routinierten Handgriffe beruhigen ihn ein wenig.

„Nun?", sagt sie und schiebt ihm den duftenden Espresso, den sie eingeschenkt hat, zu.

„Eine Fremde habe ich getroffen, Maria", sagt er. „Das war nicht meine Johanna."

„Ich hab's befürchtet", sagt sie.

Sein Mund verzieht sich und er stottert: „Wie-wie-wie das?"

Marias Brustkorb hebt und senkt sich. Sie nimmt einen Schluck.

„Ihre Frau muss sich erst einmal von allem entfernen", sagt sie und wischt Flusen vom blauen Tischtuch, „von Ihnen, Herr Liebherr, von den Kindern, von dem Haus, von allem eben."

„Wozu?", fragt er hilflos.

„Um überhaupt die Chance zu haben, näher- und dann hoffentlich wieder zurückzukommen."

„Ist das weibliche Logik, an der teilzuhaben mir nicht gelingt?", fragt er bitter.

„Das weiß ich nicht", sagt Maria, „ich bin keine Psychologin, hab nur so etwas wie gesunden Menschenverstand."

„Erklären Sie's mir."

„Hier ist alles über ihr zusammengebrochen. Nicht auf einmal wie bei einer Explosion. Nein, schleichend. Und dann musste sie die Reißleine ziehen. Deshalb ihr unangekündigter, ihr überstürzter Weggang."

„Sie wussten davon, Maria?", fragt er lauernd.

„Nein, nein", antwortet sie mit Bestimmtheit, „aber ich war nicht überrascht."

„Weil?"

„Bedenken Sie, Herr Liebherr, Ihre Frau steht kurz vor der magischen Marke vierzig. Und worauf blickt sie zurück?"

Statt einer Antwort lässt er seinen Blick rundum wandern und zeigt auf das Familienfoto. „Ist das nichts?"

Maria lässt sich Zeit zu antworten, um dann zu sagen: „So kann man das sehen, Herr Liebherr."

„Aber?"

„Die Frage müssen Sie sich schon selbst beantworten."

„Ich liebe meine Frau, Maria", sagt er.

„Das glaube ich Ihnen gerne."

„Und ich habe sie nicht davon abgehalten, wieder in ihren Beruf einzusteigen, wenn Sie das meinen, Maria."

„Was ich meine, Herr Liebherr, ist nicht wichtig", winkt sie ab. „Nur eine Frage, wenn ich darf."

„Ich bitte sogar darum."

„Haben Sie Johanna dazu ermuntert?"

Max Liebherr räumt nach kurzem Nachdenken kleinlaut ein: „Ich habe die Dinge laufen lassen. Dachte, Johanna sei zufrieden mit dem, was ist. Ich hätte ..."

Seine Stimme bricht ab, bevor er sich hinter dem Irrealis der Vergangenheit verschanzen könnte.

„Zufriedenheit ist viel", sagt Maria, „wenn man älter ist."

„Verena tut der Familie Liebherr richtig gut", sagt Maria zu ihrem Mann, als sie nach dem Abendbrot mit einer Flasche *Tesch*-Rotwein ihren Tag Revue passieren lassen.

„Das ist mal eine gute Nachricht", sagt er und stößt mit seiner Frau an. „So positiv hab ich dich schon lange nicht mehr reden gehört."

„Du weißt, Jakob, sie war mir von Anfang an sympathisch, ihre natürliche, unverstellte, offene Art. Ihre Halbgeschwister haben das intuitiv schnell kapiert, selbst die pubertierenden Mädels haben recht bald ihre zickigen Nadelstiche sein lassen."

„Und der Vater?"

„Dem ist ein Stein vom Herzen gefallen. Familienzusammenführung und so. Ich glaub, das innerfamiliäre Verschweigen seiner Tochter Verena hat ihn über Jahre hin belastet."

„Und eine ältere Tochter, die akzeptiert wird und mit anpackt, die entlastet ihn, vermute ich."

Maria nickt und grübelt. „Heute hat er mir sein Leid geklagt. So offen war er nie. Er habe den Fehler gemacht, seine Frau zu besuchen, und er habe eine Fremde vorgefunden."

„Oh je!", entfährt es Jakob. „Wie konnte er nur?"

„Ist nun mal passiert. Hatte vielleicht auch sein Gutes."

„Wie das?"

„Ich konnte ihm vielleicht ein Stück weit helfen, den Gemütszustand Johannas zu verstehen. Er liebt sie nach wie vor über alles. Die Ausrede, ihre Depression sei endogen, hinter der wird er sich nicht mehr verschanzen."

„Was wird, wenn Johanna zurückkehrt?"

„Gute Frage, Jakob", seufzt Maria, die buschigen Brauen zusammengezogen. „Ehrlich gesagt: Ich weiß es nicht. Wird von ihrem Gemütszustand abhängen."

„Da wirst du wieder gefordert sein."

„Vielleicht spiegelt Verenas Klugheit, Zielstrebigkeit und Ausgeglichenheit Johanna wider, wie sie selbst als Studentin war. Das könnte helfen."

„Für Max Liebherr könnte es schwierig werden, wenn Johanna sich überrumpelt fühlt."

„Du sagst es, Jakob", stimmt sie ihm zu. „Der Knackpunkt. Vor allem, wenn sie auf Verena nicht vorbereitet ist."

„Mhm", grummelt er. „Familientherapeutischer Rat ist gefragt. Wie bereitet man sich selbst auf Johannas Rückkehr vor? Welche Vorabkontakte und Mitteilungen sollte es geben? Vielleicht solltest du das bei Max Liebherr und Verena ansprechen."

„Kleiner Familienrat? Ich denk darüber nach", sagt Maria.

„Bin froh, dass du mir nicht gram bist, Falko", sagt Verena. „Ein Freund, der mir zuhört."

„Ein Freund?"

„Entschuldige", sagt sie, „d e r Freund, der einzige."

„Du hast doch jetzt endlich, was du immer gewollt hast, Julia … oder muss ich mich endgültig an Verena gewöhnen?"

„Wäre vielleicht besser", sagt sie. „Du meinst meine Familie?"

„Wen oder was denn sonst?"

„Ja, dafür bin ich dem Schicksal, der Fügung oder wem auch immer sehr dankbar."

„Was fehlt dir?"

„Weißt du", sagt sie, „da gibt es so viel Neues und Überraschendes, das ich nicht so recht einordnen, nicht so recht auf die Reihe kriegen kann."

„Ich hör dir zu", macht er ihr Mut.

„Ich fange mal mit der Person an, die gar nicht im Haus ist und die ich persönlich noch gar nicht kennengelernt habe."

„Lass mich raten. Deine Stiefmutter?"

„So ist es. Das Wort kommt mir allerdings komisch vor."

Falkos Brauen heben sich und auch seine Augen blitzen ironisch.

„Sie ist nicht einmal vierzig, also ein gutes Dutzend Jahre jünger als meine Mutter. Ich habe eine Fotografie von Johanna Liebherr gesehen."

„Also bitte", sagt er grinsend, „sie ist doppelt so alt wie du. Was ist dein Problem mit ihr, V e r e n a?"

„Vielleicht ihr Problem: ihre Depression?"

Falko schaut sie an mit einem Blick, der zu sagen scheint: Das glaube ich dir nicht.

Kurz und knapp berichtet sie Falko, was sie weiß.

„Wenn Johanna zurückkommt, was dann? Wird sie mich akzeptieren? Wird sie mich als Rollenkonkurrentin empfinden? Kann ich mit ihr überhaupt umgehen, wenn sie nach wie vor am Abgrund steht?“

„Nur, wenn du dir deiner sicher bist“, meint Falko. „Der Realitätscheck wird's zeigen. Alles andere ist Kaffeesatzleserei.“

„Ist schon klar“, seufzt sie. „Und davor habe ich, ehrlich gesagt, Angst.“

„Ich frag mal so“, hebt er an. „Was könnte für dich positiv sein?“

Ohne lange zu überlegen, antwortet Verena: „Dass Johanna mir auf Augenhöhe begegnet.“

„Eine Art stiefmütterliche Freundin also“, sagt Falko schmunzelnd.

„Das Attribut streichen wir mal lieber“, entgegnet Verena. „Aber ansonsten, ja.“

„Nun würde die Rückkehr der Hausherrin als neue alte Akteurin die magische Zahl sieben zur Folge haben, oder?“

„So ist es. Worauf willst du hinaus, Falko? Mit Magie komme ich nicht weiter.“

„In der Tat. Merkst du, Verena, worauf ich dich aufmerksam machen will?“

Sie schaut ihn aus geweiteten Augen an.

„Realitätssinn ist gefragt.“

„Noch steht Johannas Rückkehr in den Sternen“, sagt sie, in einem Ton, als wolle sie sich selbst beruhigen.

„Und du machst dich jetzt schon verrückt.“

„Du hast recht.“

„Wer ist der Anker in deiner Familie? Wer vermittelt Stabilität? Dein Vater?“

„Eher weniger. Maria, die langjährige Haushälterin, keine Frage. Sie ist mir eine große Hilfe. Sie ist zupackend, resolut, geerdet, nimmt kein Blatt vor den Mund und hat mich zu meiner freudigen Überraschung bereits in etliche Geheimnisse blicken lassen, ohne dabei geschwätzig zu sein. Sie ist der soziale

Kitt, der meine fragile Familie zusammenhält. Auch mein Vater weiß sie sehr zu schätzen. Und selbst Johanna habe Zutrauen zu ihr gehabt. Meine Geschwister lieben Maria. Sie gibt ihnen trotz ihrer spröden Art Sicherheit und Geborgenheit.“

„Solch eine Verbündete ist Goldes wert“, sagt Falko, mit Bedacht etwas pathetisch, was Verena mit einem Augenzwinkern kommentiert.

„Mein Vater beschäftigt übrigens weiterhin zwei Männer vom Sicherheitsdienst. Raphael, etwa mein Alter, weswegen er bei den Kids als Sportkommilitone durchgeht. Bei dem Überfall im Weinberg hat er reaktionsschnell den Täter dingfest gemacht. Mike, Mitte dreißig, umsichtig, sehr ruhig und besonnen.“

„Dein Vater befürchtet also trotz der Verhaftung und wahrscheinlichen Abschiebung des Mannes, der auch mich überfallen hat, die Attacke könne sich wiederholen?“

„Unbegründet, wenn du mich fragst.“

„Vergiss den Motorradangriff auf Julia Kohlhaas nicht, Verena.“

„Der geht auch auf Balogins Rechnung“, sagt sie, Falkos ironisch angetippten Vorwurf ignorierend.

„Oha!“

„Hast du übrigens Kontakt zu deiner Mutter in Windhuk aufgenommen?“

„Sollte ich?“

„Ich denke schon. Die Einschätzung der Sicherheits- beziehungsweise Unsicherheitslage fiele vermutlich leichter. Wahrscheinlich hat man ihr die delikate Personalie Balogin auf diplomatischem Weg bereits mitgeteilt.“

„Ich werde mit Vater darüber reden“, grübelt Verena und streicht sich eine Strähne hinters Ohr. „Nichts über seinen Kopf hinweg, Falko.“

„Der Übervater, ich weiß“, sagt er mit einem sarkastischen Unterton, den er einfach nicht lassen kann.

„Woher deine Aversion?“

Statt einer Antwort ein Achselzucken und dann die Frage: „Was wird aus uns, Verena? Wie du mich vor Wochen abgefertigt hast!“

„Hab ich das?“

„Das kann und darf's nicht gewesen sein.“

„Ich brauche Zeit, Falko“, weicht sie aus.

Immerhin ein kleiner Lichtblick, geht es ihm durch den Kopf und er klappt den Laptop zu.

Wenig später meldet der Klingelton seines Smartphones den Eingang einer Nachricht.

Demnächst ein Gartenfest bei uns in Laubenheim. Wäre schön, wenn du dabei wärst. Ich melde mich rechtzeitig.

LG Verena

Wettbewerb?

„Ich werde beim Schinderhannesradweg-Rennen starten", lasse ich beiläufig fallen und fange mir auf der Stelle einen Konter ein: „Was könnte dich dazu verlocken, Letzter sein zu wollen?"

Neugierige Frage, Verwunderung oder Missachtung meines ambitionierten Vorhabens? Ihre blitzenden Augen lassen eigentlich nur eine Deutung zu.

Ich schlucke und versuche auszublenden, was ich nicht hören will. Betont lässig steige ich vom aufgebockten Rad und wische mir den Schweiß von der Stirn. Auch Bewegung ohne Fortbewegung kann anstrengend sein. Ich fixiere ihren Blick und sage: „Dafür trainiere ich."

„Um Letzter zu werden?", spöttelt sie.

„Nein, um Erster zu sein."

Ihre Stirn legt sich in Falten. „Erster?", entfährt es ihr.

„Eine Frage der Perspektive", antworte ich und kann und will dabei ein Grinsen nicht verbergen. „Du kennst Jesus' Prophezeiung?"

„Nein", sagt sie gereizt. „Aber egal. Was reizt dich daran?"

„An Jesus' Prophezeiung?"

Unwirsch fegt sie mit der Handkante imaginierten Staub vom Tisch.

„Nun gut", sage ich unbeeindruckt. „Aufmerksamkeit und Anerkennung von Gleichgesinnten."

„Die gibt es tatsächlich?", höhnt sie.

„Nicht in deinen Kreisen", entgegne ich.

„In meinen Kreisen?"

„... der Ellbogen- und Maskentypen", lege ich nach.

„Die alte Leier", stöhnt sie.

„Ihre Töne sind nach wie vor aktuell", sage ich gleichmütig.

„Keine Angst vor Mitleid?"

Ihre spitze Frage provoziert mein Kopfschütteln. Sie scheint wirklich nichts zu kapieren, tönt aber im Brustton der Überzeugung: „Verstehe.“

„Das bezweifle ich“, fahre ich sie an.

„Jahrelang ein Verfechter des Mottos Sport ist Mord, wechselst du mir nichts, dir nichts die Seiten“, sagt sie.

„Ich“, antworte ich, „ich habe nie aufgehört, in mich hineinzuhören und hinzuzulernen. Stehenbleiben war nie eine Option.“

„Eine Frage der Perspektive“, echot sie.

„Ita est“, murmele ich und sie ärgert sich erwartungsgemäß.

„Du könntest dich meinem Unterfangen anschließen“, frotzele ich dann.

Mit einem verkniffenen Lächeln sagt sie: „Allenfalls auf einem E-Bike.“

„Es gibt welche“, fange ich ihren unerwarteten Einwurf auf, „die verbergen ihr E-Doping und sehen aus wie Bio-Räder.“

„Bio-Räder?“

„So nennt man die althergebrachten, also die rein mechanischen Fahrräder.“

„Damit du dich nicht fremdschämen musst?“, grantelt sie.

„Ich dachte eher an Mitleidsvermeidung“, sage ich.

Dass sie tatsächlich tagsdrauf mit einem (geliehenen) E-Bike aufkreuzt, überrascht mich nun doch. Ich bin gespannt, was geschehen wird. Immerhin wirkt der Sattel ihres Rads komfortabler als die puristische Hartschale meines Rennrads. Dennoch: Wahrscheinlich wird ihr bald der Hintern schmerzen, weil der Sitz zu hart sei, und die Schaltung wird ihr nicht schmecken, sie sei viel zu kompliziert. Schultern und Rücken werden ihr bald wehtun, wegen der idiotischen Sitzhaltung, die man einzunehmen gezwungen sei. Würde mich nicht wundern, wenn sie unsere erste gemeinsame Radtour vorzeitig abbräche und das Rad mit den Worten zurückgäbe: Bin nicht dafür gebaut. Radfahren ist nichts für mich.

Doch, oh Wunder, nichts dergleichen geschieht. Da sie durchtrainiert ist (jedes Jahr zwei Halbmarathons) und diszipliniert körperbewusst, verlangt sie mir bei unserer Premiere alles ab. Fix und fertig und außer Atem stelle ich nach zweistündiger Strapaze meinen Drahtesel ab und muss mir ihr vergiftetes Lob anhören: „Fürs Erste gar nicht so schlecht.“

Auf ihrer Stirn perlt nicht ein Schweißtropfen.

Nach dem Duschen schaue ich in den Spiegel. Schaue in das zerfurchte Gesicht des Mannes, der da im Stehen auf die fünfundsiebzig zugeht, und strecke ihm die Zunge entgegen. Selbstzweifel und Ärger sind leichter zu ertragen, wenn man trotzdem lacht.

Am Türrahmen angelehnt, hat sie mich beobachtet und schlägt nun allen Ernstes vor: „Morgen um dieselbe Zeit, aber zehn Kilometer weiter, okay?“

Langsam drehe ich mich um, suche ihren Blick und sage: „Nein, fünf Kilometer kürzer, dafür schneller als heute, okay?“

Sie runzelt die Stirn. Schließlich weiß sie, dass ich das Streckenprofil in- und auswendig kenne, und ihr ist meine Raffinesse in manchen Dingen durchaus bewusst.

„Die nackten Zahlen“, sage ich (und stelle mir angezogene Zahlen vor, was mir bei der 6 schwerfällt). „Gestern in 2 Stunden 30 Kilometer, heute 25 Kilometer in 1 Stunde 15.“ (Den langgezogenen Anstieg klammere ich, der Bioradler, wohlweislich aus.)

Obwohl sie den Braten zu riechen scheint, stimmt sie zu. Sich ja keine Blöße geben.

Ich bin gespannt, wie wir uns auf der Strecke, das Tempo hochhaltend, belauern werden. ...

Tags darauf fährt sie zu meiner erneuten Verwunderung tatsächlich mit einem Damenrennrad vor. „Wenn schon, denn schon“, meint sie forsch. Die folgenden Trainingswochen begleitet uns die Sonne mit angenehmen Temperaturen. Die Laubdächer über dem Schinderhannesradweg spenden Schatten, wenn es mal zu heiß wird. Der Tag des Wettbewerbs, auf den wir gemeinsam hinarbeiten, naht. Und es wird ein guter Tag werden. Anja wird als Vorletzter durchs Ziel fahren, ich als Letzter. Unsere Freunde empfangen uns mit freundlichem Beifall.

Wir werden weiterhin gemeinsam radeln. Auch im Urlaub.

Am vierten Adventssonntag

Es ist der vierte Adventssonntag im zu Ende gehenden vierten Jahr der neuen Zwanziger, die *eine so gefahrdrohende Miene zeigen* (*Der Tod in Venedig*), dass ich mich eigentlich nicht mitleidig mit mir selbst beschäftigen sollte. Dabei hatte ich das Jahrzehnt durchaus hoffnungsfroh begonnen, mit meinem siebzigsten Geburtstag im kleinen Kreise meiner Restfamilie und Freunde. Seltsam: das blasse Wort ‚eigentlich‘ reichert sich um so mehr mit Konnotationen an, je älter ich werde. . ...

Quälende zehn Minuten dauert's wie immer, bis ich beim Spaziergang (das Wort bekommt gerade einen unerwünschten Beigeschmack) die Arthroseschmerzen der rechten, der noch nicht operierten Hüfte „rausgegangen" bin. Tabletten oder Wärmepflaster spare ich mir für besondere Ereignisse auf. Die nervige Frage „Wie geht's?" erhält von mir stereotyp die Antwort „Geht so". Unverhofft werde ich zweifach belohnt. Sonnenstrahlen trotzen zähen grauen Wolkenfetzen. Die strapaziösen ersten fünfhundert Meter werde ich ans Ende meines Spaziergangs nochmal dranhängen, um sie im Kontrast zu genießen.

Unterwegs kommt mir eine ältere Russlanddeutsche entgegen, laut mit ihrem Smartphone kommunizierend und mir ihren akustischen Kauderwelschmüll zumutend. Was geht mich (spräche ich ihre Sprache, was nicht der Fall ist) ihr Privatgequatsche an? Der Dackel, den sie mit der gerätefreien Hand an der Leine hinter sich her zieht, scheint das ähnlich zu empfinden. Was geht, muss ich zähneknirschend einräumen, andere mein Geschreibsel an? Muss ja keiner lesen, entschuldige ich mich dünn.

Ein um etliche Jahre älterer Kollege trippelt mit seinem Rollator auf dem gegenüberliegenden Bürgersteig daher (Was für ein Wort in dem Kontext!); den Kopf gebeugt, schaut er auf seine Füße. Noch ist es trocken, noch droht keine Rutschgefahr.

In Gedanken spiegele ich mich und fühle mich schmerzhaft bestätigt im Entschluss, mich nun doch wohl oder übel einer zweiten Hüft-OP zu unterziehen, den ich bereits einmal (vor Monaten) verschoben habe. Zu zermürbend sind nun die Alltagsbeschwerden; selbst im Schlaf lässt mich die Hüfte nicht mehr in Ruhe.

Die Zeit schnurrt zusammen; der Zeitteppich rollt sich ein, maximal zwei Tage, von Tablette zu Tablette hangele ich mich durch den Tag, von der einen Notwendigkeit zur nächsten. Mir wird bewusst, wieviele Entscheidungen mir der Alltag abverlangt, die ich ansonsten, versteckt in Routinehandlungen, gar nicht als Entscheidungen wahrgenommen habe. Zähne geputzt? Blutdruck gemessen? Gemüse und Obst eingekauft? Drum bin ich in mich gegangen: Ich möchte noch nicht mit dem Wünschen aufhören. Nicht die großen Wünsche sind es, auf die ich mich freue (die haben sich ohnehin oft als Irrwege erwiesen); wohl aber auf schmerzfreie Spaziergänge durch eine Winterlandschaft (gerne im Allgäu), auf den einen oder anderen Theaterabend, den Besuch einer Kunstausstellung, auf Kurzurlaube in Tübingen oder München, und all das ohne Schmerztabletten. Den Zeitteppich wieder etwas ausrollen können, mehr nicht! Nicht erstarren, die Dinge in Bewegung halten, trotz oder wegen der Einsicht in die *zunehmende Abnutzbarkeit meiner* Kräfte. Die Erfahrung der Unmöglichkeit, meine Zukunft voraussehend zu planen, hat die eine oder andere Illusionsblase platzen lassen, hat meinen Realitätssinn geschärft. Meiner Zufriedenheit tut's keinen Abbruch, im Gegenteil: Die Gelassenheit, dem Zahn der Zeit seinen Willen zu lassen, wirkt befreiend.

Beim Gang über den Bürgersteig wechsle ich die Seite, da er dort eben ist (und nicht zur Straße geneigt), was mir unnötige Schmerzen erspart. Allerdings handle ich, der querulantische Ex-Raucher, mir den Qualm einer mich kreuzenden Raucherin ein. Der Kollege am Rollator ist mühsam in seine Hofeinfahrt abgebogen. Ein SUV brettert um die Ecke und durch eine

Riesenpfütze und bespritzt mich mit einer Salve, der ich nicht ausweichen kann. Alle Parktaschen sind gefüllt mit Fahrzeugen, deren Nummernschilder weihnachtliche Familienbesuche vermuten lassen. Aus einem geöffneten Küchenfenster dringt der Geruch von Linseneintopf, wahrscheinlich deftiges Vorweihnachts-Mittagessen nach Großmutters Art für die angereisten Enkel. Ein kreuzendes Pärchen rümpft pikiert die Nase und tummelt sich, gemahnt mich ungewollt an meine Einschränkung. Eine Frau meines Alters begegnet mir, die mir nicht unbekannt ist; aber ich weiß nicht, woher ich sie kenne. Sie grüßt mich verlegen, mit einem verwunderten Blick. Was mich nicht wundert.

Nach fünfzig Minuten bin ich zurück, wo ich gestartet bin, und freue mich trotz allen Ungemachs tatsächlich auf die fünfhundert Meter. Auf halber Strecke raten mir allerdings im plötzlich aufkommenden böigen Wind tanzende Schneeflocken zum Rückzug. Ein Rudel verwelkter Blätter jagt mir hinterher. Zuhause zwinge ich mich erneut zu Dehn- und Streckübungen.

Am Abend kommen die beiden Kommissarinnen im *Zürich-Tatort Fährmann* einem Serienkiller auf die Spur. Anschließend berichtet die *Tagesschau* von dem Magdeburg-Terroristen, der zwei Tage zuvor auf dem Weihnachtsmarkt ein Massaker verübte. Bilder und Tabellen zum letzten Spieltag der Fußball-Bundesliga werden zum Abschluss gezeigt. Mainz 05 auf Platz fünf! Es folgt ein weiterer *Tatort*. Was für ein Gebräu.

Erschöpft sinke ich gegen elf Uhr ins Bett. Nicht mal ein Adventskalender steht auf dem Sideboard, fällt mir gerade ein. Ich sollte nicht so nachlässig sein. Mein Nachtgebet geleitet mich in einen unruhigen Schlaf. Ein neuer Tag will bewältigt werden.

Bis zum OP-Termin sind es noch sechs Wochen. Wohl wissend, wie vonnöten die OP ist, prallen die Pro- und Contra-Argumente im Kopf hart aufeinander, zunehmend hektischer und in kürzeren Abständen: sich jemandem (im konkreten Fall einem Arzt) ausliefern, die Risiken einer Infektion eingehen, andererseits Chancen, die schmerzfreie Beweglichkeit eröffnet, um nur die wichtigsten Argumente zu nennen. Es will mir nicht gelingen, an einem Argument festzuhalten, eigenartig verkantete Gefühle, haarsträubende Ambivalenzen! Und doch muss ich mich entscheiden.

Ich habe mich gegen eine Reha-Klinik entschieden, obwohl die nach meiner ersten Hüft-OP nicht schlecht war. Gleichwohl ließ ich dort etliche Behandlungen über mich ergehen, deren Sinn mir nicht einleuchtete; eine gut geölte Gelddruckmaschine. Zudem fühle ich mich in einem Massenbetrieb mit Platzzwang beim Essen grundsätzlich unwohl. Schlechte Tischmanieren behagen mir nicht.

Ich setze auf ambulante Reha vor Ort und auf die heilsame Wirkung meiner vertrauten Umgebung, in den ersten beiden Wochen unterstützt von meinem Sohn. Noch habe ich Vertrauen in meine Selbstdisziplin und die eigenen Kräfte. Ohnehin habe ich schmerzlich lernen müssen, die meisten Dinge alleine mit mir auszumachen.

Weihnachten kann kommen.

Heiligabend bei Freunden. Die Weihnachtstage dann in vertrauter Gesellschaft mit mir. ...

Jetzt, Ende März zweitausendfünfundzwanzig, sechs Wochen nach der OP, die nach Auskunft meines Arztes „perfekt" verlaufen sei, was auch auf die ambulante Reha zutrifft, beruhigt es mich, dass meine Entscheidungen richtig waren. Glück gehabt.

Die Elchkuh

Im verglasten Terrassen-Café unseres Heimatstädtchens plauderten wir über dies und jenes, meine Freundin Maja und ich. Da erblickten wir auf dem gegenüberliegenden Bürgersteig einen Elch, groß, mit knubbeligem Kopf und dunkelbraunem Fell, auf langen, stelzigen Beinen vorwärtsstürmend.

Die Passanten stoben auseinander. Wild mit den Armen rudernd, suchten einige Schutz in den Läden. Dann war der Spuk vorbei.

„Eine frei umherirrende Hirschkuh?", stammelte Maja, „wie kann das sein?"

Ich schüttelte den Kopf und konsultierte rasch mein Smartphone. *„Elchkuh Alice aus dem Wildpark Rheinböllen geflohen."*

Gerade als ich Maja die Meldung vorlas, flog ein Hubschrauber dröhnend über uns hinweg, Schneeflocken umeinander wirbelnd.

„Der wird sie verfolgen, um sie mit einem Betäubungsgewehr zu erwischen", sagte Maja im Brustton der Überzeugung. „Die Hunsrück-Zeitung ist um eine Nachricht reicher und die Leute haben etwas zum Reden."

Zwei Tage später trafen wir uns wieder, Maja völlig verstört. „Eine Elchkuh hat mich verfolgt."

„Die von vorgestern?", entfuhr es mir.

„Keine Ahnung", stöhnte sie. „Ist auch egal, oder?"

„Eben nicht", raunte ich und berichtete ihr, dass (Gerüchten zufolge) die in unseren Gefilden exotischen Tiere, weil uneingehegt, dabei seien, sich rasant zu vermehren.

„Gestern Abend stieß ich bei einem Privatsender auf eine Verfilmung der Erzählung *Die Nashörner* von Ionesco", erzählte Maja mir. „Herden von Nashörnern, in die Menschen sich verwandelt haben, ergießen sich über eine Stadt. Der einzige, der sich nicht verwandelt, schämt sich seiner letztendlich: ‚Ein Untier war ich.‘“

„Eine politische Botschaft?“, grübelte ich. „Wir stehen kurz vor einer richtungsweisenden Wahl am 23.02.2025.“

„Jetzt , da du's sagst …“, seufzte Maja.

Ich habe mir die Erzählung besorgt und stoße bei der Lektüre auf Daisy, die Arbeitskollegin des „Untiers“.

„Viele sind es … vielleicht ein Viertel“, sagt Daisy.

„Sie sind trotzdem noch in der Minderzahl“, entgegnet er.

„Wie die Dinge laufen, dauert das nicht mehr lange!“, antwortet sie seufzend.

Spätestens 2029?, schießt es mir durch den Kopf. Doch ich hoffe auf frische, unideologische Politiker und kluge politische Abwehrkonzepte.

Entwarnung beim Frühstück am nächsten Morgen im Café.

„Alice ist gefasst“, verkündet Maja.

„Wie das?“, frage ich erstaunt.

„Auch eine Elchkuh braucht mal Ruhe, oder?“

„Vermutlich“, sage ich.

„Mit einer Wärmebildkamera hat man sie im nahen Stadtwald in der Nacht aufgespürt und mit einem gezielten Schuss betäubt.“

Maja liest mir die Nachricht von HZ-Online vor.

„Ausgebüxte Alice zurück im Wildpark.“

„Bis zum nächsten Mal?“, frage ich provozierend.

„Die Hoffnung stirbt nie!“, tönt es vom Nachbartisch.

Mit triumphierender Geste kontert Maja und liest den Text zur Schlagzeile vor:

„Aber nicht im Wildpark Rheinböllen, sondern im Wildpark Bell. Dort lebt Elch Bernd, der Vater der zweijährigen Alice. Möglicherweise wirkt er beruhigend auf sie. Wegen des Ausbruchs der Maul- und Klauenseuche ist der Park bis zum Wochenende geschlossen. Falls keine neuen Fälle der ansteckenden Viruserkrankung gemeldet werden, wird er am Montag wieder geöffnet. “

Als Elchin maskiert, macht Maja sich Tage später auf den Weg zur Prunksitzung ihres Karnevalsvereins. Unversehens gerät sie in eine Wir-Sind-Mehr-Demo gegen das Fünf-Punkte-Programm von Friedrich Merz und wird von einer Gruppe ‚Omas-Gegen-Rechts' (von Steuergeldern unterstützt) aufs Übelste beschimpft: „Nazihure". Als sie anschließend auch von der Antifa attackiert wird, beschließt sie, ihre Wahlentscheidung noch einmal gründlich zu überdenken.

Der Anruf

Ich spüre die Vibration meines Handys in der Hosentasche. Reflexartig ziehe ich es heraus und wische über das Display. Gerade noch kann ich verhindern, dass meine Teetasse umkippt. Peinlich: von den Nachbartischen des Cafés schießen missbilligende Blicke zu mir herüber. Mit d e m Anruf habe ich wahrlich nicht gerechnet, zumindest jetzt noch nicht. Meine gerätefreie Hand verkrampft sich an der Tischkante. Einige Schrecksekunden starre ich den Namen der Anruferin im Display an. Wie ist sie mir (meiner Trägheit) auf die Schliche gekommen? Meine Zähne nagen, wie oft in solchen Situationen, an der Unterlippe. Mir ist klar, dass ich nicht den Mut haben werde, mich zu widersetzen, wenn ich abnehme. Unwillkürlich gehen meine flackernden Augen zum Fenster und erblicken darin mein Spiegelbild. Röte ist mir ins Gesicht geschossen. Unangenehm! Meine Nasenflügel zittern. Schon als Siebzehnjähriger habe ich mich selbst beobachtet, als eine dritte Person, die sich über die Schulter schaut, ein skeptischer Begleiter der eigenen Handlungen.

Tief atme ich ein und aus. Dann drücke ich auf Empfang. Bevor die Anruferin etwas sagen könnte, sage ich mit gedämpfter Stimme: „Bin im Café. Rufe dich gleich zurück."

Ich springe auf und signalisiere der Bedienung, die mich fixiert, ich sei kein Zechpreller, sondern wolle nur kurz telefonieren, ohne gestört zu werden oder zu stören. Ich haste nach draußen und verkrümele mich in einer Nische der angrenzenden Fußgängerzone, die am frühen Montagmorgen noch menschenleer ist. Dort drücke ich auf die Rückruftaste und staune nicht schlecht. Eine mir vertraute männliche Stimme sagt: „Ja bitte?"

„Ich dachte", stottert meine Stimme, „Anja hätte ..."

„Was, verdammt noch mal, was geht dich Anja an?", unterbricht Jens mich. „Was willst du?"

Irritiert beende ich abrupt das Telefonat, kaum dass es begonnen hat. Ich kann mir keinen Reim auf all das machen. Im frühen Dämmerlicht des langsam aufgrauenden Himmels tanzen Schneeflocken um mich herum. Mich friert. In der Eile habe ich versäumt, meine Jacke anzuziehen. Fröstelnd gehe ich zurück. Auf dem glitschigen Marmorboden vor der Kuchentheke rutsche ich aus und kann gerade noch verhindern, meiner Bedienung in die Arme zu fallen. Als sie mir ausweicht, verschüttet sie den Kaffee auf ihrem Tablett. Heiße Spritzer landen auf meiner Rechten.

„Sorry, Tom!", entfährt es ihr.

„Meine Schuld", sage ich und beiße auf die Zähne.

Ich biege um die Ecke und traue meinen Augen nicht. An meinem Tisch hat eine Frau mittleren Alters Platz genommen; sie sitzt mit dem Rücken zu mir, ihr lockiger dunkelbrauner Wuschelkopf kommt mir bekannt vor.

„Habe mir erlaubt, dir Gesellschaft zu leisten", sagt sie süffisant und mustert mich, der ich bibbernd vor ihr stehe.

„Nimm Platz, Tom!", haucht sie und lässt mich nicht aus den Augen. Älter ist sie geworden, natürlich. Aber immer noch attraktiv. Krähenfüße umlagern ihre nach wie vor munteren wasserblauen Augen. Kein Botox! Ansonsten makelloses ovales, wangenbetontes Gesicht mit elegantem Kinn, dezent geschminkt. Die kleine Warze neben ihrem zierlichen linken Nasenflügel ist geblieben. „Mein Markenzeichen sozusagen", pflegte sie zu sagen. „Menschen ohne jeglichen Makel sind langweilig." Schicker, kurvenbetonender dunkelblauer Hosenanzug.

„Du hast dich gar nicht verändert", kommt es Anja spöttisch über ihre grell rot angestrichenen, sinnlich vollen Lippen.

Meint sie mein Äußeres oder mein Verhalten? Wie lange haben wir uns nicht gesehen? Jahre sind seither verstrichen.

Ich räuspere mich und sinke in den Plüschsessel.

„Ruf mich mal an!", sage ich, einer plötzlichen Eingebung folgend.

„Wie bitte?", fragt sie und zieht einen Mundwinkel in die Höhe, als habe sie einen schlechten Witz vernommen.

„Frag nicht!", sage ich. „Tu's einfach."

Sie zückt ihr Handy, tippt eine Nummer ein, meines vibriert, eine unbekannte Nummer.

„Ach so", sagt sie grinsend. „Meines ist mir kürzlich abhanden gekommen."

Hat sie mich die ganze Zeit beobachtet, ohne dass ich es bemerkte?, frage ich mich.

„So wird ein Schuh draus", grübelt sie und zeigt auf mein Handy. „Sein Anruf?"

Ich berichte ihr, was zuvor passiert ist, weshalb ich das Café kurz verließ.

Da kreuzt meine Bedienung auf.

„Einen Tee, bitte", bestellt Anja. „Ingwer."

„Gerne", sagt die junge Frau, blinzelt mir zu und macht schmunzelnd auf dem Absatz kehrt.

Ich sitze wie auf heißen Kohlen.

„Du weißt, weshalb ich hier bin?"

Die Frage habe ich erwartet und befürchtet. Um Zeit zu gewinnen, nestle ich ein Tempo aus meiner Hosentasche und schnäuze mich.

„Sorry", sage ich, „bin etwas verschnupft."

„Kann ich mir denken", sagt sie und lässt mich im Unklaren, was sie sich denkt.

„Meinen Vorschuss hast du bekommen. Ich schätze, du bist wie immer klamm", ätzt sie.

Verschämt nicke ich. Anja hat mir einen üppigen Betrag überwiesen, nachdem ich den telefonischen Auftrag, ihren Mann zu observieren, angenommen hatte. Als Studenten waren Anja und ich ein Paar. Bis Jens sich in unserer WG einnistete. Ein Charmeur, gegen dessen zielstrebige, ehrgeizige Nummer ich, der Bummelstudent, der gerne nächtelang durch die

Kneipen zog, den Kürzeren ziehen musste. Jens hatte einen klaren Plan: in spätestens fünf Jahren ein lukrativer Job in der renommierten Anwaltskanzlei, in der er regelmäßig als Praktikant arbeitete, flankierend politische Karriere bei den Schwarzen. Anja gefiel das.

„Und?"

„Nun ja", sage ich. „Er sauniert regelmäßig, also immer donnerstags von elf bis vierzehn Uhr im Erlenhof mit einer Mittzwanzigerin, die, wie Jule sie mir beschrieben hat, in etwa so ausschaut, wie du vor vielleicht fünfzehn Jahren."

„Jule, die Bedienung?", sagt Anja augenzwinkernd. „Deine Freundin?"

„Eine Bekannte", sage ich, keineswegs überrascht von Anjas Wahrnehmungsinstinkt.

„Immer donnerstags um die Mittagszeit, so, so", sinniert sie und macht eine wegwerfende Geste. Sie scheint zu ahnen, mit wem er es dann treibt.

„Ein Foto?"

„Ist mir leider noch nicht geglückt", druckse ich herum.

„Ihr Name?"

„Er sage immer nur ‚meine Frau'."

„Aha", sagt Anja, „passt. Vielleicht sollten wir beide mal an einem Donnerstagmorgen im Erlenhof saunieren, Tom?"

„Wenn's der Wahrheitsfindung dient", sage ich, ohne von ihrem Angebot überzeugt zu sein. Aber gut, mein Job, denke ich mir. Und sie hat ja recht. Außer Jule zu befragen, habe ich bislang die Hände in den Schoß gelegt.

„Damit du auch aktiv mal was tust, wofür ich dich bezahle."

Als Jule den Ingwertee serviert, frage ich: „Sag mal Jule, ist Private Spa im Erlenhof angesagt?"

„Ja klar", das ist das Geschäftsmodell."

„Dann sollten wir einen Anschlusstermin wählen", schlägt Anja vor, nachdem Jule zu einem anderen Tisch gewechselt ist.

„Was soll das bringen?", frage ich und vermute, dass sie es auf einen Eklat abgesehen hat. Auf den ich keinen Bock habe. Aber ich brauche Geld.

„Lass das mal meine Sorge sein", sagt Anja.

„Nun gut", sage ich. „Soll ich mich darum kümmern."

„Ist wohl besser so", sagt sie und massiert sich mit Daumen und Zeigefinger die Nasenwurzel.

Die Frage, was sie vorhabe, verkneife ich mir. Wie ich Anja kenne, wird sie es mir nicht verraten. Vielleicht brütet sie ihren Schlachtplan ja auch erst aus.

Gleichwohl kommt mir unbedacht eine Frage über die Lippen: „Keine Kinder?"

„Wo denkst du hin", sagt sie, reckt das Kinn und legt den Kopf schräg. „Vertrüge sich nicht mit meinem Lebensmodell."

Das hatte sie mir früher bereits klargemacht. Ihr Leben als umtriebige Eventmanagerin war ihr wichtiger. ‚Mein Lebensmodell‘, hat sie gesagt, nicht ‚unser Lebensmodell‘.

Auf einmal kurz angebunden, legt sie einen Zwanzigeuroschein auf den Tisch, steht auf und verabschiedet sich in energischem Tonfall mit den Worten: „Melde dich, wenn du einen Termin vereinbart hast, Tom. An einem Donnerstag um dreizehn Uhr dreißig. Zeitnah bitte!" …

Zwei Wochen später holt sie mich ab und chauffiert uns zum Erlenhof. Dort parkt sie ihr meerblaues Cabrio zielsicher demonstrativ neben einem schwarzen Maserati mit ähnlichem Kennzeichen.

„Sein Spielzeug", spöttelt sie.

„Der Flitzer?", frage ich und zeige auf den Boliden.

„Der Maserati und die Saunagespielin", antwortet sie trocken.

„Eifersüchtig?", frage ich.

„Worauf?", fragt sie entrüstet.

Ich zucke mit den Achseln.

„Spurensicherung zwecks Absicherung“, sagt sie geschäftsmäßig. „Ist ab einem bestimmten Moment in einer Beziehung unabdingbar, mein Lieber. Eine Art Lebensversicherung.“

„Wenn du meinst“, sage ich und denke mir meinen Teil. Ist Jens’ Karriereplan aufgegangen?

Bevor wir ins Hotel gehen, dokumentiert sie die beiden Karossen mit ihrer Handykamera und schickt mir sogleich die Aufnahme zu.

Im Hotelrestaurant harren wir bei Kaffee der Dinge, die da kommen werden. Kurz vor vierzehn Uhr werden die beiden Delinquenten Opfer eines Schnappschusses von Anja, als sie an der Rezeption den Schlüssel zum Spa-Bereich abgeben.

Nach unserem Saunagang, bei dem Anja ihre Geschichte en Detail vor mir ausgebreitet hat, sinke ich erschöpft auf den Beifahrersitz, ich, der genügsam-zufriedene Hunsrück-Wilsberg.

„Mist“, ärgert sich Anja, „hab meine Haarspange liegen lassen.“

Sie stapft zurück. Da spüre ich die Vibration meines Handys in der Hosentasche.

„Dürfte dich interessieren, Tom“, lautet Jens’ SMS.

Ich öffne die Datei im Anhang.

Unsere Studentenbude. Unser großes Bett mit der Tigerdecke. Darauf Anja nackt auf allen Vieren, ich stehe hinter ihr und penetriere sie im sich beschleunigenden Rhythmus, konzentriert, die Augen geschlossen. Sie lässt den Kopf hängen, ihr Gesicht vom langen dunklen Haar verdeckt. Es ist mittig gescheitelt und schwingt vor und zurück, während sie gegen mich stößt. Dabei spannen und entspannen sich ihre Schultern, ihre Finger krallen sich gespreizt in die Tigerdecke. Dann hebt sie den Kopf und schaut herüber. ...

Im selben Moment öffnet sie die Tür ihres Cabrios und schaut fragend zu mir hin. Ich reiche ihr mein Smartphone und lasse den Film erneut ablaufen.

„Hoffentlich geht es nicht viral“, seufze ich.

„Diese Drecksau“, ruft sie aufgebracht.

„Seine Rückversicherung?“

„Spar dir deine Ironie, Tom“, knurrt sie, „dafür bezahle ich dich nicht.“ Wutschnaubend startet sie und gibt Gas.

Laut räsonierend, den Motorsound übertönend, frage ich: „Was bringt einen Jurastudenten dazu, heimlich den Sex seiner WG-Mitbewohner zu filmen? Wobei er selbst auf die Sexpartnerin scharf ist.“

„Vielleicht gerade deshalb“, entfährt es Anja.

„Das ließe tief blicken“, sage ich, sie aus den Augenwinkeln beobachtend. Ein Zucken läuft über ihr Gesicht, ihre Backenknochen färben sich rot, dann auch ihre Stirn und Schläfen.

„Welche Abgründe seines Charakters tun sich da auf?“

„Was denkst du?“, fragt sie zurück.

„Du, Anja, du bist mit ihm verheiratet, du kennst ihn in- und auswendig. Die Frage musst du schon selbst beantworten.“

Ihre Brauen ziehen sich zusammen, legen die Stirn in Falten.

„Warum konserviert er jahrelang das Video? Warum bringt er es jetzt mit den Worten in Anschlag: ‚Dürfte dich interessieren, Tom.‘“

„Damit du’s mir zeigst?“, antwortet sie, das Fahrtempo verlangsamend.

„Wozu, Anja?“

„Du hast es selbst ironisch angedeutet. Ich kapiere nun Jens’ Kalkül. Ich hätte es eigentlich wissen müssen.“

„Aha?“

„Wollen wir nächste Woche wieder miteinander saunieren, Tom?“

Erneut spüre ich die Vibration meines Handys in der Hosentasche.

Der Leichnam des Toten

Die Notfallhelfer finden ihn verschüttet unter Schutt, Schlamm, Geröll und zersplitterten Baumstämmen. Nach dem apokalyptischen Unwetter mit sintflutartigem Starkregen und nicht aufhören wollendem Blitz und Donner ist der Abhang weggerutscht, hat einen Garagentrakt und einen Geräteschuppen mitgerissen und all das auf der steilen Straße der Kümdcher Hohl ausgebreitet, Ströher an der Wand des Hauses in der Senke sozusagen vor die Füße gespült. Wie zum Hohn tröpfelt es noch ein wenig und ein leichter Wind schiebt letzte Wolkenfetzen gen Osten. Die Sonne zeigt sich allerdings nicht.

Keiner kennt ihn. Ein hagerer Mann, etwa einsfünfundsiebzig groß, vielleicht Mitte siebzig alt, grauer Anzug, schwarzes T-Shirt, äußerlich ohne gravierende Blessuren, abgesehen von Kratzern im zerfurchten Gesicht. Ein Ehering; kein Geldbeutel, keine Ausweispapiere.

„Vermutlich erstickt", sagt der Notarzt trocken und vertröstet mit dem Hinweis auf die Obduktion, während er den vorläufigen Totenschein ausstellt, den er dann mangels eines Adressaten kopfschüttelnd einsteckt.

„Könnte ihn dort erwischt haben", grummelt der Feuerwehrmann neben ihm und zeigt linker Hand nach oben, wo der Geräteschuppen stand.

Sein Kollege lenkt den Blick auf das Wandbildnis und meint: „Sieht dem da (und er meint den Hunsrückmaler Ströher) irgendwie ähnlich, oder?"

„Abgesehen von den Klamotten", sagt der andere und nickt.

„Denkbar", sagt Doktor Giesen und packt seine sieben Sachen. „Würde Ihnen womöglich lästige Ermittlungen ersparen", meint er dann mit dem Hauch eines ironischen Begleittons in Richtung der ihm seit langem bekannten Hauptkommissarin, die soeben auftaucht, und zückt den Totenschein, um ihn ihr nun auszuhändigen.

„Ihr Polizisten bevorzugt schnelle, eindeutige Befunde", nimmt ein dritter Feuerwehrmann, der die Dienststellenleiterin Corinna Schmidt ebenfalls kennt, den Ball des Arztes, der die Platte putzt, grinsend auf und erntet deren missbilligenden Blick sowie den harschen Hinweis: „Weitermachen, Georg!" …

„Ich dachte, es sei ein Irrtum", sagt der Sohn des Toten Tage später dem Lokalreporter der Hunsrück-Zeitung beim Interview.

„Ein Irrtum?", hakt Falko verwundert nach.

„Genauer gesagt, dachte ich an eine Falschmeldung wegen des Katastrophenchaos", antwortet Jakob Steiner.

„Muss ich das verstehen?"

„Na hören Sie mal", braust Jakob auf. „Ich war der festen Überzeugung, dass mein Vater seit vierzig Jahren tot ist."

„Wie das?"

„Zweitausend wurde er schlussendlich für tot erklärt."

„Das wird ja immer rätselhafter", stammelt Falko.

„Eine dunkle Geschichte", deutet der Sohn an, ohne Näheres preisgeben zu wollen. Stattdessen sagt er: „Die Gerichtsmedizin teilte mir gestern unmissverständlich mit, es bestünde kein Zweifel." Man habe seinen Vater durch Fingerabdrücke identifiziert. Ihm sei übrigens schleierhaft, wie die in eine Polizei-Datenbank gelangt sein könnten.

„Sie müssten Ihren Vater bei der Leichenschau doch erkannt haben?"

„War nicht dabei. War in Urlaub. Außerdem: Ich war zwei Jahre alt, als er verschwand."

„Keine Fotografie?"

„Hat meine Mutter alles nach seinem Verschwinden verschwinden lassen."

„Eine zweite Beerdigung also", raunt der Reporter.

„An erster Grabesstelle", murmelt der Sohn, „Vaters Leichnam ist zum Begräbnis freigegeben."

„Bitter."

Jakob Steiner zuckt mit den Achseln, überrascht dann aber mit der Bitte: „Wenn Sie möchten, dürfen Sie gerne bei der Beerdigung dabei sein. Dann bin ich nicht alleine mit dem Pfarrer."

„Wann? Wo?"

„Auf dem Dorffriedhof in Willmerod, Samstag in einer Woche, vierzehn Uhr."

„Ich werde da sein", verspricht Reporter Falko, ohne lange zu überlegen. Seine hochgezogenen Augenbrauen lassen vermuten, dass er eine erzählenswerte Geschichte erwartet. Dazu passt seine Nachricht vom „tragischen Tod eines lange Totgeglaubten" infolge der Naturkatastrophe, die Simmern ereilte; eine Nachricht, die er absichtsvoll in der Mittwochausgabe der Hunsrücker Zeitung (auch online) mit dem Hinweis auf Ort und Zeit der Beerdigung (drei Tage später) platziert.

Falkos Hoffnung erfüllt sich und wird Minuten später übererfüllt: Zahlreiche Männer und zwei einander offensichtlich fremde Frauen (die deutlich Jüngere könnte einen an Batseba denken lassen) umringen die aufgebahrte Urne vor dem Grabstein mit dem ursprünglich richtigen Namen, aber dem falschen Todesdatum: Doktor David Steiner, 6.5.2000. Das Wetter meint es gut und Sohn Jakob sucht, dankbar nickend, den Blick Falkos, bevor Pfarrer Simon, der seinen Blick kreisen lässt, zur denkwürdigen Grabrede der eigenartigen Beisetzung ansetzen will. Da kommt Unruhe auf. Eine große Gruppe gesellt sich hinzu, allesamt ebenfalls dunkel gekleidet: drei ältere Frauen, zwei in Begleitung von Männern gleichen Alters; sieben Frauen mittleren Alters.

Simon begrüßt die Neuankömmlinge mit einem freundlich einladenden Nicken, hüstelt, richtet das Mikrofon und setzt nun neu an.

... Eine Biografie, die wir trotz aller Leerstellen und Lücken, die wir nicht oder noch nicht füllen, mit einem Wort aber auf den Punkt bringen können: Tragik. Die Tragik Davids, des „Mannes nach dem Herzen Gottes", wie das Alte Testament den Propheten Samuel sagen lässt, aber gewiss kein Heiliger, im steten Kampf gegen den Goliath seiner Lebensumstände. Sein Leben endete mit dem gewaltsamen Tod kurz vor dem Zieleinlauf. ...

Doktor Giesens Ersteinschätzung eines Erstickungstodes kassierte die Obduktion, teilweise, wie Corinna Schmidt, die an der auf Anraten des Notarztes staatsanwaltlich angeordneten Leichenöffnung teilnahm, weiß: David Steiner wurde vergiftet, starb aber akut tatsächlich durch Ersticken. Der Kommissarin ist bekannt, dass tötungswillige Frauen in neunzig Prozent der Fälle zu Gift greifen, im vorliegenden Fall Thallium, das erst Tage nach Zuführung in den Körper Wirkung zeigt. Das Gewaltverbrechen lässt der Pfarrer, mit Bedacht doppeldeutig und pathetisch formulierend, anklingen.

Die Kommissarin beobachtet, abseits, halb verdeckt unter einer mächtigen Buche stehend, die Zeremonie und das Gebaren der ‚Trauergäste‘, in gewisser Weise allesamt potentiell Tatverdächtige. Ihre Kollegin Beate Wunderlich hat sich, bewaffnet mit einem Fernglas, auf einem Hügel (mit guter Sicht auf den Friedhof) positioniert. Simon hat man eingeweiht, nicht aber den Sohn Jakob Steiner. Auffällig sind die Kennzeichen der Autos der Angereisten. Die etwa Dreißigjährige ist mit einem wohl gleichaltrigen Mann aus einem dunklen Porsche Macan mit Dresdener Nummernschild ausgestiegen, die ältere Frau ist anscheinend alleine mit einem Wohnmobil, das in Memmingen zugelassen ist, angereist. Schmidt hat in aller Eile beide Kennzeichen überprüfen lassen. Der Halter des Macan ist ein Doktor Kretschmer, das Wohnmobil verweist auf eine Doktor Maria Andrea Steiner.

Letztere Information fügt sich stimmig in das Puzzle, wie es sich nach der Zeugeneinvernahme des Sohnes darstellt, die

Corinna Schmidt während der Grabrede des Pfarrers vor ihrem inneren Auge Revue passieren lässt.

Jakob Steiner, ein zweiundvierzigjähriger Lehrer am Simmerner Gymnasium, wohnt unweit seiner Arbeitsstelle am Stadtgarten, und zwar just dort, wo der Hang abrutschte. „Wir hatten unglaubliches Glück. Ich war zwar außer Hause, aber meine Wohnung hätte Schaden nehmen können." Seine Mutter (vierundsechzig) arbeite noch als Internistin in Memmingen. David Steiner sei ihr Doktorvater an der Universität Mainz gewesen. Sie habe sich als blutjunge Studentin Hals über Kopf in die Ehe mit dem damals siebenunddreißigjährigen Shooting-Star der Mainzer Strahlenmedizin gestürzt. Sie hätten in Willmerod ein Haus am Dorfrand gekauft, das geeignet gewesen sei, um dort nach Abschluss ihres Studiums eine Arztpraxis einzurichten, damals ihr Traum. Die unmittelbare Autobahnanbindung habe die tägliche Fahrt zur Uniklinik erleichtert. Zwei Jahre später sei er, Jakob, im Haus in Willmerod zur Welt gekommen. Weitere zwei Jahre später sei sein Vater ohne die geringste Vorankündigung von jetzt auf gleich verschwunden, abgetaucht, verschollen und nie wieder aufgetaucht. Nicht zu wissen, weshalb er verschwunden sei, das sei für seine Mutter ebenso schlimm gewesen wie die Tatsache an sich. Nach Abschluss ihres Arztstudiums (sie habe sich nicht unterkriegen lassen) habe sie das Haus in Willmerod verkauft („Ich bedaure es noch heute.") und sei mit ihm in ein Reihenhaus in Simmern gezogen. Im städtischen Krankenhaus habe sie als Ärztin gearbeitet. Im Jahr zweitausend sei sein Vater amtlicherseits für tot erklärt worden. Zur Erinnerung gäbe es seither auf dem Friedhof in Willmerod ein (fiktives) Urnengrab mit einem Grabstein. Seine Mutter habe nicht wieder geheiratet. Als er an seinem alten Gymnasium eine Planstelle erhielt, sei sie nach Memmingen gezogen. Warum, das wisse er nicht. Der Kontakt zu ihr sei abgebrochen.

Befragungen der Bewohner der Zwillings-Mehrfamilienhäuser Am Stadtgarten 24a und 24b erbrachten zwei zarte

Hinweise: Ein Mann, der nach der vagen Beschreibung einer Zeugin David Steiner gewesen sein könnte, habe bei dem urplötzlichen Einbruch des Unwetters fluchtartig Schutz im Geräteschuppen gesucht. Zuvor sei er um das Nachbarhaus ‚herumgeschlichen‘, was ihr aufgefallen sei. Ein weiterer Zeuge will einen schwarzen SUV gesehen haben (kein Simmerner Kennzeichen; nur das erinnerte er), der in einer der Parktaschen den beiden Häusern gegenüber gestanden habe.

Schmidts Ermittlerteam klapperte die umliegenden Hotels ab. Nichts. Im Erlenhof war allerdings ein Mann für die Nacht vor dem unwetterbedingten Chaostag abgestiegen, der zu dem Totengesicht des Doktor Steiner, das Corinna Schmidt mit ihrem Handy ablichtete, passen könnte. Er habe eine überdimensionierte Sonnenbrille getragen und einen Hut. Er habe bar bezahlt, habe sich sofort auf sein Zimmer verzogen und sei am nächsten Morgen vor dem gebuchten Frühstück wieder abgereist. Allerdings habe er einen anderen Namen ins Meldeformular eingetragen: Horst Mischalke. Wahrscheinlich ein Tarnname, vermuten die Ermittler. Mit welchem Wagen er angereist sei, wisse man nicht, so der Hotelier. Übrigens habe die Putzfrau (leider spreche sie nur sehr gebrochen deutsch) die Vermutung geäußert, der Mann habe Besuch auf seinem Zimmer gehabt: eine leere Flasche Rotwein, zwei benutzte Weingläser ...

Als der Pfarrer das gemeinsame Vater-Unser anstimmt, kehren Schmidts Gedanken zur gegenwärtigen Friedhofsszene zurück. Ihr kommt die Urne mit der Asche David Steiners vor wie ein Magnet, wie die Spinne in einem Netz, dessen unsichtbare Fäden zu den einzelnen Trauergästen führen. Dieses Netz aufzudröseln bedeutet, da ist sie sich sicher, den Giftmord aufzuklären. Doch, fragt sie sich: Kann man eigentlich von einem Giftmord reden?

„Schon merkwürdig“, sagt sie zu ihrer Kollegin, die sie am Friedhofstor trifft, bevor sich die Trauergemeinde auflöst, „wie Steiners Sohn Jakob immer wieder den Blick der jungen Frau gesucht hat.“

„Und umgekehrt", fügt Wunderlich ihre Beobachtung hinzu und spekuliert: „Ich würde wetten, Jakob und seine Halbschwester."

„Und die ältere Frau dürfte Jabobs Mutter sein", sagt ihre Chefin. „Wir müssen die Hintergründe recherchieren, die sie alle zu dem Begräbnis geführt haben."

„Wer hat ein Interesse am Tod des David Steiner?"

„Die Schlüsselfrage, Beate", stimmt Corinna Schmidt ihr nachdenklich zu. „Eigentlich müssten wir jetzt jeden von denen (sie zeigt mit dem Daumen über ihren Rücken zurück) zu uns ins Präsidium vorladen."

„Doch das wäre heute pietätlos, meinst du, Corinna?"

„So ist es, Beate", antwortet sie. „Pfarrer Simon hat mir gesteckt, dass man sich nachher, also gegen fünfzehn Uhr im Erlenhof zum Leichenschmaus trifft."

„Du hast also vor, dort ..."

„ ... gegen sechzehn Uhr aufzukreuzen, um ihnen zu sagen, es gäbe Unstimmigkeiten im Zusammenhang mit dem Tod Doktor Steiners und wir bäten darum, uns umgehend zu kontaktieren, bevor man abreist."

„Auch nicht gerade die feine Hunsrücker Art, Corinna", wendet Wunderlich ein.

Schmidt zuckt mit den Achseln.

„Ein Paradoxon übrigens, Corinna", seufzt Wunderlich, die Zugezogene.

„Wir Hunsrücker sind eben schnörkellos, geradlinig und direkt", meint ihre Chefin mit einem schrägen Grinsen im Gesicht.

„Ha, die ersten gehen", warnt Wunderlich.

„Sie müssen an uns vorbei", entscheidet Schmidt resolut, während sie sich zur Kirche hin umdreht und die Leute fixiert, die den Kiesweg heraufkommen.

Ein Quartett rüstiger Senioren aus dem Dorf, die ihre Trauermasken abgestreift haben, passiert plaudernd die Kommissarinnen, ohne von ihnen Kenntnis zu nehmen. „Un wiere in

Fremda uff usem Friedhof“, meint einer und erntet zustimmendes Nicken. „Wie im Läwe“, knurrt ein anderer.

Kurz hinter der Gruppe stakst Batseba mit versteinertem Gesicht heran, untergehakt bei ihrem Begleiter. Der bleibt abrupt vor Corinna Schmidt stehen und spricht sie unverfroren an: „Sie sind die Hauptkommissarin, die bei der Leichenöffnung zugegen war?“

Überrascht von der direkten Konfrontation, entfährt ihr unkontrolliert die Frage: „Woher wissen Sie?“

„Tut nichts zur Sache“, entgegnet er schroff. „Wie sah der Leichnam aus?“

„Rolf, bitte!“, herrscht ihn die junge Frau an und Tränen schießen ihr (wie auf Abruf) in die Augen.

„Schlimm“, sagt er emotionslos in Richtung Schmidt, „vor einem Monat die Mutter und nun auch noch ihr Vater.“

„Aha.“

„Ach ja, Beatrice von Reichow, meine Verlobte.“

Bei diesen Worten schiebt er sie, ohne eine Antwort abzuwarten, an den beiden Ermittlern vorbei.

„Was war das denn!“, mokiert sich Wunderlich.

„Ein blasierter, eiskalter Widerling“, urteilt Schmidt.

Da taucht Jakob Steiner, blass im Gesicht und sichtlich mitgenommen auf, am Arm die ältere Dame, deren tränenfeuchte Augen zerlaufene Wimperntusche flankieren. „Meine Mutter“, lässt er die Kommissarinnen wissen, die sogleich ihr Beileid bekunden.

Dankbar deutet die Witwe ein Nicken an und seufzt: „Ach ja.“

Ihr folgt Pfarrer Simon, schwer atmend. „Es gibt anstrengende und es gibt strapaziöse Beerdigungen, Corinna.“

„Verstehe“, sagt sie. „Mit der Klimax können wir auch in unserem Beruf etwas anfangen, Johannes, nicht wahr, Beate?“

„Und ob!“, pflichtet sie ihrer Chefin und Freundin bei. „Gerade jetzt.“

Zwei sächselnde Nachzügler schlurfen auf dem knirschenden Kies heran. „Hia müssn wia mäschdisch oufbassn", röchelt einer, vor dem Eisengittertor auf seinen Gestock gestützt.

„Was für eine illustre Gesellschaft!", stöhnt Beate Wunderlich und wundert sich, dass die Gruppe der Neuankömmlinge anscheinend noch am Grab verharrt.

„Und eines ihrer Mitglieder ist der Teufel", legt Corinna Schmidt nach. „Möchte nur wissen, wer verspätet die Trauergesellschaft vergrößert hat. Auch Pfarrer Simon scheint nicht mit ihnen gerechnet zu haben. Bin gespannt, ob sie auch beim Leichenschmaus zugegen sein werden."

Vor ihrem unauffällig asphaltgrauen Dienstwagen stoppt sie und wirft ihrer Kollegin den Autoschlüssel mit den Worten zu: „Fahr du, Beate, ich muss nachdenken."

Kurz vor Ebschied (an der Wasserscheide stellt das Wetter auf Regen um) grübelt sie in das Schweigen hinein: „Was ließ vor einem halben Jahrhundert Doktor Steiner in der DDR Unterschlupf finden, wahrscheinlich in Dresden und dort auch ein neues Familienleben führen, ohne das alte beendet zu haben? Was trieb ihn vor zwei Wochen zurück und zum Haus, in dem sein Sohn Jakob wohnt? In dem Zusammenhang ist interessant, Beate, dass sein Ehering nach wie vor die Signatur M. A. Steiner trägt."

„Er könnte sich ihn", wendet Wunderlich ein, „auf der Rückreise in die Vergangenheit über den Finger gestreift haben, oder?"

„Möglich", räumt Schmidt ein. „Aber auch dann hätte er den Ring immerhin aufbewahrt."

„Du willst damit sagen", sagt Wunderlich, „die seelische Verbindung bestand nach wie vor, sie war nie abgerissen."

„Vorsicht!", ruft Corinna und Beate geht in die Eisen. Am Bahnhof Ebschied, wo der Hunsrückradweg die L 218 kreuzt, schießt ein E-Biker, ohne nach rechts oder links zu schauen, vor dem Wagen der beiden Ermittlerinnen über die Straße.

„Das war knapp", stöhnt Wunderlich.

„Steiner hat dieses Glück nicht gehabt", sagt Schmidt.

„Meiner Recherche in der Uni-Medizin Mainz zufolge", berichtet die Leiterin der Soko „Steiner" ihrem Team, „hat der Fall Professor Steiner seinerzeit hohe Wellen geschlagen. Eindeutig aufgeklärt wurde Steiners unvermitteltes Verschwinden leider nicht. Ein Strauß von Spekulationen wurde geflochten, deren plausibelste, wen wundert`s, ein banales Motiv ist."

Gespannt hängt man der Chefin an den Lippen; schließlich hat man es bei dem Toten mit einer geheimnisumwitterten und also Neugier und Phantasie entfachenden Person zu tun.

„Zunächst spekulierte man, Doktor Steiner sei ein Spion der DDR, der brisante Forschungsergebnisse der BRD-Medizin verraten habe. Beweise dafür? Fehlanzeige. Hinweise schon."

„Könnte immerhin das Rätsel um die Fingerabdrücke in unserer Datenbank erklären", flicht Kommissar Bachmann ein.

„Na ja, Schnee von gestern, der uns überdies, selbst wenn er auftaute, kaum weiter hülfe", meint seine Chefin und fährt fort: „Manche Neider des Professors witterten einen Plagiatshintergrund, damals übrigens mangels Datenübersicht selten ein Thema, schon gar nicht in einem empirischen Forschungsfeld; andere setzten das Gerücht eines Kunstfehlers mit Todesfolge in Umlauf. Mit der böswilligen Unterstellung eines MeeTo-Skandals (das Wort gab es damals noch gar nicht) wollten wieder andere ihn kaltstellen. Wahrscheinlicher ist eine andere These."

„Wow!", knurrt Bachmann, „da bin ich aber mal ganz Ohr."

„Steiner habe sich angesichts eines erdrückenden Schuldenbergs vom Acker gemacht."

„Ein bestens bezahlter Professor und Arzt?", wundert sich Beate, „das glaub ich nicht."

Schmidt macht eine aufmerksamkeitssteigernde Pause und ihre Augen tasten die Gesichter der Kollegen ab. Kommissar Lukas Castor hat sich, von seiner Chefin mit einem mißbilligenden Blick abgestraft, hinzu gesellt.

„Steiner war bereits vor der Ehe mit Maria A. dreimal verheiratet.“

„Mit siebenunddreißig“, seufzt Bachmann, „alle Achtung!“

Seine Lebensgefährtin Wunderlich stößt ihm unsanft in die Rippen.

„So enden Beziehungen“, knurrt er.

„Steiner musste“, fährt Schmidt fort, „ auch für sieben Kinder aus diesen Vorgängerehen gehörig Geld berappen. Obendrein sein aufwändiger Lebensstil.“

„Ich kann dir folgen“, meint Beate. „Klingt am plausibelsten. Erklärt auch, wer die Gruppe der Neuankömmlinge am Grab war. Grimmig, verbittert deren Gesichter, alles andere als traurig. Wenigstens ehrlich. Ich frage mich, weshalb sie überhaupt an der Beerdigung teilnahmen – bei der Vorgeschichte.“

„Stimmt, Beate“, sagt Corinna, „habe ich vergessen zu erwähnen. Die waren nicht beim Leichenschmaus. Von Trauer war auch da übrigens nichts mehr zu merken (sie kratzt sich am Hinterkopf, zögert kurz). Vielleicht sollte ich das ´mehr` streichen.“

„Von Trauer war schon bei der Beerdigung nur bei wenigen etwas zu spüren“, ergänzt Beate.

„Eine wichtige Frage muss uns beschäftigen“, setzt Corinna ihren Bericht fort. „Warum Steiners späte Rückkehr auf den Hunsrück, wo er nur wenige Jahre lebte?“

„Heimatgefühle dürften es nicht gewesen sein“, meint Bachmann.

„Ohnehin bringe ich das Thema Gefühle, nach allem, was wir wissen, mit dem Mann eher nicht in Verbindung“, pflichtet Beate Jörg bei.

„Seine Ex Maria A. lebt nicht mehr auf dem Hunsrück, was ihm nicht entgangen sein dürfte, oder?“

„Vermutlich“, stimmt Corinna Lukas bei.

„Also spielt sein Sohn Jakob eine wichtige Rolle, die wir bislang so nicht auf dem Schirm hatten.“

„Sehe ich auch so, Lukas", sagt Corinna. „Der schien als einziger außer seiner Mutter während der Beisetzung Trauer zu verspüren. Ich habe ihn nochmals als Zeugen einbestellt. Lukas, deine Aufgabe: Recherchiere sein Umfeld."

„Hat jemand mal recherchiert", meldet sich Bachmann grinsend zu Wort, „ob in Dresden oder Umgebung überhaupt ein Doktor David Steiner existiert? Melderegister, Telefonanschluss, Krankenhauspersonal usw. usf."

„Sag schon, Jörg!", mosert Beate Wunderlich. Sie kennt ihn.

„Nichts, nicht eine Spur. Der wird in der DDR einen Identitätswechsel vollzogen haben", sagt er.

„Ostumsiedler gab es selbst in den Achtzigern noch, als der antifaschistische Gründungsmythos der DDR längst verblasst war. Von RAF-Terroristen, die mit neuem Namen in der DDR untergetaucht waren, ganz zu schweigen."

„Danke für deinen Geschichtsexkurs, Schlaumeier-Kollege Castor", bläst Bachmann ihm den Marsch.

Er lässt seinen Blick zwischen Chefin und Lebensgefährtin hin und her wechseln. Dann fragt er: „Warum habt Ihr nach der Beerdigung nicht gefragt?"

„Du hast Recht, Jörg", räumt Corinna Schmidt ein. „Die Nachzügler sind wie ein bedrohlicher Stoßtrupp aufgekreuzt, schweigend, sprachlos, abgekapselt. Merkwürdig unnahbar und … irgendwie unwirkliche Fremdkörper aus einem Schattenuniversum. In der Biografie des Toten eigentlich Vorzügler, eine anklagende Phalanx von Vorzüglern ohne erkennbaren Anführer sozusagen."

„Aha!", entfährt es Kommissar Bachmann süffisant.

„Als ich Jakob Steiner beim Leichenschmaus fragte", sagt Schmidt, „da verfinsterte sich seine Miene und er verweigerte die Auskunft. Keiner der Anwesenden schien etwas wissen zu wollen. Schon seltsam, oder? Ich werde bei Jakob nachhaken."

Sie trinkt ein Glas Wasser (ihr Mund ist trocken) und schaut in die Runde, ob jemand eine Nachfrage hat.

„Als ich aufbrach, kam eine Frau mit resolutem Schritt auf mich zu, Mitte bis Ende dreißig, dunkler Teint, schwarze Augen, dichtes schwarzes Haar, hinter den Ohren in einem Pferdeschwänzchen gebündelt, und reichte mir wortlos ein Briefkuvert, in dem ein gefaltetes Blatt steckte: „Kopie eines Auszugs meiner Mitschrift einer Vorlesung unseres verehrten Professors. Ohne ein philosophisches oder ideologisches Sicherheitsnetz hatte er über die Seele gesprochen.

Wissen Sie, was der Kern unseres Ichs ist? Er ist nicht analysierbar, nicht sezierbar, folglich nicht intentional oder gar zielgerichtet therapierbar. Und doch wären wir nichts ohne unseren metaphysischen Kern, wären wir bloßer Körper mit eingeschriebenem Verfallsdatum. Behalten Sie den Gedanken immer im Hinterkopf. Er möge verhindern, dass Sie Röntgenbilder operieren oder Datensätze abarbeiten.

Bei diesem medizinethisch wichtigen Thema rede ich hier vor Ihnen als Laie, der allenfalls etwas mehr Lebenserfahrung hat als Sie.

Ein feinsinniges, wenngleich noch eher schülerhaftes Schriftbild." ...

„Meine Halbschwester Monique hat die Phalanx angekündigt", wird der Zeuge Jakob Steiner sagen. „Unsrem Leichenschmaus wollten sie glücklicherweise fernbleiben. Ich war überrascht, unangenehm überrascht, dass sie tatsächlich, wenngleich verspätet auf dem Friedhof aufkreuzten."

Corinna Schmidt zeigt ihm die Fotografie her, die Beate Wunderlich heimlich von der Trauergesellschaft gemacht hat.

„Die zweite von rechts", sagt Jakob, „meine älteste Schwester. Wurde am Tag vor Vaters Tod fünfundfünfzig."

Die Video-Aufzeichnung der Überwachungskamera des Erlenhofs gibt Aufschluss: Monique hatte ihren Vater besucht und wahrscheinlich zu ihrem Geburtstag mit ihm auf seinem

Zimmer angestoßen. War sie seine letzte Kontaktperson? War sie die Giftmörderin? Späte Rache? Weil er sie (alle) im Stich gelassen hatte?

Die telefonisch befragte Monique bestätigt unumwunden, den Abend ihres runden Geburtstags mit dem Vater, der sie völlig überraschend eingeladen habe, und einer Flasche Rotwein verbracht zu haben. Im Nachhinein sei sie dankbar dafür.

Doch eine Person auf der Fotografie hat Jakob nicht zuordnen, nicht identifizieren können. Beim Begräbnis war sie ihm in der Gruppe der Willmeroder gar nicht aufgefallen. Zu der Frau liefert unerwartet die neue KI-gesteuerte kriminalistische Datenbank einen entscheidenden Hinweis: die Kurznachricht der MAZ vom 13. Juli 1985 über die Strafanzeige der Apothekerin Doktor Gabriela Mühlstein gegen Professor David Steiner nach dem Tod ihres Kindes in der Uni-Klinik. (Die Ermittlungen verliefen damals im Sand.) War sie vielleicht der Racheengel? Wo könnte sie Steiner getroffen haben, um ihm unbemerkt das Gift zu verabreichen? Was könnte sie veranlasst haben aufzukreuzen, unerkannt in der Anonymität der Trauergesellschaft?

„Frau Doktor Mühlstein, wir fragen uns, was Sie veranlasst haben könnte, an der Beisetzung des Mannes teilzunehmen, den Sie bezichtigt haben, schuld am Tod Ihres Kindes gewesen zu sein.“

Die grauhaarige, spindeldürre Mittsechzigerin schaut aus stechenden kohleschwarzen Augen die Kommissarin ruhig und besonnen an und lässt sich Zeit mit einer Antwort.

„Ich muss die Geschichte zum Abschluss bringen.“

„Und das ist Ihnen gelungen?“

„Ja.“

Nun lässt sich Schmidt Zeit, als müsse sie, was gerade gesagt wurde, erst verdauen. Sie steht auf und bedient den Kaffeeautomaten.

„Auch eine Tasse?“

„Nein danke.“ ...

„Sind Sie Doktor Steiner in den letzten Wochen, also vor seinem Ableben begegnet?“

„Ich bitte Sie, Frau Schmidt!“, entrüstet sich die Zeugin. „Warum stellen Sie eine derart abwegige Frage?“

„Aus Ermittlungsgründen“, hält die Kommissarin sich bedeckt.

„Muss ich das verstehen?“

Schmidt zuckt mit den Achseln.

„Sonst noch etwas?“

„Nein, ich danke Ihnen, dass Sie vorbeigekommen sind.“

„Ist ja nicht weit.“

„Wie das?“

„Ich wohne in Willmerod.“

Nun hat Corinna Schmidt Mühe, sich ihre Überraschung nicht anmerken zu lassen.

„Zweitwohnsitz?“

„War`s mal. Seit kurzem, also seit ich in Rente bin, Erstwohnsitz. Die gute Luft im Vergleich zum Mainzer Kessel.“

„Sie leben alleine in diesem Hunsrück ...“

„Kaff, meinen Sie?“, füllt Mühlstein die Pause, die Schmidt hat entstehen lassen.

Verlegen räuspert sich die Kommissarin und sagt: „Entschuldigen Sie meine Neugier. Ihre privaten Lebensumstände gehen mich nichts an.“

„Kann ich gehen?“

Ein hintersinniges Grinsen begleitet die Frage.

Schmidt nickt und ist erleichtert wie selten, wenn ein Zeuge den Raum verlässt. Wie ein Racheengel wirkte Mühlstein nicht, muss sie sich eingestehen, eher schon melancholisch hängeschultrig. Aber ist ihre Erklärung glaubhaft? Ist sie, fällt der Kommissarin siedend heiß ein, möglicherweise sogar ein getarntes Tateingeständnis: „Ich muss die Geschichte zum Abschluss bringen.“ Das knackig-apodiktische „Ja“ wirkte wie ein Bühnenvorhang, der entfesselt zentnerschwer mit einem Schlag am Ende der aufgeführten Tragödie auf die Rampe herabsaust. Hat da eine Frau einen teleologischen Feldzug, ihrem Fetisch ausgeliefert, durchgezogen, ein lebenslanger Feldzug, der nicht zufällig im Hunsrückdorf Willmerod endet? Doch wie diese ver-rückte These beweisen?

Corinna Schmidt beschließt, Erkundigungen in Willmerod einzuholen.

„Herr Steeg, wieder mal Fragen zu einem Mitbürger Ihrer Gemeinde, genauer gesagt zu Frau Doktor Mühlstein.“

„Komischer Kauz“, kommt es dem Bürgermeister kurz und knapp über die Lippen. „Wohnt in Nenze.“

„Nenze?“

„Aach Hohenstocker Hof genannt, wenn Se sisch erinnere, Frau Hauptkommissarin, domols noch Oberkommissarin, ore?“

„Seit wann?“

„Dat is bestimmt schun fünefunzwanzisch Joa her. De letzde Bungalo, den mey Padeongel Gerhard Tesch vun seyna Feriehaussiedlung verkaaft hot. De Schwoa vun meyna Muda. Alle schun lang doot.“

„Die wohnt jetzt dauerhaft dort oben?“

Corinna Schmidts Blick geht aus dem Fenster des Bürgermeisterbüros hinaus und Richtung Nenzhäuserhof.

„Kann schun sen. Die Fraa is`n Einzelgänga. Hi un do hon isch se mol uffm Friedhof gesiin. Se hot dann vor dem Kreuz vun dem Doktor Steiner gestan, den se jetzt jo nochemol begrab hon. Nit se glaawe.“

„Womit wir beim Thema wären.“

„Denk isch ma.“

„Sie mussten zustimmen?“

„Mä siin dat nit so eng. Dann bleibt dat Grab äwe nochemol zwanzisch Joa wie et is.“

„Und Doktor Mühlstein mahlt dort weitere Jahrzehnte.“

„Ma guckt da Leyd nit in de Kobb.“

„Wie Recht Sie haben, Herr Steeg.“ …

Schmidt sucht, der Wegbeschreibung des Bürgermeisters folgend, den Bungalow Mühlstein auf, ein vermoostes, verwittertes Hexenhäuschen am Rand der Siedlung. Kein Mensch ist zu sehen. Ein uralter Golf mit Mainzer Kennzeichen parkt in der ramponierten Blechgarage links neben dem Haus, das sich auf der anderen Seite ins Heckendickicht duckt, das in ein Waldstück übergeht.

Schmidt klingelt am Nachbarbungalow, ein schmuckes Ferienhäuschen mit liebevoll gepflegtem Vorgarten. Ein verschmitzt lächelnder weißhaariger Mann mit Pfeife öffnet und bläst Rauchwölkchen in die Luft.

„Ich hab Sie beobachtet", raunt seine rauchige Stimme. „Sie wollen eigentlich unsere verhuschte Nachbarin besuchen."

Schmidt zeigt ihm ihre Polizeimarke her und nickt.

„Selten genug, dass hier mal jemand aufkreuzt", meint er und macht keine Anstalten, die Kommissarin ins Haus zu bitten.

„Niemand da?", fragt sie.

„Wundere mich auch", antwortet er, „seit ein paar Tagen höre und sehe ich sie nicht mehr. Vielleicht probieren Sie`s mal mit der Tür in der Garage. In der Regel ist die geöffnet."

„Danke für den Hinweis", sagt Schmidt und macht auf dem Absatz kehrt. Im Rücken hört sie die Tür zuschlagen.

Und tatsächlich ist die Tür zum Hexenhäuschen offen. Schmidt klopft, geht hinein und ruft: „Frau Doktor Mühlstein!"

Keine Reaktion, aber ein beißender Geruch, der Schlimmes befürchten lässt. Ein Blick in die Küche genügt. Sofort benachrichtigt die erfahrene Ermittlerin ihre Kollegen, Doktor Giesen, die Staatsanwaltschaft und bestellt die KTU ein.

Der Satz der Apothekerin wird Corinna Schmidt wie ein Mühlstein am Halse hängen bleiben. Sie wird den Satz so schnell nicht vergessen können. Jetzt erst fällt bei ihr der Groschen. Sie macht sich Vorwürfe, die Ansage Gabriela Mühlsteins nicht zu

Ende gedacht, das Präsens nicht beachtet zu haben: „Ich muss
die Geschichte zum Abschluss bringen."

Inhalt

Gerd Tesch, 1950 im Hunsrück-dorf Pfalzfeld geboren, studierte an der Johannes Gutenberg-Universität Mainz Germanistik, Allgemeine Sprachwissenschaft, Politikwissenschaft und promovierte in Philologie. Er arbeitete in etlichen rheinland-pfälzischen Gymnasien, zuletzt bis zur Pensionierung als Schulleiter des Gymnasiums Kirn.

Literarische Veröffentlichungen
von Gerd Tesch

Kriminalromane:

Tod am Radweg, 2016
Hunsrück-Wolf, 2017
Hunsrück-Skandal, 2019
Eisbergiade, 2019
Finale Rache, 2020
Corona, kopflos, 2020
Unerhörte Enthüllungen, 2021
Zielscheibe Ströher, 2021
Selbstbildnis mit Pickelhaube, 2022
Die Unerwarteten, 2022

Erzählungen:

Gestern ist heute, 2018
Vorlesen im Altenheim, 2020
Vorlesen im Seniorenheim, 2020
Martha und meine Geschichte(n), 2021
Das blaue Pferd, 2023
Neapel ist (nicht) weit, 2024
Die Leiche vorm Altar, 2024
Verschwörung im Schinderhannesturm, 2024